ABINI ZÖLLNER

HELLWACH

Gute Nachtgeschichten
und andere
Schlaflosigkeiten

Rowohlt · Berlin

1. Auflage März 2015
Copyright © 2015 by
Rowohlt · Berlin Verlag GmbH, Berlin
Satz aus der SonsbeekEco
bei Dörlemann Satz, Lemförde
Druck und Bindung CPI books GmbH,
Leck, Germany
ISBN 978 3 87134 807 5

Für alle,
die nicht schlafen dürfen,
können oder
wollen.

INHALT

PROLOG

Jeder Tag ist gleich lang, aber unterschiedlich breit. Wann immer die Sonne sich vom Tag verabschiedet, kommt die Dämmerung, und wenig später bricht die Nacht herein.

Die Nacht. Sie hat etwas Beunruhigendes und Mystisches, etwas Wohliges und Faszinierendes. Sie macht die Menschen leichtlebig oder ängstlich, übermütig oder schwermütig. Die Nacht jedenfalls lässt sich nicht ignorieren. Sie ist eine Verführerin, die erwartet, dass man sie wahrnimmt und mit ihr umgeht. Manche verführt sie zum Schlafen, anderen bereitet sie Herzklopfen. Sie bringt uns auf sinnliche oder überraschende, auf dumme oder melancholische Gedanken.

Eine Nacht, so heißt es, befördert viel zu Tage. Die Menschen legen ihre Masken ab, sie brauchen keine Etikette mehr, wenn sie sich zu Hause die Socken runterrollen. Vielleicht genehmigen sie sich noch ein Bier oder einen Wein? Manche empfinden Entspannung, andere Erschöpfung und wieder andere Glück oder Zufriedenheit. Je nachdem, wie sie ihren Tag bilanzieren.

Doch geht der Tag wirklich zu Ende? Bloß weil die Nacht sich nähert?

Eigentlich könnte nun der andere Teil des Tages beginnen. Der erhellende Teil. Wenn die Nacht hereinbricht, wird die Erde dunkel, und erst dann ist das Weltall sichtbar. Die Sterne etwa könnten wir nicht sehen, wäre es taghell. Überhaupt: In der Dunkelheit der Nacht erscheinen viele Dinge noch viel klarer – am Himmel und in uns selbst. Als seien sie plötzlich besser ausgeleuchtet. Auf einmal werden uns Zusammenhänge bewusst und Situationen besser durchschaubar. Ich glaube, nur die Nacht versteht den Tag.

Das ist schon faszinierend.

Mehr Faszination empfinde ich nur noch bei meiner Familie, der besten von allen. Thommi + Raoul + Rubini + Mamel = die Summe aus ein wenig Anarchie und jeder Menge Liebe, aus einer grundehrlichen, positiven Lebenseinstellung, die sich oft bewährt, und weisen Ratschlägen, die meistens nicht befolgt werden. Die Addition von Loyalität und Verwirrung. Wir lachen über unsere Pannen und nehmen jeden Rückschlag des anderen auch persönlich. Wir halten uns gegenseitig hoch, und wenn es einem gutgeht, dann geht es auch den anderen gut. Wir leben unser Leben und wollen nicht nur Zuschauer sein. Keine Sekunde lang. Ich liebe meine Familie, vierundzwanzig Stunden am Tag. Auch wenn mein Mann, mein Sohn, meine Tochter und meine Mutter längst friedlich schlafen. Sie haben ihre Träume, in denen das Gehirn nächtliche Aufräumarbeiten verrichtet. Ich hingegen habe meine Schlaflosigkeit und ordne mich auf meine Art neu.

Schon lange habe ich mich in der Nacht eingerichtet. Und ich bin nicht allein: Meine Wahrnehmung, die mich tagsüber oft im Stich lässt, kommt zu später Stunde gern vorbei.

Dann schaue ich aus dem Fenster und spüre, wie mich ausgerechnet die Unendlichkeit des Sternenhimmels auf das Wesentliche zurückwirft – auf mein Inneres. Dort begegne ich meinem Gefühl, meiner Sehnsucht, meiner Erinnerung und meiner Wahrheit. Auch meiner Unsicherheit, meiner Empörung, meiner Enttäuschung und meinem Zweifel. Mein Optimismus zwinkert mir zu, neben ihm sehe ich mein Vergnügen und meine Dankbarkeit, dahinter meinen Triumph. In meinem Inneren ist viel los. Meine Gedanken fahren jetzt auf Hochtouren und mein Temperament lässt sich nicht zügeln. Meine Gewissheit sagt mir, was ich längst ahnte: Der Tag ist noch nicht vorbei.

Also, was tun mit der Nacht? Wenn sie schon mal da ist! Und wir alle noch wach sind ... Ich könnte zum Beispiel ans Bundespräsidialamt schreiben und mich über das Freihandelsabkommen entrüsten oder im Internet nach einer bezahlbaren Wohnung für die Kinder suchen. Ich könnte draußen die Maulwurfshügel platt treten oder auf einer Kreuzung widerrechtlich den Verkehr regeln.

Ich könnte natürlich auch versuchen einzuschlafen: Hypnosevideos anschauen oder noch mehr über therapeutisches Heilschlafen erfahren. Mich einem beschaulichen Hörspiel zuwenden oder progressive Muskelentspannung üben. Aber bin ich denn verrückt? Niemals würde ich eine schlaflose Nacht verschlafen wollen. Niemals.

Über manche dieser Nächte gibt es viel zu erzählen – über andere würde ich nicht mal mit mir selbst sprechen. In manchen Nächten geht's mir himmlisch – in anderen falle ich aus allen Wolken. In manchen Nächten sehen Probleme einfach aus und sind tatsächlich schwer – in anderen scheinen sie schwer zu sein und sind sogar unlösbar. Aber immer will ich es wenigstens versuchen. Dabei ist mir eines wichtig: Jede Nacht, in der ich nicht lächle, ist eine verlorene Nacht. Ein paar Nächte gingen mir bislang verloren. Mehr nicht.

Ich habe übrigens nichts gegen den Tag, auch wenn er

sich zwischen zwei Nächte drängelt. Die nächste Nacht kommt bestimmt. Und mit ihr kommen wilde Abenteuer und harmlose Begebenheiten, aufregende Erkenntnisse und versöhnliche Imaginationen, die süßesten Gedanken – die bittersten Nachrichten leider auch. Die Nacht bringt große Ohnmacht und kleines Glück – und umgekehrt. Grundsätzlich, das habe ich gelernt, kann es nie schaden, auch nachts den Überlebensmodus eingestellt zu lassen.

Also: Nicht abschalten! Nicht runterfahren! Bloß nicht einschlafen! Denn manchmal ist die Nacht tatsächlich der bessere Tag.

DIE FEINDIN ALS FREUNDIN

+++ Volkskrankheit +++ Jeder Zehnte ist schlafgestört +++

Etwa jeder dritte Erwachsene leidet gelegentlich unter Ein- oder Durchschlafstörungen. Bei etwa jedem zehnten Erwachsenen liegt bereits eine chronische Schlafstörung vor (sechs Monate oder länger), die zu Müdigkeit und Erschöpfung führt. Schlafstörungen zählen damit hierzulande zu den häufigsten psychosomatischen Beschwerden. Sie verursachen Produktivitätsverlust und volkswirtschaftlichen Schaden. Vor allem verursachen sie: kein gutes Gefühl, weil Schlafstörungen bei Nacht die Stimmung und Leistungsfähigkeit am Tage erheblich beeinträchtigen können.
Studie des Robert-Koch-Instituts

Die Nacht ist meine Feindin. Um 0 Uhr 30 schlafe ich gewöhnlich längst nicht. Um diese Zeit bin ich zwar ermattet und müde genug, um die Augen zu schließen. Aber: Ich kann nicht einschlafen! Es ist absurd.

Seit mehr als zehn Jahren lebe ich mit meiner Schlafstörung. Eine chronische Insomnie, gegen die kein Johanniskraut gewachsen ist. Da hilft auch kein Baldrian, kein Melissenblatt, keine Passionsblume und kein Lavendel! Auch keine gutgemeinte warme Milch mit Honig, kein Schlaftee, kein Entspannungsbad mit ätherischen Ölen und keine beruhigende Musik. Ich habe in den letzten Jahren wirklich vieles versucht. Die Ärzte verschrieben mir L-Tryptophan und Zolpidem, Melatonin und Zaleplon, Mirtazapin und Trimipramin, Rivotril und Timonil. Die Liste ist lang. Ich war eine ehrenhafte Laborratte.

Doch dann wurden mir Präparate angeboten, die mich vielleicht in die Bewusstlosigkeit katapultiert hätten, hierzulande aber noch gar nicht zugelassen waren. Ich sollte lediglich unterschreiben, dass ich keine Ansprüche gegen den behandelnden Arzt geltend machen würde. Das war (Ironie des Schicksals?) etwas ermüdend. Ich wollte so gern eine Patientin sein, keine Probandin.

Immerhin, eine der Pillen war toll! Einfach deshalb, weil sie mich sanft einschlafen und erfrischt aufwachen ließ. Jedoch hatte sie die Nebenwirkung – Moment, gleich hab ich's, ach so – Wortfindungsstörungen. Nun ja, gut für die Nacht, miserabel für den Job. So als Journalistin. Schade.

Später, ich hatte schon etliche Atemtechniken und Entspannungsübungen hinter mir, führte längst ein Schlaftagebuch und trieb Sport, da wurde ich in einer Stufentherapie im Schlaflabor der Charité behandelt – leider nicht geheilt. Auch schade.

Längere Zeit war ich dann bei einem Neurologen in Behandlung, der konnte mir zwar helfen wegen meiner unruhigen Beine, aber nach sechs Monaten wusste auch er nicht mehr weiter und kapitulierte. Zu diesem Zeitpunkt konnte ich meine Laborwerte schon runterbeten.

So blieb ich ein Gelegenheitsschläfer, was bedeutet, dass sich die Gelegenheit zum Schlafen nur selten und für kurze Zeit ergibt. Dabei ist Schlaf so wichtig, ja, überlebensnot-

wendig: Zu wenig Schlaf kann zu Bluthochdruck und Übergewicht, zu Konzentrationsstörungen und Depressionen
führen, um nur ein paar Beispiele zu nennen. Das Schlagan-
fallrisiko steigt, das eines Herzinfarktes auch. Der Diabetes
ist da schon fast gewiss. Solche Aussichten entspannen einen auch nicht wirklich.

Ein Drittel seiner Lebenszeit verbringt der Mensch mit
Schlafen. Im Idealfall. Leider gehöre ich zu jenen deutschen
Kurzschläfern, die mit fünf Stunden und weniger auskom-
men müssen (12,3 Prozent). So etwas kennt man in Japan
kaum, dort sind es nur vier Prozent. In Taiwan sogar nur
drei Prozent. Aber wenn ich mal schlafe, dann mache ich
das Gleiche wie am Tage: Ich träume vom guten Schlaf.

Heute könnte ich Vorträge über Schlafhygiene halten:
Ich habe ein bequemes Bett, eine sehr anständige Matratze,
ein angenehm kühles und abgedunkeltes Zimmer, keine
Lärmquellen und keine elektromagnetischen Geräte in der
Umgebung – nur meinen Mann, den besten von allen. Ich
nehme keine üppigen Mahlzeiten vor dem Schlafengehen
zu mir, trinke nur selten Alkohol, niemals etwas Koffein-
haltiges und rauche nicht mehr bis zum Schluss. Ich halte
tagsüber keinen Mittagsschlaf, damit mein Rhythmus nicht
durcheinanderkommt, der eigentlich längst durcheinander
ist. Ich zwinge mich, trotz allem morgens früh aufzustehen.
Längst weiß ich, dass man den Schlaf nicht nachholen kann
und auch dass man lieber aufstehen sollte, anstatt wach im
Bett zu liegen. Ich kenne alle Nuancen von Ein- und Durchschlafstörungen, und mittlerweile weiß ich auch, worauf
meine Schlaflosigkeit nicht zurückzuführen ist – sie hat
keine organischen Ursachen. Und doch: Den wirklichen
Grund kenne ich nicht.

Die vielen kaum geschlafenen Nächte wären bis heute
mehr als viertausend Gründe zum Verzweifeln gewesen.
Mehr als viertausend Kämpfe, die ich verloren hätte. So viel
Niedergeschlagenheit kann kein Mensch ertragen. Hand

aufs Herz: Ich wäre so gern die, die ich mir zu sein wünsche. Aber ich bin nun mal die, die ich bin. Doch ein hoffnungsloser Fall, das will ich auch nicht sein, deshalb habe ich schon vor langer Zeit beschlossen: Ich kämpfe nicht mehr gegen die Nacht. Im Gegenteil: Die Nacht ist meine Freundin.

Eine meiner besten Entscheidungen. Seither durchleben wir gemeinsam kleine Abenteuer und erstaunliche Begebenheiten. Wir beide kommen auf viele seltsame Gedanken – und werden dabei trotzdem noch von der Wirklichkeit überholt.

EINEN ARZT FÜR DEN ARZT

+++ Rund um die Uhr erreichbar +++
Der ärztliche Bereitschaftsdienst +++

Die Kassenärztlichen Vereinigungen organisieren den ärztlichen Bereitschaftsdienst, damit Patienten in dringenden medizinischen Fällen jederzeit ambulant behandelt werden können. Auch nachts, am Wochenende und an den Feiertagen stehen Ärzte bereit, die Menschen zu Hause oder in speziellen Bereitschaftsdienstpraxen zu versorgen. Seit dem 1. März 2012 gibt es bundesweit eine neue Bereitschaftsdienstnummer: 116 117. Im Bereitschaftsdienst leisten niedergelassene Ärzte den Dienst zusätzlich zu ihrer täglichen Arbeit in der Praxis. So steht medizinische Hilfe zur Verfügung – auch wenn gerade keine Sprechstunde ist.
Information der Kassenärztlichen Bundesvereinigung

Eines Abends zog sich mein Mann zurück. Ging einfach ins Bett, sagte irgendwas von Nicht-so-wohl-Fühlen und stand nicht mehr auf. Ich dachte: Männer! Da ist jeder Schnupfen gleich eine Katastrophe. Wahrscheinlich schmollt er nur. Doch dann …

Zwei Tage später. Ich hörte, dass mein Mann die Wohnung verlassen will – rollte mich mit letzter Kraft vom Bett, schleppte mich zur Zimmertür und rief: «Iss bloß nicht vom Auflauf! Ich muss dich warnen! Dein Auflauf!»

Hinter mir lag eine fiebrige Nacht, ich wusste nicht, wie ich sie überstanden hatte. Alles schmerzte, der Bauch, der Kopf, die Glieder. Ich fühlte mich elend und schlapp. Kein Zweifel, das war dieser blöde Hackfleischauflauf! Ich tippte auf eine anständige Lebensmittelvergiftung. Morgens kroch ich auf allen vieren, tagsüber war ich schlapp. Und wortlos. Wortlos ist ein sehr ernstes Zeichen. Und in der nächsten Nacht wurde es noch elender. Es folgte ein Anruf beim kassenärztlichen Notdienst.

Als der Notarzt gegen 23 Uhr unten klingelte, wartete mein Mann schon in der Wohnungstür. Der Fahrstuhl war zu hören, jemand stieg aus, und plötzlich – flog ein Arztkoffer durchs Treppenhaus. Aber wo war der Arzt?

Er lag auf dem Boden. War beim Aussteigen ausgerutscht auf dem blankgewienerten Hausflur. Und: Er war sauer. Mein Mann wollte helfen, aber der Arzt wimmelte ihn ab und brummte, er wolle «jetzt nur ein Zimmer, in dem er Ruhe» habe.

«Gern. Brauchen Sie sonst noch etwas?», fragte mein Mann.

«Nein. Nur Ruhe. Ich muss mich jetzt erst mal selbst versorgen!»

Nach zehn Minuten fragte ich meinen Mann, wo denn der Arzt sei.

«Im Wohnzimmer, er hatte einen Unfall und muss sich verarzten. Erzähl ich dir nachher.»

Ich stöhnte aus dem einen Zimmer, der Arzt aus dem anderen. Wir haben Schmerzen. Eine seltsame Situation. Ich rappelte mich auf, robbte über den Flur und durch die Küche, kam im Wohnzimmer an – und sah den verletzten Mann. Ich fragte besorgt, ob ich ihm einen Arzt rufen solle.

«???» Der Arzt schaute mich mürrisch an. Jetzt war er auch auf mich sauer.

Später krieche ich zu meinem Mann und entschuldige mich:

Weil im Wohnzimmer ein gereizter Mann saß, der uns anblaffte.

Weil ich den Magen-Darm-Infekt erst ernst nahm, als ich ihn auch bekam.

Weil sein Hackfleischauflauf perfekt war und nichts dafürkonnte.

NACHHILFE UM MITTERNACHT

+++ Zusatzunterricht +++ Mathe macht Angst +++

PISA, die internationale Schulvergleichsstudie, ist auch ein Zeugnis für das deutsche Schulsystem. Nach dem ersten Schock im Jahr 2000 holten deutsche Schüler in den vergangenen Jahren spürbar auf. Doch der Matheunterricht ist immer noch das Sorgenkind. Jungs brauchen da am häufigsten Nachhilfe. Das Problem mit Mathe und den Naturwissenschaften ist nämlich vor allem der systematische Aufbau. Etwas nicht zu verstehen macht die nächste Lerneinheit schwieriger oder unmöglich. Außerdem ist keine andere Fächergruppe so sehr mit Angst belegt.
Nachhilfeportal Die-Ueberflieger.de

Es heißt, Wahnsinn sei erblich. Das stimmt: Eltern bekommen ihn von ihren Kindern.

Als mein Sohn im echten, und ich meine: im echten, Teenager-Alter war, fing er natürlich an, meine Ratschläge zu ignorieren und stattdessen seine eigene Logik zu entwickeln. Zum Beispiel diese: «Ich weiß nicht, warum ich gerade Mathe vernachlässige. Es gibt so viele Fächer, die zu vernachlässigen wären. Aber ausgerechnet Mathe macht mich total lethargisch.»

Davon war er zutiefst überzeugt. Eines Abends jedenfalls rief er mich um kurz vor acht in der Redaktion an: «Mom, ich wollte nur mitteilen, dass wir morgen über Tangentenprobleme schreiben – und ich wahrscheinlich alles vermasseln werde.»

«Warum?»

«Ich verstehe die Elementargeometrie einfach nicht.»

«Du hast also nicht gelernt?»

«Das kann sein. Ich will ja nur nicht, dass du dich dann aufregst. Es ist einfach höhere Gewalt.»

Ich bewunderte meinen Sohn für seine Chuzpe. Er war faul, aber nicht dumm. Seine guten Manieren rieten ihm, mich vorzuwarnen. Und doch, mein lieber Schatz: Noch bin ich deine höchste Gewalt!

Ich suchte sofort eine Nachhilfemöglichkeit im Internet. Die Zahl der organisierten Institute für Nachhilfe ist beachtlich gewachsen. Lernkreise, Schülerhilfen und so. Wahnsinnig konnte ich später werden, jetzt musste ich erst mal entschlossen handeln. Einer wird doch …

Ich tippte und wählte und ließ es klingeln. Alle Telefonversuche schienen aussichtslos. Es war zwanzig Uhr durch. Plötzlich nahm ein Herr den Hörer ab. Er sagte, ich hätte Glück, er sei nur noch zufällig da. Ich erklärte ihm die Situation, versuchte, nicht wie eine überspannte Mutter zu klingen – und völlig überraschend versprach er, sich etwas zu überlegen.

Zehn Minuten später rief er zurück. Er hatte tatsächlich einen Nachhilfelehrer gefunden, der bereit war, noch an jenem Abend mit meinem Sohn Mathe zu lernen. Ich liebe diese Stadt!!!

Ich rief zu Hause an und sagte: «Sohn, du begibst dich jetzt sofort in die Karl-Marx-Allee.»

«Das ist nicht wahr!» Schockschwerenot am anderen Ende der Leitung. Meinem Sohn hat es die Sprache verschlagen. Nachhilfe um diese Uhrzeit hatte er nicht auf der Rechnung.

Nach Mitternacht kam dann ein leidlich erschöpftes Wesen nach Hause. Die Klausur am nächsten Morgen lief gut.

Und mein Sohn? Hat viel gelernt. Vor allem über das richtige Timing: Die ideale Zeit für die Mom-ich-wollte-nur-mitteilen-Ansprache ist erst nach Mitternacht. Schlau wie er ist, hat er nie wieder eine bevorstehende Niederlage schon um zwanzig Uhr angekündigt.

ALTBEWÄHRTES JUNGBLEIBEN

+++ Wie alt ist jung? +++ Kleinere Betrügereien können
durchaus Vorteile haben +++

Trickser leiden keineswegs unter einem schlechten Gewissen. Im
Gegenteil, ihre gute Laune steigt. Der Schummelerfolg löst einen
Cheater's High, also einen Glückszustand, aus, stellten Forscher fest.
Die kleinen Betrüger kommen sich wie Gewinner vor, haben ein stär-
keres Selbstbewusstsein und fühlen sich insgesamt zufriedener. Die
Bereitschaft zum Betrügen ist vor allem dann groß, wenn dadurch
niemand konkret geschädigt wird. Die Ehrlichen dagegen ärgern sich
über ihre schlechten Ergebnisse, fühlen sich wie Verlierer und zwei-
feln an sich.
*Studie eines Forscherteams der Universitäten Washington, Harvard,
Pennsylvania und der London Business School*

Jetzt ist gerade Hochsaison: Bis Ende Juni gibt es in unserer
Familie und im Freundeskreis viele Geburtstage. Sozusagen
täglich. Das ist jedes Jahr so, klar. Aber mit der Zeit hat sich
einiges verändert.

Es gibt neue Formen der Rücksichtnahme: So fangen die Partys früher an – «damit es nicht zu spät wird». Es wird auch nicht mehr so wild getanzt – denn einige «haben Rücken». Und wer an einem Sonnabend Geburtstag hat, feiert schon am Freitag rein – um den anderen «nicht das ganze Wochenende zu versauen». Um 0 Uhr 30, die Kinder brechen gerade zu den Partys ihrer Freunde auf, verabschieden sich brav die letzten Gäste.

Männer klopfen sich auf die Schulter: «Alles Gute, alter Silberrücken!» Frauen dagegen umarmen sich ganz fest und flüstern: «Es geht niemanden was an, wie alt du wirklich geworden bist. Du hast Geburtstag, mehr muss keiner wissen.» Küsschen.

An einem meiner vierzigsten Geburtstage zog ich mich, nachdem alle Gäste gegangen waren, kurz mit meiner Tochter zurück. Sie hatte eine Frage auf dem Herzen, und so erklärte ich ihr die altbewährte Formel des Jungbleibens:

«Hör zu, mein Kind. Geburtstagfeiern und Älterwerden, das sind zwei völlig verschiedene Dinge. Es gibt ein Alter, da fangen Happy und Birthday an, getrennte Wege zu gehen. Die Ehrlichkeitsnummer habe ich ein paarmal probiert, war ein kompletter Reinfall.

Also: Wenn du zwanzig bist, bin ich vierzig.

Wenn du dreißig bist, bin ich vierzig.

Und wenn du vierzig bist, wirst du verstehen, warum ich immer noch vierzig bin.»

Prosit! Cheers! Salute!

DAS ANDERE PFINGSTEN

+++ Todesursache Suizid +++ Mehr als ein Prozent
aller Deutschen nimmt sich das Leben +++

9890 Menschen nahmen sich im Jahr 2012 das Leben. Das sind
1,1 Prozent aller Todesfälle. In der Statistik heißen diese Todesfälle
«vorsätzliche Selbstbeschädigung», in der Philosophie spricht man
vom «Freitod» (dem freiwilligen Akt eines entscheidungsfähigen In-
dividuums) und in der Religion von «Selbstmord» (der zu verurteilen-
den Tat gegen den Menschen als ein Geschöpf Gottes). Aber immer
häufiger wird der neutrale Begriff «Suizid» verwendet.
Statistisches Bundesamt

Die seltsamsten Begegnungen geschehen nachts. Vor ein
paar Jahren, kurz vor Pfingsten – und vor allem kurz vor
Mitternacht –, saß ich noch sehr spät in der Redaktion und
wollte nur eines: endlich fertig werden. Da erhielt ich einen
bestürzenden Anruf. Ein Leser aus Niedersachsen bezog
sich auf einen Artikel, den ich ein paar Tage zuvor geschrieben hatte, und meinte, er hätte beim Lesen einfach das Ge-

fühl gehabt, dass ich ihn verstehen würde. Dann begann er, von sich zu erzählen.

Er hatte ein paar persönliche Probleme, aber er war ganz bei sich und wirkte völlig klar. Plötzlich sagte er: «Ich werde an Pfingsten mein Leben beenden.»

Das traf mich absolut unvorbereitet. Ich sprach mit ihm über seine Lebensumstände, seinen Glauben und seinen Wohnort. Aber was konnte ich für ihn tun? So weit entfernt? So kurz vor Mitternacht?

Er redete, und ich suchte parallel im Internet nach Kriseninterventionsdiensten, Psychologen, Seelsorgern – mit mäßigem Erfolg. Dann bat ich den Herrn, mir seine Telefonnummer zu hinterlassen, und versprach, ihn gleich zurückzurufen.

Ich wählte in jener Nacht viele Telefonnummern – bis ich in einem Berliner Notdienst landete. Dort geriet ich an eine engagierte Therapeutin. Ich schilderte ihr den Fall, wir überlegten gemeinsam, dann hatte sie eine geniale Idee: Wie wäre es, den Pastor jener niedersächsischen Gemeinde anzurufen? Ausgerechnet an Pfingsten, sozusagen dem Geburtstag des Christentums! Tatsächlich erreiche ich den Pastor, und er machte sich sofort auf den Weg zu jenem Leser. Ich fand das bewundernswert.

Unser Pfingstfest war dann ganz anders als geplant. Mein Mann wunderte sich nicht darüber, dass ständig das Telefon klingelte. Ich telefonierte viel, redete und hörte zu. Wir waren eine unverhoffte Pfingstgemeinschaft. Noch über die Feiertage hinaus hielten der Pastor, die Therapeutin, der Leser und ich steten Kontakt.

Viele Wochen später rief mich der Leser aus einem Restaurant an, er wollte mit einem Glas Wein auf sein neues Leben anstoßen – und mich, und sei es nur am Telefon, dabeihaben. Er saß irgendwo allein in Niedersachsen in einem wunderschönen Weinlokal, wie er sagte, und fühlte sich gut dabei.

Ich erzählte ihm, dass ich die Therapeutin, Yvonne, für ihr Engagement sehr bewundert hatte. Dass ich den Kontakt mit dieser spannenden Frau hielt und dass wir uns – zum Glück wohnen wir in derselben Stadt – öfter trafen. Wir hatten uns auf Anhieb verstanden und uns indes sogar angefreundet. Unsere Geburtstage, die nahe beieinanderliegen, haben wir sogar gemeinsam gefeiert.

«Sie haben mir zu Pfingsten auf seltsame Art eine schöne Begegnung beschert», sagte ich zu dem Herrn.

Er sagte, er verstehe das als Kompliment.

Wir verstanden uns richtig.

ERST DENKEN, DANN REDEN?

+++ Experten warnen vorm Grübeln +++ Schlechte Gedanken verursachen schlechte Gefühle +++

Es ist oft wie verhext: Die Gedanken machen sich selbständig und kreisen immer wieder um ein Thema. Weiter bringt einen das Gedankenkarussell aber nicht. Das Grübeln ist nicht nur lästig, sondern kann sogar schaden. Denn negative Gedankenschleifen sorgen für unangenehme Gefühle und körperliche Reaktionen wie Unruhe. Fachleute raten deshalb, nicht alles ernst zu nehmen. «Menschen haben eben einen Katastrophenverstand.»
Psychotherapeut Andreas Knuf in der «Hamburger Morgenpost»

Mein Mann sagt oft: «Abini, erst denken, dann reden.»

Das ist seine Art, mich zu schützen. Außerdem klingt es schlau. Und deshalb versuche ich, mich daran zu halten. Zugegeben, es entspricht nicht meinem Naturell, aber ich komme wohl nicht umhin, endlich erwachsen zu werden.

Dabei trage ich mein Herz gern auf der Zunge. Das ist ein Segen und ein Fluch – und es ist das Gegenteil von Diplomatie. Diplomatische Personen können ja in langen Antworten verschweigen, wonach sie eigentlich gefragt wurden. Sie können ein Nein wie ein Ja und Unverbindlichkeiten wie Versprechen klingen lassen. All das kann ich nicht. Ich bin eher pur.

Und weil ich so bin, wie ich bin, weil ich zu vielem etwas zu sagen habe und weil das nicht gleich jeder merken soll – beiße ich mir oft auf die Zunge. Tagsüber schweige ich also der Form halber. Deshalb gehöre ich zu jenen Menschen, die sich in gewissen Momenten um eine angemessene Erwiderung betrogen fühlen.

Später trete ich mit der Nacht in den Dialog. Ich habe nämlich die dumme Angewohnheit, wenn es draußen dämmert, innerlich hellwach zu sein. Dann denke ich darüber nach, wie etwas hätte laufen können, wenn es nicht so gelaufen wäre, wie es gelaufen ist. Alles Ungesagte schwirrt mir durch den Kopf. Plötzlich fallen mir all die Fragen ein, die ich hätte stellen sollen. Und all die schlagfertigen Antworten, die andere schon gegeben haben. Etwa: «Rückgrat zu haben ist kein Haltungsfehler.»

Aber ich bin ja gut erzogen und habe nichts gesagt. Wie ärgerlich!

Je später die Stunde, desto mehr läuft mein Kopf auf Hochtouren. Die Gedanken kreisen um den Tag, werden immer maßloser in ihrer Übertreibung und zermürben mich. Gemeinsam mit der Nacht versuche ich dann, nützliche von unnützen Gedanken zu unterscheiden. Offenbar liegen wir da beide oft falsch. Jedenfalls gelingt es der Nacht und mir höchst selten, Lösungen für ein Problem zu finden, die mir am nächsten Tag noch akzeptabel erscheinen. Morgens muss ich über meine nächtlichen Schlussfolgerungen meist schmunzeln.

Am Ende des Tages aber fehlt mir jegliche Distanz, ja sogar jegliche Lockerheit. Abends, wenn Feierabend ist und ich zu meinem eigenen Fernsehsessel werde, sieht mich mein Mann einfach nur an und stellt fest: «Komm erst mal zu dir.»

«Aber ich bin so was von bei mir!»

«Du grübelst doch wie verrückt.»

Durchschaut! Tatsächlich gehen mir schon wieder absurde Dinge durch den Kopf. Dann beäugt mich mein Mann genauer und fragt, ob alles okay ist.

«Ja, Schatz. Es ist alles bestens. Unterstell mir doch nichts, wo nichts ist. Gib mir einfach die Flex!»

Mein Mann lächelt, reicht mir ein Glas Wein und sagt: «Ich kenne niemanden, der mit so viel Energie sein Ermattetsein auslebt. Was ist denn das Problem?»

Ich erkläre meinem Mann, dass es mich nachts um den Schlaf bringt, wenn ich tagsüber nicht sofort etwas erwidere. Dass mich vor allem dieses «Erst denken, dann reden» fertigmacht.

«Weißt du, der Punkt ist: Woher soll ich wissen, was ich denke, bevor ich höre, was ich sage?»

STRAFE MUSS SEIN

+++ Wir in Berlin +++ Freundlichkeitsoffensive gestartet +++

Unsere Stadt soll freundlicher werden: Unter dem Motto «Herz und Schnauze» haben sich bislang 1000 Polizisten, fast 2000 Beschäftigte von S- und U-Bahnen, 150 Straßenfeger und 500 Messehostessen, Kellner und andere Dienstleister bereiterklärt, an einer Freundlichkeitsoffensive teilzunehmen. Ziel der Aktion ist es, darzustellen, dass zum rauen Charme der Stadt auch Offenheit und Witz gehören.
Aus der Hauptstadtkampagne «be Berlin»

Nachts, das Rockkonzert ist zu Ende, die Musiker fahren heim. Der, der am wenigsten getrunken hat, darf am Steuer sitzen. Kurz vor dem Ziel, schon fast zu Hause, wird der Bandbus angehalten. Verkehrskontrolle.

Frage des Polizisten: «Haben Sie Alkohol zu sich genommen?»

Antwort des Fahrers: «Nein, ich habe keinen Alkohol zu sich genommen.»

Nun ist ein Püsterchen fällig. «Seien Sie doch so nett …», «Steigen bitte aus …», «Weiterfahrt leider nicht möglich …», «War nun mal die falsche Antwort …»

Eine ernste Situation. Keiner lacht, außer einer.

Er lacht sein fieses Ich-hab-zwar-keine-Fahrerlaubnis-würde-aber-niemals-so-eine-dämliche-Antwort-geben-Lachen. So von ganz hinten im Bus bis nach vorne.

Ein paar Tage später. Jener lachende Musiker ist als fröhlicher Radfahrer unterwegs, da passiert dies: Er donnert mitten in der Nacht die leicht hügelig abfallende Wichertstraße hinunter. Mit einem mäßig verkehrssicheren Gefährt! Angetrunken! Ohne Licht! Auf dem Bürgersteig! Plötzlich bemerkt er Blaulicht neben sich. Ja, ohne Zweifel, das war ein Polizeiauto. Gleich wird es wohl Ärger geben. Intuitiv stellt er sich schon mal ein auf: Rechtfertigungsversuche (Schlaglöcher!), Konflikte (Schleichwege!) und böse, vielleicht sehr böse Argumente (Fünf-Sterne-Verletzung beim Handschellenanlegen?). Ja, es gibt einen Fahrradweg. Ja, er war viel zu schnell. Und ja, auch nachts um eins muss er rücksichtsvoll fahren und die Höchstgeschwindigkeit unterbieten. Der radfahrende Musiker arbeitet schon an einem beschämten Gesichtsausdruck und hat genügend reumütige Antworten im Kopf, seinetwegen können sie ihm jetzt also mit der Verkehrskontrolle kommen.

Da vernimmt er vom Polizisten aus dem Lautsprecher ein lautes, aber freundliches «Wir grüßen den Organspender!».

Er schaut zur Seite, das Polizeiauto fährt einfach weiter.

Was denn, keine Belehrung? Keine Strafe? Ja, ist Berlin denn neuerdings eine konfliktfreie Zone?

«So erniedrigt, so ignoriert, so gekränkt» – erzählt er uns dann später am Telefon – habe er sich noch nie gefühlt.

Alle lachen, außer einer.

NICHT DIE HELLSTE KERZE

+++ Stimmungskanone Zwilling +++ Dieses Sternzeichen
mag die Unterhaltung +++

Der Zwilling ist ein Meister der Kommunikation und hat ein großes
Talent, wenn es darum geht, Menschen in Partystimmung zu bringen.
Bei eigenen Partys gelingt es ihm auch immer, die richtigen Leute
zusammenzubringen. Der Zwilling feiert gern unkompliziert und
mit vielen verschiedenen Leuten. Er achtet auf Flexibilität für seine
Gäste – schließlich soll sich jeder mit jedem unterhalten können.
Partyhoroskop für Zwillinge (21. Mai bis 21. Juni)

Um mich herum sind alle Menschen Zwilling. Von Ende Mai
bis Ende Juni gibt es also viele Geburtstage in der Familie
und im Freundeskreis – da ist man schon groggy, bevor es
zur nächsten Party geht. Nach einem Monat anhaltender
Feierlichkeiten sind alle recht gut konserviert. So nennt
man es doch, wenn organische Substanzen in Alkohol eingelegt werden?

Gefeiert wird also immer. Zu später Stunde vertiefen sich

dann gewohnheitsgemäß die Gespräche – erst geht's um Trennkost oder E-Zigaretten, Pinguine auf Feuerland oder das Glockenmonopol der Kirche. Noch etwas später um Fragen der Lebenskunde oder Überlebenskunde. Schließlich, zu ganz später Stunde, bekommen die Gespräche eine Eigendynamik. Davon aber bin ich als Autofahrer (also Wassertrinker) leider ausgeschlossen.

Die Gespräche laufen nach Mitternacht und vielen Gläsern Wein etwa so: Jeder redet mit jedem, alle reden gleichzeitig. An meine Ohren dringen nur noch Dialogfetzen:

Von gegenüber: «Weißt du, ein Brot hat neun Schrippen.» – «Ich weiß, und der Tag hat eigentlich nur zweieinhalb Stunden.»

Von links: «Ich mache eine Reise durch Zentralasien.» – «Stell dir vor, ich mach keine.»

Von rechts: «Wird es euch Spaß machen?» – «Mir schon. Sie wird es hassen.»

Von gegenüber: «Aspirin gefällig?» – «Wer is'n das?»

Jetzt von der Tür aus: «Was heißt'n eigentlich Rind auf Chinesisch?» – «Na, Lind!»

So deuten meine Freunde heiter die Welt. Oft versuche ich, ihre Irrtümer mit Fakten zu klären. Aber je weiter die Nacht voranschreitet, desto weniger sind sie vernünftigen Argumentationen zugänglich.

Weiter geht's von hier: «Der guckt einen nicht mal mit dem Arsch an.» – «Wieso, was haste denn? Dich guckt er doch mit dem Arsch an.»

Von da: «Ich danke dir für den Tipp.» – «Warte erst mal ab.»

Von dort: «Was sind eigentlich Add-ons?» – «Das sind lauter kleine Plug-ins.» – «Hmhm, dachte ich mir.» – «Dachte ich mir schon, dass du dir das dachtest.» – «Wusste ich, dass du das sagst.»

Zu diesem Zeitpunkt kann ich die Gespräche kaum noch verfolgen und bin längst zum Außenseiter geraten. Zu diesem Zeitpunkt denke ich, die sind doch alle so betrunken, die können selbst kaum noch ihren Gesprächen folgen. Zu diesem Zeitpunkt will ich mitreden.

Als sie gerade über Tablettenverkostung und Haustierverwertung, über Katzenkuchenberater und Fortpflanzungsmissbrauchstäter reden, als es um den Kfz-Esoteriker geht, der seine Freundin astral geerntet haben soll, und als die Möbel groteske Formen anzunehmen scheinen – noch kurz bevor sie das Spiel beginnen mit den Tieren, die wie Gegenstände aussehen –, genau da denke ich: Jetzt ist es wirklich absurd. Jetzt kann ich auch mal was sagen! Und ich frage in die Runde: «Hey Leute, sagt mal, sieht mein Kopf aus wie'n Rücken?»

Stille. Etwas zu lang anhaltende Stille. Dann drehen sich meine Freunde verdutzt zu mir um: «Hä???»

Ich komme mir blöd vor. Nächstes Jahr beim Zwillingsgeburtstagspartymarathon, ich schwör's, muss alles anders werden. Der beste Freund von allen – er hat an jenem Abend Geburtstag, am 21. Juni, also dem letzten aller Zwillingsgeburtstage – setzt sich zu mir, legt seinen Arm um meine Schulter und fragt anteilnehmend: «Abini, jetzt mal ehrlich. Bist'n echter Fetentod. Warum kommst'n eigentlich immer mit'm Auto?»

«Ja, wie denn sonst?», frage ich.

«Na, heute biste aber auch nicht die hellste Kerze auf der Torte, was?»

Dann lacht er und lallt etwas deprimierend Logisches: «Taxi!»

Er hat recht. Nichts ist bei einer Party tragischer als ein nüchterner Gast.

HAT ES FELL?

+++ Zahl der Phobien ist nahezu unbegrenzt +++
Mindestens jeder Siebte hat mindestens eine +++

Vierzehn Prozent der Gesamtbevölkerung haben Angststörungen, zu diesen Störungen zählen auch Phobien. Eine Phobie ist eine ausgeprägte Angst, deren Auslöser sehr oft unbegründet ist. Phobien erkennt man daran, dass die Angstreaktion deutlich länger anhält als nötig, dass man die Kontrolle über sich verliert und dass die Angst nicht erklärbar ist. Rund 650 Phobien sind wissenschaftlich anerkannt, beispielsweise die Nomophobie (Angst, ohne Mobiltelefonkontakt zu sein) oder die Dextrophobie (Angst vor Dingen, die sich an der rechten Körperhälfte befinden); die Doraphobie (Angst vor Fell) und die Phobophobie (Angst vor der Angst).
psychologie-news.stangl.eu

Früher sind wir gern mit den Kindern hinaus ins Grüne gefahren. In der Freizeit wollten wir auf keinen Fall in der Stadt rumlungern und das allwochenendliche Grauen miterleben: Reisebusse im Schritttempo, Bierbikes mit grölenden Desperados, Romantiker in Pferdekutschen, Touristen auf Segways, Hasardeure auf Radtouren. Nein, wir wollten: Pilzesammeln bei Beelitz-Heilstätten, Nachtwandern in Bad Saarow, Bootsfahrten ab Neuruppin, Skaten im Fläming, schön den Abschalter drücken und irgendwann – wegen akuter Sauerstoffvergiftung – einfach erschöpft ins Bett fallen. Einen Bungalow mieten, bei Freunden auf dem Grundstück zelten, wir waren echt flexibel. Mein Gott, was waren wir naturverbunden. Schöne Zeiten ...

Jetzt war wieder eines dieser Wir-müssen-bei-dem-Wetter-aus-der-Stadt-raus-Wochenenden. Wir kamen an, atmeten tief durch, grillten noch etwas und gingen ins Bett. Es

war Nacht, tiefe Nacht, es war friedlich, wir schliefen. Plötzlich ein Schlachtruf:

«Maaamaaa!»

«Was ist los?»

«Da sitzt etwas auf der Lampe!»

«Hat es Fell?»

«Nein.»

«Okay.»

Okay war natürlich gelogen. Ich gerate mit oder ohne Fell

an die Grenzen meiner Belastbarkeit. Es war nur gut, dass Ratten schon mal ausgeschlossen waren.

Schon in der Stadt entfährt mir bei der Sichtung einer Ratte ein Urschrei, und bei flatternden Tauben traue ich mich nicht zu atmen. Aber in der Natur reagiere ich dann richtig überspannt. Als Kind habe ich mal im Biesdorfer See gebadet. Plötzlich schnaubte es ganz in meiner Nähe. Ich drehte mich um. Hinter mir schwamm ein Pferd! Vor Schreck wäre ich beinahe ertrunken. Seitdem strengt mich Natur an: Bei Wildschweinen und Fledermäusen raste ich aus, bei Ungeziefer und Insekten auch. Dann liegt bei mir eine spontane Zurechnungsproblematik vor.

Ich werde also in tierischen Angelegenheiten gewöhnlich schnell hysterisch, was meine Kinder wissen. Wenn sie mir dennoch Bescheid geben, muss es etwas Ernstes sein.

«Mama!!»

«Ja, mein Schatz?»

«Auf der Lampe!!»

«Du meine Güte, was ist das?» Auf der Lampe saß etwas Echsenartiges. Ich hatte nicht mal die Hälfte einer Ahnung. So etwas hatte ich noch nie gesehen.

Ich rief: «Cebassa! Mulcho macho!» Dann war ich wieder bei mir: «Okay, was immer das hier ist, wir müssen es schnell rausscheuchen. Rubi, hol ein Blatt Papier und wedel damit! Ich nehme den Regenschirm! Raoul, du das Schachbrett!»

Und jetzt?

Jetzt machen wir es wie die Killerwale. Ich hörte einmal, dass sie ihre Beute gemeinsam einkreisen, dafür haben sie eine ausgeklügelte Technik. Dann wird die Beute bis zur Erschöpfung gehetzt. Das Jagen im Rudel lernen Tiere in freier Wildbahn übrigens von ihren Müttern. Also, Kinder, los geht's.

Es gab drei aufgeregte Minuten in unserem Bungalow,

nicht gleich wurden alle Lichtschalter gefunden, aber schließlich war der Eindringling eingekreist.

Und jetzt?

«Mach schnell die Tür auf! Mach die Tür auf!»

Etwas huschte hinaus.

Und jetzt?

«Mach schnell die Tür zu! Mach die Tür zu!»

Also, ich mag die Stadt. Das allwochenendliche Grauen grölt zwar viel, aber es hat wenigstens kein Fell und sitzt nicht auf unserer Lampe.

DIE ZEITEN ÄNDERN SICH, DIE SORGEN NICHT

+++ Brave Jugend +++ Überraschende Erkenntnisse +++

Jugendliches Ausgehverhalten ist nicht nur ein mediales Thema, sondern deutlich mehr: Ausgehen und Partys feiern sind ein wichtiger Bezugspunkt im Leben Jugendlicher. Dabei ist die Jugend besser als ihr Ruf: 51 Prozent der 14- bis 29-Jährigen haben noch nie eine sogenannte «Flatrate-Party» besucht (also Veranstaltungen, bei denen es alkoholische Getränke ohne Mengenbegrenzung zu einem Pauschalpreis gibt). Nur drei Prozent besuchen solche Partys einmal pro Woche oder öfter.
Studie MTV Networks, Viacom International Media Networks Northern Europe

Als ich damals in die Discos rauschte, fast immer zu spät nach Hause kam und meine Mamel mich dann erwartete – war ich sehr genervt: «Bitte hör doch auf, dir immer Sorgen zu machen. Was soll schon passieren?» Ich war gern unterwegs. Ich war viel unterwegs.

Müde zu werden begann ich in einer Zeit, als in der Arena in Berlin-Treptow abenteuerliche Konzerte stattfanden und die Texte von Snoop Dogg noch als beleidigend galten – also etwa zwanzig Jahre später. Oder ich wurde einfach erwachsener, je nachdem. Jedenfalls war ich nicht mehr scharf auf die Aftershow-Partys eines Gangsta-Rappers.

Sehr zur Freude meines Sohnes. Nun konnte er endlich mit seinen Freunden losziehen, ohne befürchten zu müssen, irgendwo seiner Mutter zu begegnen. Ich gab ihm lediglich Hinweise, wie sie eine Mutter ihrem Sohn gibt, wenn sie es gut mit ihm meint. Etwa diesen: «Junge, lass dir niemals die Wodkaflasche aus der Hand nehmen, so kannst du immer selbst nachschenken. Sonst tut's dein Gegenüber – und da kannst du nur verlieren.»

So zog er los. Und ich wartete. Und er kam nicht. Und ich wartete.

Gegen halb drei in der Nacht hörte ich Sirenen, ich ging ans Fenster und sah Blaulicht. Das ist eigentlich in Berlin-Mitte nichts Ungewöhnliches. Doch in jener Nacht dachte ich: Raoul! Da ist doch was passiert!

Schnell zog ich mir Hausschuhe an und stapfte zum Rettungswagen: «Was ist denn passiert?»

Der Sanitäter antwortete: «Ein Jugendlicher ist auf die U-Bahn-Gleise gefallen. Betrunken natürlich! Sozusagen: sturzbetrunken!»

«Oh, mein Gott! Oh, mein Gott!» Ich sah mein Kind auf den Gleisen liegen, erklärte dem Sanitäter, dass ich schon die ganze Nacht vergeblich auf meinen Sohn wartete, und bat ihn schließlich, mich zu dem Verletzten zu führen.

«Wie alt ist er denn?», fragte der Sanitäter.

Damals war er noch sechzehn. Doch viel wichtiger war mir, ihn zu beschreiben: «Wunderschön.» «Sehr gut aussehend.» «Sehr beliebt.»

«Sechzehn ist der hier auch. Na dann kommse mal mit.»

Die Tür des Rettungswagens ging auf – und drinnen saß ein kleiner, molliger, sehr blasser Jugendlicher.

«Ist er das?», fragte der Sanitäter. Der Junge starrte mich mit feistem Gesicht an. Ich starrte zurück.

«Na? Ist das Ihr Sohn?»

«Wie kommen Sie denn darauf? Das sieht man doch», antwortete ich.

«Hätt' ja sein können», sagte der hilfsbereite Sanitäter.

Ich bedankte mich artig – aber nein: Hätte nicht. Es kann vieles sein: Das Kind verspricht pünktlich nach Hause zu kommen – und kommt nicht. Es verspricht, keine Dummheiten zu machen – und macht sie heimlich. Es verspricht, sich zu melden – und ruft nicht an. Das hätte sein können. Aber dass es in wenigen Stunden mollig und blass wird, hätte nicht sein können.

Ich wusste nicht, ob ich erleichtert sein sollte, weil es nicht mein Junge war. Oder ob ich noch Schlimmeres in dieser Nacht zu erwarten hatte. Ich blieb besorgt.

Die Zeiten haben sich doch sehr geändert: Früher, zu meiner Zeit, war die «Grüne Wiese» – ein Longdrink aus Curaçao, Sekt und Orangensaft – schon eine Offenbarung.

Heute, zu seiner Zeit, beginnen Flatrate-Partys mit fiesem Branntwein, und statt klarer Worte gibt es danach nur höflich mahnende Präventionskampagnen. Mein Sohn würde sich wohl niemals ins Koma trinken. Aber ich konnte nicht aufhören, mir Sorgen zu machen.

Um vier Uhr hörte ich den Schlüssel in der Tür.

«Endlich da!», rufe ich.

Mein Sohn sagt stocknüchtern: «Mom, bitte hör doch endlich auf, dir immer Sorgen zu machen. Was soll schon passieren?»

Ich? Ich bin doch nicht besorgt! Bin nur zufällig noch wach.

ZWEI QUARTALE

+++ Krankenkassen erwirtschaften Überschuss +++
Praxisgebühr entfällt ersatzlos +++

Die gesetzlichen Krankenkassen haben vom ersten bis dritten Quartal 2012 rund 142 Milliarden Euro eingenommen und einen Überschuss von etwa 4,05 Milliarden Euro erzielt. Der Bundestag hat daraufhin dem Wegfall der Praxisgebühr zum 1. Januar 2013 zugestimmt. Die Praxisgebühr wurde im Jahr 2004 eingeführt und sollte für einen Rückgang der Arztbesuche sorgen. Seitdem war beim ersten Arztbesuch (auch Notdienst oder der Notaufnahme) pro Quartal eine Gebühr in Höhe von zehn Euro fällig. Bestand die Notwendigkeit, im gleichen Quartal noch einen weiteren Arzt aufzusuchen, so fiel keine weitere Praxisgebühr an. Hatte aber ein neues Quartal begonnen, musste die Gebühr von zehn Euro erneut entrichtet werden.
Pressemitteilung Bundesministerium für Gesundheit

Es war am 30. Juni 2010, als ich vergeblich versuchte, meine Mutter, meine Mamel, zu erreichen. Langsam beschlich mich ein komisches Gefühl. Ich wollte ihr einen guten Morgen wünschen, sie ging nicht ans Telefon. Ich wollte ihr einen schönen Tag wünschen, sie hob nicht ab. Ich wollte wissen, wie ihr Tag war, und bekam sie einfach nicht an die Strippe. Tagsüber war ich schon im Büro beunruhigt, gegen Abend wurde ich zu Hause ziemlich nervös. So sehr, dass mein Mann schließlich sagte: «Nun geh doch endlich bei ihr vorbei.» Um 23 Uhr machte ich mich auf den Weg.

Ich klingelte, keiner öffnete. Ich schloss die Wohnungstür auf und rief: «Mamel?!»

«Ja, Bienchen», hörte ich es aus dem Dunkel.

Ich war so erleichtert, dass ich sofort schimpfte: «Warum gehst du denn nicht ans Telefon? Ich habe dich den ganzen Tag lang angerufen.»

«Na, dann mach doch mal das Licht im Wohnzimmer an», antwortete sie sanft.

Ich drückte den Schalter und war geschockt. Mamel lag auf dem Teppich. Sie war gestürzt und konnte sich kein Stück bewegen. Sie lag da schon seit neun Uhr vormittags, war dehydriert und unterzuckert. Sie hatte jedes Klingeln gehört, jede Nachricht auf dem Anrufbeantworter – aber das Telefon war unerreichbar.

Mamel hatte schon seit langem ein Herzleiden. Vor zwanzig Jahren erlitt sie sogar einen Infarkt. Seitdem ist sie auf Medikamente angewiesen – und auf regelmäßige Untersuchungen beim Kardiologen. Die Wartezeit für einen Termin beträgt ein halbes Jahr, in einem Monat hätte sie die nächste Untersuchung gehabt.

«Wie ist denn das passiert?», fragte ich sie.

«Ich wollte auf den Balkon, auf einmal wurde mir schwarz vor Augen. Ich denke, es liegt an den neuen Tabletten. Die vertrage ich nicht.»

Als sie auf dem Teppich wieder zu sich kam, spürte sie große Schmerzen. Anfangs rief sie noch um Hilfe, aber dann beschloss sie, ihre Kräfte zu schonen. Sie sagt, sie habe sich immer wieder mal wie «zwischen Baum und Borke» gefühlt. Aber dennoch staunte sie über sich selbst, dass sie «so gelassen blieb». Die Stunden vergingen äußerst langsam, aber mutlos sei sie zu keinem Zeitpunkt gewesen. Inständig habe sie gehofft, dass ich noch nach ihr schaue. Sie wusste ja, wann ich Feierabend hatte. Bis dahin hatte sie tapfer durchgehalten. Dann, so ab acht Uhr, verließen sie zwar die Kräfte, aber nicht die Hoffnung.

Was, wenn ich mich nicht noch mal aufgerafft hätte? Ich küsste Mamel auf die Stirn und machte ein paar Handgriffe, bevor ich den Notarzt rief – während Mamel sich für all die Umstände entschuldigte. Mein Gott, Schuldgefühle? «Du wirst doch jetzt nicht katholisch?», fragte ich.

Sie lächelte, soweit es die Schmerzen zuließen. Kurz vor Mitternacht kamen wir im Krankenhaus an. Während Mamel untersucht wurde, zahlte ich zehn Euro Praxisgebühr. Bald war klar, dass sie noch in jener Nacht operiert werden musste. Die linke Hüfte. Gerade las ich den Behandlungsvertrag – als wieder zehn Euro fällig wurden.

Aber ich hatte doch eben beim Notarzt?

Wir hätten jetzt den 1. Juli, erklärte die Schwester, und somit sei ein neues Quartal angebrochen.

Ich diskutierte nicht und zahlte noch mal zehn Euro.

Kurz vor größeren Operationen kommen Eltern oft auf die Idee, ihre Kinder auf Formalitäten hinzuweisen: Wo welche Dokumente liegen und was noch zu erledigen sei. Das will man nicht hören, aber …: «Bienchen, hast du auch die Gebühr bezahlt?»

«Ja, Mamel, alles gut, sogar zweimal.»

«Warum denn zweimal?»

«Na, die letzte Viertelstunde durchlief gerade zwei Quartale. Am 30. Juni endete das zweite, am 1. Juli begann das dritte Quartal.»

«Wie dumm von mir!», sagte sie. «Das werde ich beim nächsten Sturz bedenken.»

«Ist ja auch meine Schuld. Das war der Schock, ich konnte nicht klar denken. Ich habe den Notarzt einfach zehn Minuten zu früh gerufen.»

«Ah, verstehe. Wir bessern uns, Bienchen!», sagte sie verschmitzt.

«Ja, Mamel, das tun wir!»

DER FLUCH DER FENSTERBRIEFE

+++ Erstmals Bürokratiebelastung gemessen +++
Der Aufwand für Privatpersonen ist zu hoch +++

Die Bundesbürger haben im Alltag erhebliche bürokratische Hürden zu überwinden – das kostet nicht nur Nerven, sondern auch viel Zeit und Geld. Eine aktuelle Studie hat erstmals die Bürokratiebelastung der Deutschen gemessen. Die Messung erfolgte nach dem sogenannten Standardkosten-Modell, mit dem auf Bundesebene bereits die Bürokratiebelastung von Unternehmen erhoben wird. Dabei wurde deutlich: Die Informationspflichten von Menschen könnten um mehr als zwanzig Prozent reduziert werden.
«Alltag zwischen Aktendeckeln», Bürokratie-Studie der Bertelsmann Stiftung

Sie haben Post. Oh, wie wunderbar – ich erhalte gern Briefe. Am liebsten die von Hand geschriebenen lieben Grüße. Doch in der Regel beginnt mein Feierabend damit, dass ich den Briefkasten öffne und gleich wieder schließen möchte – weil nichts anderes als Fensterbriefe drinliegen.

Das können nur Bescheide, Rechnungen oder Ähnliches sein. Sozusagen: briefgewordene Vergeltungsschläge. Klar, die Werbung kann gleich weg. Aber um die Bescheide und Rechnungen kommt man nicht herum. Manchmal geht es um «Soll» und «Haben», meistens um «Soll» und «Sollen». Mir bleibt dann nur die Frage: Bei welcher Post wünsche ich mir am meisten, sie nicht lesen zu müssen?

Es ist unglaublich, worum man sich alles kümmern muss – bloß weil man existiert. Aber das Leben will nun mal gerechtfertigt sein.

Zuerst die Rentenkasse! Neben der Wartezeitauskunft bekomme ich – natürlich – einen Bescheid. Darin geht es um die «Anrechnung und Bewertung» von Beitragszeiten. Deswegen war ich in den letzten zwei Jahren bestimmt dreimal bei den Mitarbeitern der Rentenversicherung, bis es endlich hieß: Nun ist alles geklärt! Im jüngsten Bescheid steht jedoch, dass die «hier vorhandenen Informationen nicht ausreichen, Ihre Versicherungsangelegenheit vollständig zu erledigen». Es geht wieder einmal um die Anrechnung der Baby-Auszeit. Das ist aber gar nicht weiter problematisch: Ich muss nur das Formular V100 im Internet finden, runterladen, dann die sieben Seiten ausfüllen und die entsprechenden Kopien beilegen.

Nächster Brief, Familienkasse! Dort hatte ich brav mitgeteilt, dass mein Sohn bald nicht mehr berechtigt sein wird, Kindergeld zu erhalten. Daraufhin bekam ich Formulare, die ich detailliert ausfüllen musste – und nun halte ich den Brief in den Händen, in dem mir die Familienkasse auf drei Seiten erklärt, dass mein Sohn nicht mehr berechtigt ist, Kindergeld zu erhalten. Das ist genau jene Information, die ich vor zwei Monaten selbst der Familienkasse mitteilte. Nun erfahre ich noch, dass mein «Antrag hiermit abgelehnt wird». Ein Antrag, den ich nicht gestellt habe … Na, wenn ich schon mal dabei bin, kann ich auch gleich die aktuellen Ausbildungsnachweise meiner Tochter für die Familienkasse kopieren und der Antwort beilegen, dann hätte sich auch der andere Fensterbrief erledigt.

Dann die Krankenkasse! Sie informiert mich über das «Bürgerentlastungsgesetz». Auf drei eng geschriebenen Seiten. Spaßeshalber lese ich mir die neunzehn Punkte durch – und verstehe sie sogar annähernd. Aber dann ist da wieder ein Wort, das eigentlich verboten gehört und überhaupt nicht bürgerentlastungsmäßig daherkommt: Es geht um die «Krankenversicherungsbeitragsanteilsermittlungsverordnung». Nee, diese Wortgirlanden, dieses Amtsdeutsch. Für heute reicht's! Das ist der Moment, in dem ich eigentlich mit einer Tüte Kartoffelchips vor den Fernseher gehöre.

Noch schnell die Wahlbenachrichtigungen für alle ins Wohnzimmer legen, die Unterlagen zur Pflegeversicherung abheften, die Telefonrechnung auch, die Betriebskostenerhöhung zur Kenntnis nehmen, das unmoralische Kreditangebot wegschmeißen, dem Rundfunkarchiv antworten und die neuesten Payback-Gutscheine im Portemonnaie verstauen. Ups, die Rechnung vom Polizeipräsidenten wegen Parkens ohne Parkschein wäre beinahe untergegangen.

Da fragt mein Mann vorsichtig: «Abini, vor zwei Stunden bist du nach Hause gekommen. Was kramst du denn da? Bist du irgendwann fertig?»

Ich lächle und winke mit dem Schreiben vom Finanzamt. Nun ja, die Fristen. Es ist immer wieder verblüffend, was man für einen verwalterischen Aufwand betreiben muss – bloß weil man auf der Welt ist.

«Schatz, ich manage noch schnell unser Leben. Ich kann jetzt nicht an Feierabend denken. Ja, schade, dass es schon so spät ist. Aber unsere Existenz muss schließlich verteidigt werden. Ich stecke mitten im Papierkrieg.»

Fang schon mal mit dem Feierabend an!

DER MAGISCHE SATZ

+++ Navigationsgerät +++ Technik, Design und Qualität,
die überzeugen +++

Vielen Dank, dass Sie sich für ein Blaupunkt Navigationssystem entschieden haben. Eine gute Wahl. Wir wünschen Ihnen viel Spaß und
viele staufreie Kilometer mit Ihrem neuen Navigationssystem. Sie
können nach der Eingabe des Ziels und dem Starten der Navigation
selbstverständlich gleich losfahren. Das Gerät wird Sie, sobald es die
Satelliten fixiert hat, automatisch mit der ersten Sprachansage und
einer aktualisierten Anzeige zu Ihrem Ziel führen.
Bedienungsanleitung Travel Pilot

Sie haben Ihr Ziel erreicht!»

Nein, damit war nicht zu rechnen. Am Mittwochabend
fuhr ich nach Aschersleben. Ich hatte dort eine Lesung. Die
Besucher waren neugierig, haben an den richtigen Stellen
gelacht, wir verstanden uns auf Anhieb. Schnell war die holp-
rige Anfahrt vergessen. Denn die kam mir eher vor wie ein
Stresstest, den mein Navigationsgerät mit mir veranstaltete.

Die ganze Hinfahrt über hielt es mich auf Trab. Gut, erst mal auf die A 100, dann am Autobahndreieck Funkturm rechts halten. Ja, ist klar. Dann am Autobahnkreuz Magdeburg wieder rechts halten und der A 14 Richtung Dresden/Halle/Leipzig folgen, Ausfahrt Bernburg, dann auf die B 6. Und dann? Ja, wie geht's jetzt weiter? Ich bin schon an zwei Gabelungen vorbeigefahren, war da keine Option dabei? Soll ich mich links halten? Oder weiter geradeaus fahren? Soll ich den Publikumsjoker befragen? Bitte, sprich mit mir! Doch das Gerät sprach kein Wort. Von wegen «dynamische Route».

Mein Navi hat eine blitzschnelle Wegberechnung (IQ Routes), innovative Features (HD Traffic) und Spracherkennung (Professional Voice Command). Es ist ultraschlank, kennt ganz Europa und kann sogar die Sehenswürdigkeiten der Umgebung anzeigen. Mein Navi hat von allen das schönste Design. Und es warnt vor Geschwindigkeitsüberschreitung, hat einen Staumelder und kann die Zeitzonen wechseln (auch wenn man nach Sachsen-Anhalt fährt).

Aber: Es hat eine weibliche Stimme! Ich mag SIE nicht. Wenn SIE reden soll, sagt SIE nichts. Wenn SIE nichts sagen soll, redet SIE. Ist halt eine Frau. SIE macht mich oft ratlos: Plötzlich ist in Aschersleben «auf dieser Strecke keine Berechnung möglich». Auf einmal soll ich in einer Sackgasse «jetzt geradeaus». SIE macht es mir schwer, nicht in Panik zu geraten. Seit ich dieses hyperintelligente Navi habe, verfahre ich mich jedenfalls viel exakter als früher ...

In zweihundert Metern soll ich «den Kreisverkehr rechts verlassen». Wenig später lande ich auf einem Parkplatz. Einfach so. Die Frau ist irre! Nachdem ich ein paar freundliche Fußgänger nach dem Weg gefragt habe, komme ich endlich ohne weitere Schwierigkeiten an.

Was hat SIE für ein Problem?

Nachts kehre ich nach Berlin zurück. Die roten Rücklichter auf der Autobahn wirken hypnotisch auf mich. Das ist der sogenannte Perlschnureffekt, der durch die Trägheit des menschlichen Auges verursacht wird. Dabei bewegen sich LED-Lichter im gleichen Tempo wie der Betrachter, und die Rückleuchten werden größer, diffuser und mehrmals wahrgenommen. Das ist gefährlich. Aber ich höre laut Musik. In dieser Nacht gibt es so viele spontane Spurwechsel, da bleibt sowieso keine Sekunde zum Dösen.

Ich rausche gerade an Ferch vorbei. Da hatte ich bereits zwei scharfe Bremsmanöver auf der A 2 und A 10 hinter mir und war ohnehin hellwach. Plötzlich rief SIE – mitten auf der Autobahn – ins Dunkel der Nacht hinein: «Bitte wenden!» Ich ignorierte sie.

Am nächsten Tag höre ich von einem Unfall auf dem Berliner Ring, der sich gegen 0 Uhr 30 ereignete. Nur kurz zuvor war ich an der gleichen Stelle vorbeigefahren. Jetzt konnte SIE wohl noch hellsehen und wollte mich vorsorglich warnen?

Der Verkäufer von Saturn hatte mir damals erklärt, dass man die Stimme des Navis auch auf eine männliche umstellen kann. Ich jedenfalls würde mich lieber von Homer Simpson oder Darth Vader in die Irre führen lassen. Daran hätte ich mehr Spaß als an dieser stets unbeirrten, aalglatten, schmeichelnden Damenstimme. SIE und ich – wir passen nicht zusammen. Leider steht in der Betriebsanleitung nichts von einer Umstellung. Gleich morgen gehe ich zu Saturn.

Endlich daheim, beschwere ich mich bei meinem Mann. Er ist selber gerade erst zu Hause angekommen und sagt: «Du erzählst doch auch gern, jetzt lass die Dame doch mal reden. Hauptsache, SIE sagt am Ende den magischen Satz.» (Siehe Anfang.)

MANCHMAL IST MAN DER BAUM

+++ Rechtliche Regelungen zu Nachbarschaftslärm +++
Anspruch auf Ruhe +++

Geräusche, die durch Privatpersonen in der Nachbarschaft hervor-
gerufen werden und störend oder belästigend wirken, werden als
Nachbarschaftslärm bezeichnet. Hierzu gehören beispielsweise laut
eingestellte Fernseher oder eine Party. Regelungen zum Nachbarschaftslärm sind in den Immissionsschutzgesetzen der Bundesländer,
in Regelungen der Kommunen oder in Hausordnungen enthalten. Sie
legen fest, zu welchen Zeiten ein erhöhter Anspruch auf Ruhe besteht.
Liegt eine Belästigung oder Störung vor, sollte der Verursacher aber
immer der erste Kontakt sein. Etwa 42 Prozent der Bürger fühlen sich
durch den Lärm von Nachbarn belästigt.
Repräsentative Umfrage des Umweltbundesamtes

Jetzt ist es auch mir passiert: Ich kann mir den Lärm nicht
mehr wegdenken und spüre die Bässe auf meiner Couch. Sie
gehen durch Mark und Bein. Nein, ich will nicht hochgehen,
mich bei dem neuen Nachbarn beschweren und ihn anbel-
len. Dafür bin ich noch zu jung.

Die Musik, die er hört, lässt sich wohl unter Hardtrance,
Jumpstyle, Speedcore, Electro Industrial einordnen. Ich bin
da nicht mehr so auf dem Laufenden. Das ist jedenfalls Musik, die auf Zimmerlautstärke sinnlos ist. Sie muss schon ordentlich hämmern. Wumm, wumm, wumm. Bumm, bumm,
bumm. An diesen Musikgeschmack werde ich mich nie ge-
wöhnen, so viel steht fest. An die Lautstärke auch nicht. Der
junge Mann über uns ist gerade erst eingezogen und hat
noch keine Möbel in seinem Wohnzimmer. Deshalb hallt dieses unaufhörliche Wummbumm auch sehr beeindruckend.

Mein Mann und ich sitzen eine Etage tiefer und schreien
uns an.

Ich rufe: «Es hat keinen Sinn, sich zu unterhalten. Bitte dreh den Fernseher auf.»

«Was hast du gesagt?»

«Den Fernseher aufdrehen!»

«Das hat auch keinen Sinn.»

«Für mich schon.»

«Wir sollten ihm lieber ein paar Faustan nach oben bringen.»

«Was?»

«Faustan. Damit er sich beruhigt.»

«Hast du etwa noch welche? Bitte gib sie lieber mir.»

«Das ist doch absurd. Ich stelle dich nicht ruhig wegen diesem Typen.»

«Was sollen wir denn machen?»

Mein Mann zieht mich in die Küche und meint, er würde am liebsten jetzt und gleich den Nachbarn ruhigstellen! Ich mache ihm klar, dass dies keine geschmeidige Art wäre. Für eine freundliche Ansprache – «Könnten Sie Ihre furchtbare Musik bitte leiser hören? Oder überhaupt nicht mehr?» – sind wir beide allerdings auch schon zu sehr aus der Fassung. Es wäre für uns beide einfach am besten, wenn keiner heute Nacht hochgeht. Und für den jungen Mann wäre es auch gut. Sonst könnte es zu unangenehmen Auseinandersetzungen führen, die eigentlich keiner von uns will. Ich würde den Neuen auf jeden Fall nach allen Regeln der Kunst exorzieren. Und Teufelsaustreibungen sind niemals nett.

Wir diskutieren noch ein Weilchen in unserer Küche, dann beschließt Thommi, dem Störenfried gleich morgen Kopfhörer zu besorgen.

Das ist eine gute Idee. Aber irgendwas stimmt nicht an unserem Vorgehen. Wir sind in eine Opferrolle geraten, in die wir gar nicht hineingehören. Das sind wir nicht. Ich las mal einen interessanten Artikel von Wissenschaftlern, die den Zusammenhang erforscht haben zwischen dem eigenen Verhalten, wie man sich gibt, und der Reaktion, wie man von anderen behandelt wird. Also ob man der Hund ist, der den Baum anpinkelt – oder der Baum, der sich vom Hund anpinkeln lässt. Keine Frage, wir sind gerade der Baum.

Am nächsten Tag treffe ich den Neuen im Fahrstuhl. Er spricht mich freundlich an, stellt sich vor und schnorchelt in meinen Gehörgang: «Pardon, Madame, es dud mir leid. Isch wuste niecht, dass die Musique so laud ist.» Mon Dieu, was für ein charmanter Kerl! Dieser französische Akzent erweicht mich auf der Stelle. «Ist ja kein Problem», höre ich mich sagen.

«Kein Problem?», fragt mein Mann, als ich ihm abends von der Begegnung erzähle. Das hätte er aber anders erlebt. Mein Mann muss etwas lauter sprechen, weil von oben schon wieder die Musik lärmt. Auch meine kurze Schwärmerei für jenen Galan ist in diesem Moment schlagartig erkaltet. Ich komme auf Betriebstemperatur und sage: «Ja, du hast recht, es ist ein Problem! Ich gehe jetzt hoch und verlese ihm seine Rechte!»

Da klingelt es schon an unserer Tür. Unser Nachbar hält eine Flasche Sekt in der Hand. Morgen plane er eine Party, es könne laut werden, er wolle sich schon mal «ändchuldigen». Hach, was für ein attraktives Ärgernis!

Ich eile mit dem Sekt ins Zimmer und rufe: «Santé!» Mein Mann ist irritiert. «Aber Monsieur», sage ich, «so ist das Leben.» Mal ist man der Hund, mal ist man der Baum.

Dann kommt der nächste Abend. Wir sind extra lange unterwegs und erst gegen zwei Uhr zu Hause. Die angekündigte Party ist in vollem Gange. Es müssen mindestens dreißig Gäste da sein, darunter viele Mädels mit Absatzschuhen – das verrät uns der Parkettboden. Wummwummwumm, bummbummbumm, klackklackklack. In keiner Ecke unserer Wohnung haben wir eine Chance zu entfliehen. Wir erinnern uns daran, dass wir auch mal jung waren. Es ist drei Uhr. Wir halten durch und wollen tolerant bleiben. Es ist vier Uhr. Eine Stunde später ist die Party auch schon zu Ende.

Zwei Tage danach hat sich unser neuer Nachbar eine Dolby-Surround-Anlage angeschafft. Er guckt gern Actionfilme. Offenbar mag er «Iron Man», «Lethal Weapon» und «Collateral». Es geht, das ist deutlich zu hören, um Waffensysteme, Folter und Auftragsmord.

Stapf, stapf, stapf, klingel, klingel, grins: «Monsieur, ich weiß, Sie verstehen unsere Sprache bestens. Sie hören Ihre Filme schließlich auf Deutsch. Wir hören Ihre Filme übrigens auch. Die sind bestimmt magnifique. Aber es reicht! Für heute Nacht ist Finale. Bonne nuit! Heute sind wir mal der Hund!»

IST ALTWERDEN MIST?

+++ Alterssurvey über Generationenwandel +++
Wie nahe bleiben sich Familien? +++

Die Beziehung zwischen Eltern und Kindern gehört zu den stärksten und dauerhaftesten Bindungen, die Menschen im Verlauf ihres Lebens eingehen. Eltern und ihre erwachsenen Kinder leben zumeist nicht im selben Haushalt, oftmals auch nicht im selben Ort. Die Chancen, eine intensive Beziehung zu pflegen, sind höher, wenn die Kinder in der Nähe wohnen. Eine geringe Distanz hilft, sich auch im übertragenen Sinn «nahe» zu bleiben. Eine Befragung zu Kontakten mit den Kindern ergab: Bei den 70- bis 85-Jährigen leben 22 Prozent der nächstwohnenden Kinder im selben Haus. Fast die Hälfte (48 Prozent) lebt im selben Ort und etwa ein Drittel weiter entfernt (30 Prozent).
Alterssurvey im Auftrag des Bundesministeriums für Familie, Senioren, Frauen und Jugend

Die Menschen haben eine schlechte Angewohnheit: Sie werden älter.

Mein Schwiegervater sagt immer: «Altwerden ist Mist.» Das bewegt mich, denn tatsächlich: Mit dem Alter kommen auch die Krankheiten – und die sind ein Luxus, den man sich heutzutage erst mal leisten können muss.

Zum Beispiel Mamel. Als sie das erste Mal gestürzt ist, hatte sie sich die linke Hüfte gebrochen. Es folgten Operationen und Reha-Maßnahmen, etliche Begegnungen mit dem Medizinischen Dienst der Krankenversicherung und der Pflegekasse, Gutachten und Minutenzeitrechnungen, Wohnungsumbau und die Anschaffung von zahlreichen Hilfsmitteln. Darüber ließe sich eine ganze Fortsetzungsreihe schreiben. Jedenfalls war Mamels linkes Bein nach der Operation einen Zentimeter kürzer. Doch dann fiel sie noch einmal hin. Diesmal brav auf die rechte Hüfte. OP, Reha, Sie

wissen schon. Jetzt waren beide Beine wieder gleich lang. Wir einigten uns in der Familie darauf, dass sie nun alle Möglichkeiten ausgeschöpft hatte.

Ich habe schon fast vergessen, wie es damals war: die Notaufnahme, wo bettlägerige Patienten gezwungen sind, ihre Notdurft im Wartezimmer (!) unter einer Decke in einen Urinbehälter zu verrichten. Wo eine Röntgenaufnahme vier Stunden dauert. Wo Neuzugänge «übergangsweise» in ein hochinfektiöses Zimmer geschoben werden und aus der «Übergangszeit» mehrere Tage werden. Weil so etwas nicht verboten ist. Wir besuchen Mamel jeden Tag.

Die Bettnachbarin meiner Mamel hat Bakterien, die noch nicht erforscht, aber «keinesfalls ansteckend» sind, wie man uns versichert. Aber wenn sie noch nicht erforscht sind, woher will man wissen, dass sie sich nicht übertragen? Wir monieren das immer und immer wieder. Eine pampige Oberärztin verlegt meine Mamel dann eines Morgens widerwillig in ein anderes Zimmer. Ich telefoniere mit Mamel, wir sind beide erleichtert. Endlich kann sie frei atmen und ihr Frühstück genießen. Es ist halb neun. Kurze Zeit später, um 10 Uhr 19, erreicht mich in der Redaktion eine Mail, dass «Ihre Mutter sofort entlassen wird». Plötzlich wird die Ärztin sehr flexibel: Ab elf Uhr hat sie das Bett schon für jemand anderen reserviert. Die Abholung soll «umgehend» geschehen. Auch diese Geschichte ließe sich endlos fortsetzen. Sie handelt von überforderten Krankenschwestern, denen man keinen Vorwurf machen kann, weil die Stationen einfach unterbesetzt sind. Von offenen Türen und Fenstern im Krankenzimmer, die zu einer Lungenentzündung führen. Von vor Schmerzen schreienden Patienten, die nicht behandelt, sondern einfach ruhiggestellt werden. Aber ich will sie gar nicht weitererzählen. Denn dann wäre Altwerden wirklich Mist.

Natürlich lasse ich alles stehen und liegen und hole Mamel sofort ab. Leider ist sie in meinem Auto nicht transportfähig. Also bezahle ich aus eigener Tasche einen Krankentransport, nur um sie endlich von dort wegzubekommen.

Seit dem zweiten Sturz ist Mamel körperlich stark beeinträchtigt. Ich würde sagen: Zum Glück ist sie im Kopf immer noch so fit wie eh und je; aber man könnte auch sagen: «Bedauerlicherweise» ist sie das. Nicht nur dass sie dadurch die ganze Behördenmühsal mitbekommt, ihr guter geistiger Zustand hat auch anderthalb Jahre lang eine angemessene Pflegestufe verhindert. Ich bin besorgt um meine Mutter. Schlimmer aber noch: Ich bin nicht als gelernte pflegende Angehörige zur Welt gekommen, sondern einfach nur als Tochter. Ich muss mich in eine Menge reinarbeiten, mit vielem kenne ich mich nicht aus.

Mamel, die bei Alltäglichem wirklich auf Unterstützung angewiesen ist, die sich nach der zweiten Reha erstmal im Rollstuhl fortbewegen muss und sich im Bett nicht alleine aufrichten kann, wird nach dem ersten Pflegestufenantrag bescheinigt, dass sie «keine eingeschränkte Beweglichkeit» habe und die Hüftgelenke «beiderseits unauffällig» sind – was nach zwei Brüchen eigentlich nur Ironie sein kann. Des

Weiteren wird zwar berücksichtigt, dass sie beim Einkaufen, der Körperpflege und anderen Dingen Hilfe braucht, aber: Es fehlen zwei Minuten! Im täglichen Gesamtpflegeaufwand müssen neunzig Minuten erreicht werden. Wir können aber nur 88 Minuten nachweisen. Die Zeit für das Waschen am Morgen und am Abend kalkuliert die Pflegeversicherung mit zusammen fünfzehn Minuten ohnehin ziemlich sportlich. Hätten wir sie in die Wanne geschmissen, nicht abgetrocknet und nicht eingecremt, selbst dann hätten wir es kaum geschafft. Am Ende ist nicht die Pflege meiner Mutter die Herausforderung, sondern der Zynismus der Behörden.

Kurz nach der ersten Begutachtung haben wir den Bescheid bekommen, dass «keine Pflegebedürftigkeit vorliegt», und sofort Widerspruch eingelegt. Wir lassen uns indes beraten in der Koordinierungsstelle eines Geriatriezentrums, einem Beratungszentrum für pflegende Angehörige und in einer Anlaufstelle der Jüdischen Gemeinde. Nach ein paar Wochen liegt im Briefkasten die Ankündigung, dass nun ein zweiter Gutachter einbestellt wird. Wieder kommt jemand vom Medizinischen Dienst und vier Wochen später die zweite Ablehnung. Diesmal, so wird uns mitgeteilt, fehlt eine Minute! Wir bekommen von links und rechts viele Tipps. Etwa mit den Gutachtern einen Termin für den Monatsanfang auszumachen, dann sei deren Kontingent noch nicht ausgeschöpft. Oder Mamel solle sich begriffsstutzig stellen. Aber das will sie nicht. Warum auch? Ihre Menschenwürde ist ja nicht erkrankt.

Nun rüsten wir ihr Bad um, es bekommt eine Wanne mit Tür, wir installieren eine Aufstehhilfe im Bett und viele andere Dinge. Vor allem schalte ich einen Fachanwalt für Sozialrecht ein. Vier Wochen später hat Mamel endlich die Pflegestufe I. Die Politik lobt sich derweil allen Ernstes selbst für ihre Pflegestufenreform. Der bundesweite Geschäftsführer des Medizinischen Dienstes würdigt das neue Begutachtungsinstrument, das Ungleichbehandlungen beendet. Und den ambulanten Pflegediensten wird eine bessere Versorgung prophezeit. Zur Umsetzung des ganzen Konstrukts fehlen nur noch vier Milliarden Euro, heißt es in den Nachrichten. Es ist absurd.

Bitte werden Sie nicht alt und krank. Und wenn doch, versuchen Sie, nicht am System zu verzweifeln. Denken Sie daran: Das System verzweifelt schon an Ihnen.

Wir sind jedenfalls unverhofft viel herumgekommen, haben hilfsbereite und gleichgültige Menschen, gute und weniger gute Orte dieser Stadt kennengelernt, Krankenhäuser und Tageskliniken, Pflegestationen und Rehakliniken.

Meine Mutter, 86, will unbedingt wieder auf die Beine kommen. Sie lernt ein zweites Mal laufen, und sie macht gute Fortschritte. Als der Stock nicht mehr ausreicht, was Mamel sehr bedauert, bekommt sie von der Krankenkasse einen Rollator. Der ist aber so schwer und sperrig, dass wir einen neuen, leichteren kaufen: ein Schmuckstück, modern im Design mit geländegängigen Komfortreifen und großzügiger Einkaufstasche, ergonomisch, höhenverstellbar, wendig, zusammenklappbar, mit einfacher Ankipphilfe und bequemer Sitzfläche, praktischer Stockhalterung und verstellbarer Rückenlehne – das ist sozusagen der Mercedes unter den Rollatoren. Nur für sehr lange Ausflüge, etwa in den Tierpark, organisieren wir noch einen Rollstuhl.

Da Mamel in unserer Straße wohnt, holen wir sie auch mal zum Essen rüber oder einfach zum Reden. Nach einiger Zeit kann sie schon wieder alleine zu uns kommen. Sie besteht sogar darauf.

«Ist das nicht zu anstrengend, Mamel?»

«Nein, nein, Kinder. Macht euch keine Sorgen. Ich setz mich nur mal kurz auf die Couch. Geht gleich wieder.»

Dann schläft sie ein. Nach einer Stunde wacht sie auf – «seht ihr, ich brauchte nur ein paar Minuten» –, isst mit uns, lacht mit uns, wird müde, geht rüber zur Couch, um sich «mal kurz zu strecken». Dann schläft sie wieder ein. Tief und fest, draußen ist es längst dunkel geworden.

Wer würde sie jetzt noch aufwecken wollen? Wir holen eine Decke und mummeln sie ein. Wir genießen ihr Schnarchen, und ich glaube, sie genießt unser Flüstern.

Das ist eine gute Nacht. Das ist das Schönste. Das ist alles – bloß kein Mist.

86 GRAMM!

+++ Geliebte Gefährten +++ Haustiere machen glücklich +++

Derzeit leben in Deutschland in etwa jedem dritten Haushalt Tiere, insgesamt gibt es rund 28 Millionen Haustiere. Haustiere können eine wichtige Quelle sozialer und emotionaler Unterstützung sein. Die geliebten Gefährten tragen nicht nur zum Glück, sondern auch zum psychischen und physischen Wohlbefinden ihrer Halter bei. In der Befragung zeigte sich, dass sich die Besitzer eines Haustiers nicht nur als aktiver und fitter, sondern auch als tendenziell glücklicher, selbstbewusster und weniger einsam beschrieben. Haustiere erobern die Herzen «ihrer» Menschen und werden nicht selten wie zusätzliche Familienmitglieder betrachtet und behandelt.

Umfrage von Psychologen der Miami University in Oxford und der Saint Louis University

Diese Begebenheit liegt schon einige Zeit zurück. Länger als der Auftritt der Bundeskanzlerin zur NSA-Affäre. Hier geht es nicht um Edward Snowden, das Prism-Programm oder Datenklau. Aber: um den Schutz der Privatsphäre.

Es geht um unser Streifenhörnchen. Stripe war ein kleiner Scharfzahn, der gern wichtige Dokumente anknabberte, und ein enormer Artist, der uns täglich mit seinen Kunststücken amüsierte. Stripe hat seit seinem Einzug unser Leben auf gebieterische Weise verändert: Im Wohnzimmer gab es keine Duftstäbchen mehr, und der Fernseher lief nur noch leise, denn der Kleine war empfindlich an Nase und Ohr. Alle Kabel wurden unter Fußleisten versteckt, an den Steckdosen vorsichtshalber Kindersicherungen und Stromblocker angebracht. Plastiktüten und Medikamente wurden aus der Wohnung ebenso verbannt wie giftige Primeln. Vasen standen ohnehin nur noch auf dem Kopf, damit niemand auf die wahnsinnige Idee kam, dort Wasser oder gar

Blumen hineinzufüllen. Und in einer Ecke stand ein echter Baum, damit der kleine Racker besser klettern konnte.

Es sollte etwas Zahmes mit Fell sein – so lautete zum elften Geburtstag der Wunsch meiner Tochter, der uns anfangs nicht sehr begeisterte. Etwas mit Fell? Wir erkundigten uns in einer Zoohandlung, welches Tier nicht älter als zwei Jahre wird. Doch dann sahen wir während des Gesprächs mit dem Verkäufer in einem Käfig einen Wahnsinnigen, der lebhaft «Schweinebammel» machte. Ein entzückendes Streifenhörnchen. Das musste es sein. Es passte perfekt zu uns.

Schon für den Transport nach Hause wollten wir keinen Karton verwenden, sondern kauften noch eine Hamsterbox. Damit der Kleine nicht so lange im Dunkeln saß. Außerdem entschieden wir uns für eine zwei Meter hohe Vogelvoliere. Überhaupt hatten wir die ganze Sache unterschätzt: Streu und Futter standen natürlich auf unserem Zettel, aber einen Streifenhörnchentunnel, Kletterseile, Äste und ein Schlafhäuschen kamen noch hinzu. Und die Hängematte, die musste einfach sein. Wie üblich in solchen Situationen fragten wir am Ende den Verkäufer, ob auch Kartenzahlung möglich ist.

Zu Hause angekommen, schleppten wir viele Pakete und Tüten in die Wohnung. Mit der Überraschung war es jedoch vorbei – Rubini konnte gar nicht anders, als alles mitzubekommen. Sie war total begeistert, schnappte sich die Hamsterbox, brachte sie in ihr Zimmer und unterhielt sich mit dem neuen Familienmitglied. In den nächsten Tagen überraschte sie uns mit ihrer unendlichen Geduld: Stundenlang widmete sie sich dem Hörnchen, fütterte es mit Haferflocken, Bananen- und Apfelstückchen und streichelte es bei jeder Gelegenheit. Die erste Woche schlief sie, mit einer Decke und einem Kopfkissen, sogar direkt vor der Voliere. Nach einem Monat war Stripe so zahm, dass Rubini nur zu pfeifen brauchte, damit er zu ihr sprintete, an ihren Beinen und Armen hinaufkletterte, ein bisschen auf ihrem Kopf herumtobte und es sich schließlich in ihrer Rocktasche gemütlich machte. Die beiden waren unzertrennlich. Und sie entdeckten Schlupfwinkel in der Wohnung, die wohl nicht mal unser Vermieter kannte.

Oft grub Stripe Tunnel in die Töpfe unserer großen Farnpflanzen. Eigentlich hatte ich mich von den Kübeln längst trennen wollen, denn der Farn selbst war so gut wie hinüber. Aber es war das letzte bisschen Grün, das uns nach Stripes Einzug noch geblieben war. Jedenfalls wühlte das Hörnchen unter der Erde, offenbar wollte es sich eine Zweit- und Drittwohnung zulegen. Und: Es beackerte die Erde so gut, dass der Farn sich wieder erholte. Wir stellten anerkennend fest: Das Kerlchen hatte den grünen Daumen!

Nur manchmal war Stripe ein Glanzlicht kindlicher Undankbarkeit: Alles, was nicht Rubini war, wurde gejagt oder doch wenigstens «beschäftigt». Als ich mich einmal auf dem Sofa ausstreckte – natürlich hatte ich mich vorher vergewissert, dass sich dort nichts Zahmes mit Fell aufhielt –, als ich mich also ausstreckte, kam plötzlich etwas Zahmes mit Fell angespurtet und hackte mit seinen beiden Vorderzähnchen tief in meinen großen Zeh. Das war wirklich schmerzhaft. Ich flehte Rubini an, das Hörnchen zurückzupfeifen. Und es hörte auf ihren Pfiff. Was wollte ich mehr? Stripe war ohne Zweifel gut erzogen.

Doch eines Abends wurde der Kleine größenwahnsinnig, kletterte in der Voliere unters Dach und richtete sich auf, als wollte er eine Rede ans Volk halten. Dann sauste er zwei Meter nach unten, fiel auf den Rücken und konnte seine Hinterbeine nicht mehr bewegen.

Ein Drama. Mein Mann suchte sofort die Adresse eines tierärztlichen Notdienstes raus, Rubini legte das Hörnchen in den Hamsterkäfig und dann fuhren wir los. Es war stockfinster, es war ein weiter Weg, doch es gab keine Alternative. Rubini gab sich alle Mühe, ruhig zu bleiben, und ich gab Gas. Im Wartezimmer sahen wir viele verweinte Gesichter. So viel Leid in dieser Nacht. Sofort weinten wir auch. Wer hier saß, rechnete mit dem Schlimmsten. Denn oft wird aus der Ersten Hilfe auch die letzte Hilfe.

Doch der Tierarzt war grandios, er behandelte unser Hörnchen mit Antibiotika, legte eine Akte an («Patient wiegt 86 Gramm»), verschrieb Reha-Maßnahmen und schickte uns mit Stripe zum Bewegungstraining bei einem befreundeten Kollegen in der Torstraße: zur Schmerzlinderung, zur Muskelkräftigung, um die Gelenkbeweglichkeit wiederherzustellen und Fehlbelastungen zu vermeiden. Damit die Hinterbeine wieder funktionierten. Es gab nicht viele Termine zur Auswahl, ich musste deshalb sogar meine Früh- und Spätdienste tauschen. Aber nur mit eingeweihten Kollegen, denn es war schwer, mein Anliegen zu vermitteln: «Wichtiger Termin. Muss zur Physiotherapie mit dem Streifenhörnchen.»

Am Ende wurde unser süßer Racker tatsächlich gerettet. Was für ein Glück. Der Kleine bedeutete uns sehr viel. Wie viel, das zeigte sich, als ich mal zu einem honorigen Abendessen eingeladen war. Am späten Nachmittag rief mich noch meine Tochter an:

«Bevor du nachher essen gehst, musst du auch an andere denken. Streifenhörnchenfutter ist alle!»

«Ich bitte dich, das Hörnchen wiegt 86 Gramm! Irgendwas wird doch noch da sein. Ich nehme immer extra die XL-Packungen. So viel kann er gar nicht fressen. Der haut sich doch nur die Backentaschen voll.»

«Jedes Hörnchen hamstert.»

«Eben. Und überall sind seine Eroberungen versteckt. Unter jedem Kissen liegen Nüsse, unterm Farn wahrscheinlich auch, in der ganzen Wohnung tritt man sich das Zeug in die Füße.»

«Nein, das reicht nicht!»

«Aber ich kann wirklich nicht. Ich habe eine Einladung zu einem Treffen mit Angela Merkel. Du weißt doch, wer das ist?»

«Die Frau, die manchmal bei unserem Ullrich-Markt einkauft.»

«Ja, und nebenbei macht sie auch Politik.»

«Na, dann trifft sie sich doch mit vielen.»

«Ja, klar macht sie das. Aber, Spatzilein, so eine Einladung ist trotzdem nicht alltäglich. Außerdem sind wir da nur zu sechst. Wenn man da fehlt, fällt es schon auf.»

«Und ich hab nachher Ballett! Du sagst doch immer, ich soll das Training ernst nehmen. Ich kann also erst recht nicht!»

Tja. Balletttraining war wichtig. Aber dieses Premiumfutter, eine ausgewogene Spezialmischung aus Wildapfel, Haselnüssen, sonnengereiften Trockenfrüchten, feinsten Saaten und doppelt gereinigtem Getreide, gab es nur in zwei Geschäften in Berlin. Beide waren nicht in der Nähe. Und spätestens morgen früh – wenn der Kleine aufwacht, oder schlimmer noch: Rubini – musste es da sein.

Und so geriet ich wegen 86 Gramm (!) in eine Krise:

Merkel gegen Stripe.

Hintergrundgespräch gegen Vorwürfe.

Feines Abendessen gegen Prestigefutter für kleine Nager.

Was tun?

Ich hatte keine Wahl, machte etwas früher Feierabend und fuhr noch schnell zum anderen Ende der Stadt. Mit 800 Gramm knackiger Premium-Chips, gequetscht zwischen wichtigen Unterlagen, kam ich schließlich leicht erschöpft bei dem Treffen mit Angela Merkel an. Es gab ein feines Essen und lange Gespräche.

Zum Glück gab's keine Taschenkontrolle.

RUHIG BLEIBEN?

+++ Hintergrund SGB IX +++ Staatliche Leistungen für
behinderte Menschen +++

Die Leistungen zur Teilhabe behinderter Menschen sind vor allem im
neunten Sozialgesetzbuch (SGB IX) und in den Leistungsgesetzen der
einzelnen Sozialleistungsträger geregelt. Es werden vier Kategorien
von Teilhabeleistungen unterschieden: medizinische Rehabilitation,
Teilhabe am Arbeitsleben und Teilhabe am Leben in der Gemeinschaft
sowie unterhaltssichernde Leistungen. Ausgangspunkt ist Artikel 3,
Absatz 3, Satz 2 Grundgesetz, in dem es heißt: «Niemand darf wegen
seiner Behinderung benachteiligt werden.»
Evangelischer Pressedienst

Kürzlich war ich zur Geburtstagsfeier eines Lesers eingeladen. Seinem Fünfzigsten. Es ist nicht üblich, dass Redakteure zu den Partys ihrer Leser gehen – aber es ist möglich. Roman D. jedenfalls kenne ich seit genau zehn Jahren. Seit seinem ersten Anruf im Büro.

Damals erreichte er mich in einem Moment, der so richtig unpassend war. Ich hatte eigentlich längst Feierabend, aber darauf nehmen lange Texte, die fertig geschrieben werden müssen, keine Rücksicht. Hoffentlich würde es keine lange Nacht werden.

Da klingelte das Telefon. Ich fühlte mich gestört, nahm hektisch den Hörer ab und hörte, wie jemand vor sich selbst warnte: «Bitte legen Sie nicht auf, ich bin nicht betrunken.» Ich zögerte einen Moment, einen langen Moment. Da erklärte mir der Anrufer, dass er oft zu hören bekommt, er solle sich erst mal ausnüchtern. Die Menschen verstehen ihn falsch. Sie wissen nicht, dass er spastisch gelähmt und sein Sprachzentrum dadurch gestört ist.

Ich spürte, wie viel Mühe es ihn kostete, sich ordentlich zu artikulieren. Sehr langsam stieß er die Silben aus. Dabei versuchte er, kurz und knapp zum Punkt zu kommen. Er erzählte mir von seinem Problem – und ich ahnte noch nicht, dass hier eine Geschichte begann:

Roman D. sagte, er hat «eigentlich kein aufregendes Leben», denn er hat nie laufen gelernt und sitzt im Rollstuhl. Dennoch sei er ein unternehmungslustiger Mensch und gern unterwegs. Aber oft scheitert er an Hindernissen. An diesem Abend wollte er von mir lediglich wissen, ob er mit dem Rollstuhl in dieses Kino oder jenes Theater reinkommt. Wir seien doch das Feuilleton, oder?

Ja, wir waren das Kulturressort. Aber wir hatten keine Ahnung. Wir hasteten abends in so manche Bühnenhäuser. Doch ob es da Rampen gab? Oder nur Treppenstufen? Nie drauf geachtet. Ich versprach dem Leser, ihn zurückzurufen. Auf eine simple Frage müsste es doch eine simple Antwort geben. Gab es aber nicht. Dafür reichte auch keine lange Nacht. Ehrlich gesagt dauerte es Wochen, bis ich das Wichtigste zusammengetragen hatte, und Monate, bis wir auch in der Zeitung Behindertenzeichen bei den Kulturstätten einführten. Herr D. erkundigte sich immer wieder mal nach dem neuesten Stand und gab noch ein paar Tipps. Das war der Beginn einer längeren Recherche und einer anhaltenden Bekanntschaft. Wir hielten die Verbindung.

So erfuhr ich einiges über Roman D. und seine Lebensgeschichte: Er hatte viele Jahre gegen seinen Willen in Pflegeheimen verbracht. «Meistens ganz oben in der sechsten Etage», sagte er. «Dort, wo die Sterbefälle dahinsiechen.» Hinter ihm lag eine wahre Odyssee – bis er endlich eine eigene Wohnung beziehen konnte. Das haben auch manche seiner Freunde geschafft – bis jemand im Bezirksamt auf die Idee kam, dass die stationäre Betreuung von Behinderten durchaus «zumutbar» sei. Wenig später traf es schon einen Freund von Roman: Der sollte gegen seinen Willen und ohne Not aus seiner Wohnung wieder zurück ins Pflegeheim. Alarm! Die Aufregung war groß. Roman und andere würde es dann sicher auch treffen; Frauen und Männer, die alle unter fünfzig waren, drohte die baldige Verschleppung ins Pflegeheim. Doch dorthin zurück wollte niemand mehr.

Ich fand die Geschichte schon beim Zuhören empörend. Nicht weil Roman und ich uns längst duzten. Sondern weil Bürokraten wieder einmal an einer finanziellen Stellschraube drehten, um kreativ den Sozialetat zu verwalten. Galt es etwa Pflegeheimplätze zu füllen, damit die Heimbudgets nicht abgesenkt werden? Solche unglaublichen Vorgänge gab es schon bei Jugendämtern. Warum sonst sollten behinderte Menschen aus ihrer vertrauten Umgebung gerissen werden, mit der sie sehr gut zurechtkamen? Kein Wunder, dass die Betroffenen diese Ausgrenzung als menschenverachtend empfanden, während gleichzeitig alle von Inklusion – also Zugehörigkeit – redeten.

Eines Tages, der Druck der Ämter wuchs, bat mich Roman, ihn zu besuchen. Ein engagierter Pfleger bat mich, über die drohenden Umzüge zu schreiben. Ein Fernsehredakteur bat mich, den Artikel nicht vor seiner Sendung zu veröffentlichen, da sonst das Thema «verbrannt» sei.

Gern. Natürlich. Ja. Wenn es der Sache dient.

Am Ende berichteten wir von mehreren Seiten – und tatsächlich: Kein Umzug fand statt, alle konnten in ihren Wohnungen bleiben.

Das haben wir natürlich gefeiert. Roman lud mich zu sich nach Hause auf eine Tasse Kaffee ein, wir redeten und lachten – und plötzlich brannte es im Hausflur. Die Feuerwehr traf wenig später ein und forderte über Megaphon alle Bewohner dringend dazu auf, die Wohnungen nicht zu verlassen. Ich überlegte schon, wie man einen Rollstuhlfahrer aus der zweiten Etage über den Balkon evakuiert. Und ich fragte mich, wie man es wohl in einem Pflegeheim aus der sechsten Etage macht. Ich war in Sorge, weil immer mehr Rauch durch die Ritzen der Wohnungstür zog. Wir mussten husten und saßen in der Falle. Eine ziemlich hilflose Situation, auch für Nichtbehinderte. Aber Roman ist ganz ruhig geblieben!

Später erfuhren wir, dass ein Kinderwagen im Hausflur vorsätzlich angezündet worden war. Ein Umstand, von dem man sonst nur las. Wir waren erleichtert, als es endlich Entwarnung gab, öffneten alle Fenster und setzten frischen Kaffee auf.

Bei ebenjenem fünfzigsten Geburtstag erzählen wir Romans Freunden die Geschichte und noch andere Abenteuer, die wir beide erlebt haben.

Zum Beispiel das vom U-Bahnhof Stadtmitte. Roman, der seine Ausflüge immer gut vorbereitet, wollte zum Olympiastadion. Der Fahrstuhl an der U2 sei in Ordnung, sagte ihm die BVG-Auskunft. Als er aber ankam, war das Ding außer Betrieb. Zufällig trafen wir uns auf der Straße – ich kam gerade vom Einkaufen. Er erklärte mir sein Problem und wir rollten zur U6, zur nächsten Notrufsäule, und drückten einen Knopf, der uns mit der entsprechenden Leitstelle verband.

Eine Stimme sagte: «Behinderteninformation der BVG.»

«Guten Tag, wir sind hier am U-Bahnhof Stadtmitte, wollen zum Olympiastadion, aber kommen nicht weiter. Der Fahrstuhl ist kaputt.»

«Tja, wenn der Fahrstuhl dort kaputt ist, ist er kaputt», erwiderte die Dame aus dem Automaten.

Das war leider die falsche Antwort. Ich wurde etwas energischer im Ton. «Tja, und wenn hier Behinderteninformation draufsteht, steht Behinderteninformation drauf! Sie müssten sich mal hören!»

Zu jenem Zeitpunkt war mir nicht klar, was für ein Bild wir abgaben: eine aufgeregte farbige Frau und ein Mann im Rollstuhl – vor der Notrufsäule. Die Leute um uns herum konnten sich gar nicht schnell genug unsichtbar machen. Aber Roman? Ist ruhig geblieben!

Wie viel Unheil ist durch Nichtstun schon verhindert worden? Wir lachen, wir reden, die Geburtstagsnacht ist lang. Romans Rolli-Freunde erzählen von noch ganz anderen Abenteuern. In fast allen Geschichten geht es um grenzenlose Gleichgültigkeit – und immer darum, Ruhe zu bewahren.

Es ist dunkel, als ich mich auf den Nachhauseweg begebe und über vieles nachdenke. Dabei staune ich über den hohen Toleranzpegel der Rolli-Fahrer. Ich denke: Locker werden? Entspannt bleiben? Ruhe bewahren? Wenn ich doch nur den Schlüssel zu diesem Geheimnis finden würde … Dann schließt mich die Nacht in ihre Arme und lässt mich nicht schlafen.

Von wegen, du hättest kein aufregendes Leben, lieber Roman.

LIEBENDE MÜTTER

+++ Du bist das Beste, was uns passieren konnte +++
Shalom Mamel +++

Ilse Hoferichter
11. Juni 1925 bis 21. November 2012

Mit 4 Jahren dachte ich: Meine Mamel kann alles.
Mit 8 Jahren: Meine Mamel weiß alles.
Mit 12: Nun gut, Mamel kann nicht alles wissen.
Mit 16: Davon hat Mamel wirklich keine Ahnung.
Mit 25: Könnte sein, dass Mamel doch etwas darüber weiß.
Mit 35: Erst mal hören, was Mamel dazu sagt.
Heute denke ich: Ich wünschte, ich könnte mit Dir reden.
Liebe ferne, nahe, mamcligste aller Mamels: Du fehlst!
Tieftraurig zurück bleibt, erfüllt von Deiner großen Liebe,
Deine kleine Mischpoke
Abini, Raouli, Rubi und Thommi
Traueranzeige «Berliner Zeitung» und www.abini.de

Das Ende des Jahres 2012 war sehr unwirklich. Da hat meine Welt den Atem angehalten, und ich bin aus der Zeit gefallen. Nachts, um 0 Uhr 50, kam ein Anruf, den ich nie bekommen wollte: Drei Stunden nachdem ich meine Mamel besucht hatte, ist sie gestorben.

Ja, der Tod gehört zum Leben. Wie die Nacht zum Tag. Aber nein, ich kann ihn nicht einfach akzeptieren.

Ich wusste nicht, was Herzstillstand und Wiederbelebung, künstliches Koma und Intensivstation tatsächlich bedeuten. Und als ich dachte, ich hätte es begriffen – war ich trotzdem nicht vorbereitet.

Nun ist das Leben nicht mehr dasselbe. Die Nächte sind anders, die Tage auch. Es ist die schlimmste Zeit meines Lebens. Es ist eine unglaubliche Überwindung, so großen Schmerz zuzulassen. Es ist aber auch das größte Glück, solch eine Mutter gehabt zu haben.

Meine Mamel hat mich vom ersten Atemzug an geliebt. Und als ihre beiden Enkelkinder auf die Welt kamen, hat sich ihre Liebe nicht geteilt, sondern vervielfacht. Es ist unglaublich, dass so viel Liebe in einen so zierlichen Menschen passt! Sie hat es verstanden, andere glücklich zu machen. Sie hat das Gute beschützt. Unser Leben war eine große Freude. Wie sehr ich sie vermisse …

Die Trauerzeit beginnt und auch der Alltag. Das also, wovor ich mich besonders gegrault habe. Zu meiner Überraschung erreicht mich auf die Traueranzeige herzlich tröstende Post in der Redaktion. Das ist ja nicht selbstverständlich. Dass die Welt kalt und oberflächlich ist, muss jedenfalls ein Gerücht sein. Die Briefe haben mich tief berührt. Dafür bedanke ich mich aufrichtig. Besonders am Herzen liegt mir dies: Liebe Frau Reinemann, Ihre Lebenseinstellung ist wunderbar und die Liebe zu Ihren beiden Söhnen die richtige Antwort. Ein Hoch auf alle liebenden Mütter!

FASZINATION MOND

+++ Rund und schön +++ Eine stille Kammer +++

Wie ist die Welt so stille / Und in der Dämmrung Hülle / So traulich und so hold!/
Als eine stille Kammer / Wo ihr des Tages Jammer / Verschlafen und vergessen sollt.
Seht ihr den Mond dort stehen?/ Er ist nur halb zu sehen / Und ist doch rund und schön!/
So sind wohl manche Sachen / Die wir getrost belachen / Weil unsre Augen sie nicht sehn.
«Der Mond ist aufgegangen» von Matthias Claudius

Berlin glimmert und schimmert, auch bei Nacht. Auf Märkten wird gedrängelt und in den Geschäften ebenso. Die Dekorationslust ist jetzt unübersehbar: Figuren werden beflügelt, genau wie die Konjunktur. Marktforschungsinstitute messen fleißig die Stimmung, und in Einkaufszentren versuchen die Berichterstatter, die Konsumlaune einzufangen. Weihnachten naht – doch es berührt mich nicht.

Das ist das erste Weihnachtsfest meines Lebens, bei dem ich Zuschauer bin.

Im Fernsehen geht es zwischen Koalitionsvertrag und Unwetterkatastrophen nun um die «Besinnlichkeitsmaximierung» – also das Weihnachtsgeschäft. Was kaufen die Deutschen? Wie viel geben sie aus? All das gehört längst in die Weltnachrichten. Schon gibt es einen Schwenk auf eine Shoppingmeile, ein rastloser Reporter fragt einen schlendernden Passanten aufgeregt: «Sind das Ihre ersten Weihnachtsgeschenke in diesem Jahr?»

Der Mann erklärt entspannt: «Natürlich, es ist ja auch das erste Weihnachten in diesem Jahr.» Treffend, diese Antwort! Und wie der Mann in all dem Trubel in sich ruht! Das lässt innehalten.

Es ist dunkel, ich schaue aus dem Fenster und der Mond ist zu sehen. Ein magischer Moment, um die Nachrichten abzuschalten. Es gibt derzeit nichts, womit ich mich ablenken könnte.

Seit Mamels Tod bin ich blockiert. Ich versuche zwar, mich nicht allzu sehr abzuschotten, aber es gelingt mir kaum. Seit so vieles aus dem Gleichgewicht geraten ist, halte ich mich an den Dingen fest, die unumstößlich sind. Es sind nicht viele, aber dass jeden Abend der Mond aufgeht, darauf kann ich vertrauen. Er ist ein zuverlässiger Gefährte.

Ansonsten ist einiges durcheinandergeraten. Auch meine Prioritäten haben sich gewaltig verschoben: Nachrichten, die ich früher wichtig fand, erscheinen mir nun nichtig. Weitgehend unbemerkte Dinge wiederum eröffnen mir jetzt andere Dimensionen. Mein neuer Maßstab macht es mir nicht bequemer, aber er macht mir einiges klarer: die Gegenwart zum Beispiel. Nie zuvor habe ich so deutlich den Unterschied wahrgenommen zwischen verschenkter Zeit und geschenkter Zeit.

In den letzten Wochen habe ich viel über andere Biographien und über die Liebe erfahren. Über Menschen, die selbst mit Verlusten zu kämpfen haben, oder Menschen, die andere in den Tod begleiten. Nach einem Artikel, den ich über den Tod geschrieben hatte, bekam ich sehr viel Post. Leser schrieben mir von ihren Schicksalen; und zwei Hospize, eines für Kinder und eines für Erwachsene, luden mich zu sich ein, damit ich etwas über ihre Arbeit erfuhr. Da fragte ich mich: Warum befasst sich jemand freiwillig mit dem Tod? Dann besuchte ich beide Häuser. Dabei lernte ich ehrenamtliche Sterbebegleiter, ihre Aufgaben und vor allem ihre Motive kennen. Ich hörte von den Kursen, die sie absolvieren müssen, von der seelischen Unterstützung, die eigentlich nicht messbar ist, und von dem Glück, anderen ihre letzten Wünsche zu erfüllen. An der Seite der Sterbenden sah ich leidenschaftliche Ärzte, Schwestern und Pfleger, aufopfernde Großeltern, Eltern und Kinder. Und ich bekam ein Gefühl dafür, wie Menschen über sich hinauswachsen, wenn sie anderen beistehen.

Ich erfuhr Dinge, bedeutende Dinge, die man nicht in den Weltnachrichten hört. Das geht mir durch den Kopf, als ich den Mond betrachte und wie jeden Abend am Fenster eine Kerze anzünde.

Ich liebe den Mond. Schon immer. Wie oft habe ich früher meine Abendgebete in seine Richtung gesendet? Und hatte ich Mamel nicht immer «bis zum Mond und wieder zurück» geliebt? In meiner Kindheit stand ich kurz vor dem Fest oft und lang am Fenster. Ich starrte in die Dunkelheit, um den Weihnachtsmann mit seinem Rentiergespann am Mond vorbeifliegen zu sehen. Ich sah ihn nie. Und doch machte mich das Warten glücklich. Als sei allein durch den Blick zum Mond ein Kontakt hergestellt und eine Sehnsucht gestillt.

Bis heute ist der Mond für mich viel mehr als nur ein Himmelskörper, der die Erde umkreist. Er ist die vollkommene Projektionsfläche für meine Gedanken und Wünsche. Er ist das strahlende i-Tüpfelchen nach guten Tagen und die milde Antwort in melancholischen Nächten. Er ist der Ursprung meiner – im wahrsten Sinne des Wortes – Weltanschauung. Ich liebe ihn als Vollmond wie als Sichel. Und ich vermisse ihn, wenn er hinter Wolkendecken verschwunden ist. Obwohl ich weder Philosophin noch Spiritualistin bin: Ich brauche ein Leuchten.

Ich stehe am Fenster, puste das Streichholz aus und schaue nach oben. Es leuchtet am Himmel. Das Zurückbleiben schmerzt, doch ein Strahl erreicht mich. Auf mich wirkt der Mond schon jetzt, wie Weihnachten erst werden soll: besinnlich.

In diesen Tagen glimmert die Stadt von allen Seiten verschwenderisch – eine Laune auf Knopfdruck. Aber der Mond fasziniert – immer.

OHNE SIE

+++ Das Trauerjahr +++ Nur zwei Wochen Kummer
gelten noch als «normal» +++

Das Leben ist verwirrend. Der Tod ist es auch. Jeden Tag sterben in
Berlin 86 Menschen, in Deutschland mehr als zweitausend. Doch jedes Leben ist einzigartig und hinterlässt tiefe Löcher bei den Hinterbliebenen. Am 15. Mai 2013 erschien das neue Diagnose-Handbuch
der Psychiatrie (DSM-5), eine Klassifikation, die weltweit der Maßstab
für die «Weltgesundheitsorganisation» ist. Wurden demnach im Jahr
1994 den Hinterbliebenen statt einem Trauerjahr nur noch zwei Monate Trauerzeit zugestanden, meinen nun die internationalen Experten, Trauer sollte schon nach zwei Wochen als «behandlungsbedürftig» gelten.
Veranstaltung mit dem Psychiater Allen Frances im Berliner Verlag

Ihre Mutter ist soeben verstorben. Sollen wir sie wiederbe-
leben?»

Jene Frage wurde mir am 12. November 2012 gestellt.

Wir sind gerade auf der Rückfahrt nach Berlin, als mich
dieser Anruf im Auto erreicht. Ich bin geschockt und starre
meinen Mann an. Ohne zu wissen, worum es geht, spürt er
sofort, dass er schnell fahren soll. Noch hundertfünfzig Kilometer bis Berlin.

Die Ärztin am Telefon erklärt mir etwas von einer Pati-
entenverfügung, die sie leider nicht finden kann. Wenn der
Patient selbst nicht entscheidungsfähig sei, müsse sie als
Ärztin den mutmaßlichen Willen des Patienten ermitteln.
Sie wolle sich darüber nicht hinwegsetzen. Sich nicht straf-
bar machen …

Um Gottes willen, sie soll aufhören zu reden und mir
vertrauen: Es gibt keine Verfügung! Irgendwo liegt gerade
meine Mamel auf dem Boden, es geht um Minuten, um Se-

kunden. Es geht um alles! Die Ärztin soll handeln! Die Ärztin handelt.

Von da an höre ich alles am Telefon mit. Wie der Defibrillator angesetzt wird. Noch mal. Und noch mal.

Nach ewigen Minuten kommt die Notärztin ans Telefon und sagt: «Wir konnten Ihre Mutter stabilisieren, jetzt werden wir sie …»

Plötzlich ruft jemand im Hintergrund: «Wir haben sie wieder verloren!»

Die Ärztin sagt nun: «Das Herz hat wieder aufgehört zu schlagen. Sollen wir sie noch einmal reanimieren?»

«Unbedingt!», rufe ich.

«Ich möchte daran erinnern, dass sie Jahrgang 1925 ist», sagt die Ärztin.

Als ob ich das nicht wüsste! Ich rufe ihr zu, dass sie alles Menschenmögliche und Unmögliche für meine Mamel tun soll. Alles.

Ich halte mein Telefon fest in der Hand und traue mich kaum zu atmen. Die ganze Zeit über klopft ein Anrufer an, jemand versucht, mich zu erreichen. Aber ich lege nicht auf. Es ist der einzige Kontakt zu Mamel. Nach langem Warten sagt die Ärztin: «Wir haben es noch einmal geschafft und bringen Ihre Mutter jetzt ins Krankenhaus. Es ist nicht sicher, ob sie überlebt.»

Ich lege auf. Noch hundertzehn Kilometer bis Berlin.

Jetzt ruft mich meine Tochter an. Sie hat groteskerweise den gleichen Anruf erhalten wie ich – leider vor mir. Während einer Unterrichtspause wurde ihr am Handy mitgeteilt: «Ihre Mutter ist soeben verstorben.» Sie reagierte klug und fragte sofort zurück: Wo? So klärte sich schnell, dass es sich um ihre Omi handelte. Unsere Namen sind versehentlich verwechselt worden.

In solchen Fällen ist Zeit kostbar wie nie. Mit jeder Minute ohne Wiederbelebungsversuche sinken die Überlebenschancen um fast zehn Prozent. Wird nicht sofort gehandelt, bedeutet das für den Betroffenen den Tod. Hunderttausend Menschen erleiden in Deutschland pro Jahr einen plötzlichen Herzstillstand, nicht einmal jeder Fünfte überlebt ihn. Es ist bizarr. Das alles haben Mamel und ich zwei Monate zuvor noch bei einem Gesundheitsforum gehört. Der Professor auf dem Podium erklärte, wie man im Notfall richtig hilft. Nun liegt Mamel bei ihm auf der Intensivstation.

Als wir endlich dort ankommen, erklärt uns der diensthabende Oberarzt die lebensbedrohliche Lage. Mein Mann versteht sofort. Meine Tochter auch. Aber ich denke nur: Kreislaufversagen und Herzstillstand sind doch Verlegenheitsdiagnosen. Der Arzt hat keine Ahnung, was Mamel in ihrem Leben alles überstanden hat. Was weiß er von ihrem Schicksal? Und er weiß auch nicht, wie oft ich solche Gespräche geführt habe. Das war ihr fünfter Sturz. Sie hat sich immer was gebrochen, aber diesmal nicht. Nicht die linke Hüfte, nicht die rechte, keinen Fuß, keinen Arm. Diesmal ist es nur eine Verstauchung. Sie ist noch immer wieder aufgestanden!

Ich beschließe, pragmatisch an die Situation heranzugehen. So als ließen sich Gefühle beschließen.

Doch als ich endlich zu Mamel darf, setze ich mich an ihr Bett und kann nicht aufhören zu weinen. Das künstliche Koma, die unregelmäßige Atmung, die vielen Geräte – kann ich ihr nicht etwas von ihrem Leid abnehmen? Ich wäre so gern das Herz gewesen, das für sie schlägt.

In den nächsten Tagen harre ich mit meiner Tochter und meinem Sohn an ihrer Seite. Wir haben ihr nicht einfach nur unser Leben, wir haben ihr unser wirklich schönes Leben zu verdanken. Wir lieben sie über alles. Da sitzen wir am Bett, reden mit ihr und schweigen auch, sind stark und sind hilflos. Angeblich bekommt sie nichts mehr mit. Aber wenn wir ihre Lieblingsmusik spielen oder Englisch mit ihr sprechen, dann geht ihr Puls hoch. Niemand von uns würde sie aufgeben!

Ich bringe es nicht über die Lippen: «Du kannst gehen.» Ich sage nur: «Ruh dich aus. Du warst so tapfer und fleißig in deinem Leben.» Gleich morgen werden wir wiederkommen.

Am neunten Tag bleiben wir bis 22 Uhr. Zu Hause sehen wir noch fern. Ausgerechnet in jenen Tagen sendet die ARD ihre Themenwoche «Leben mit dem Tod». Alles, was wir tagsüber auf dem Rekorder aufnehmen, saugen wir nachts in uns hinein. Es geht um den Umgang mit Sterbenden und um Unterstützung für die Hinterbliebenen, um Schwierigkeiten und Orientierungslosigkeit, um Unausgesprochenes und Zusammenhalt, um medizinischen Fortschritt und hoffnungslose Diagnosen, psychische Last und seelischen Stress, um Würde und um Rückzug. Es geht längst um uns.

Ärzte sagen, dass Todkranke meist in jenen Momenten sterben, in denen die Angehörigen sich einen Kaffee holen oder das Zimmer verlassen. Weil die Familie oft nicht loslassen kann, sei das die Chance des Sterbenden. Inmitten dessen erreicht uns nachts der Anruf: «Ihre Mutter ist leider soeben verstorben.»

Es ist absurd, mein erster Gedanke ist: Nein! Nicht schon wieder!

Mir ist die Endgültigkeit noch gar nicht klar.

Da liegt sie nun. Im Reanimationsraum. Wir sollen Abschied nehmen – aber ich will nicht. Ich habe kein gutes Gefühl. Sie mag keine gefalteten Hände und keine Hemden mit einem Schlitz hinten. Ich zweifle an allem. Ich umarme Mamel, küsse sie auf die Stirn und massiere ihre Füße, weil sie das so gern mag. Drei Stunden lang. Ich kann nicht loslassen.

Und ich kann nicht glauben, dass sie gehen wollte – sie hat das Leben geliebt.

*

Nun ist es vergangen: das erste Jahr ohne sie. Ihr Leben war nur eines von vielen Menschenleben, eines von vielen Schicksalen, aber so vieles ging mit diesem einen zu Ende. Ich hatte gehofft, im Trauerjahr vieles bewältigen zu können. Einmal alle vier Jahreszeiten ohne sie zu durchleben, alle Feiertage, und es dann überwunden zu haben. Aber es gelingt mir nicht, der Schmerz ist noch frisch. Anfangs war ich ins Leben hineingestorben, und noch immer erscheint es mir wie eine Behauptung. Ich habe genau genommen nur eines begriffen: Auf den Tod ist Verlass. Auf das Leben nicht.

Bis zu jenem Novembertag war ich sehr glücklich mit meinem Leben. Ich hatte keinen Grund, daran etwas ändern zu wollen. Doch plötzlich stand ich vor Herausforderungen, die ich nicht gesucht, aber zu bewältigen hatte. Ein großes Gefühl des Ausgeliefertseins überkam mich. Alles war vergänglich, nichts hatte Bestand. Ich konnte nicht fassen, dass sich die Welt einfach so weiterdreht, dass die Menschen wie gewohnt ihren Beschäftigungen nachgehen, dass es einen Morgen und einen Abend gibt – als wäre nichts passiert. Das war nicht mehr meine Welt. Ich suchte ziellos nach etwas Verlorenem. Die Tote durfte nicht tot sein, die Lebende konnte nicht leben.

Am 21. November 2012 bin ich aus der Welt gestolpert und in einen Abgrund gefallen. Die ersten Wochen habe ich die Erinnerungen eingeatmet, aber den Schmerz nicht ausgeatmet. Habe große innere Leere und zugleich auch großen inneren Druck verspürt. Ich implodierte und war selbst angestorben.

Mamel lag über allen Gedanken. Sie war mein letzter Gedanke beim Einschlafen und mein erster beim Aufwachen. Jede Nacht träumte ich von ihr, jeden Morgen wurde ich von einem Holzhammer geweckt. Die Tage waren elend, die Nächte auch. Gerade in der Dunkelheit fühlte ich mich besonders einsam, da konzentrierte sich alles nur auf den schrecklichen Verlust. Nicht einmal meine Freundin, die Nacht, konnte mich trösten. Ich blieb mit dem Kummer, meinem neuen Begleiter, allein. Er war allgegenwärtig.

In meinen Träumen öffnete ich die Tür zu Mamels Wohnung und sah sie auf der Couch sitzen und Abendbrot essen. Doch anstatt mich zu freuen, sagte ich zu ihr: «Mamel, wie kannst du mir das antun? Hier einfach sitzen? Als wäre nichts passiert? Noch mal kann ich all das nicht durchstehen. Ich schaff es jetzt schon nicht.»

Dann wurde ich wach und schämte mich. Ist Trauer vielleicht egoistisch, weil man so viel um sich selbst kreist? Weil einem so viel genommen wird und so wenig bleibt? Macht mich meine Trauer gar infantil? Ich war 45 Jahre alt, hatte selbst zwei erwachsene Kinder und dachte doch nur dies: Ich will meine Mamel zurück!

Sie war eine echte jiddische Mamme, meine Mamel: immer aufmerksam, immer mahnend, immer etwas dramatischer, als es die Situation eigentlich hergab. Voller Chuzpe, Stolz und Liebe. In kleinen Dingen sehr temperamentvoll und in großen sehr gelassen. Nie geizig mit guten Ratschlägen und stets besorgt um meinen Kontostand. Sie war immer präsent. Wir hatten eine überaus enge Bindung, lange war sie meine einzige Bezugsperson. Das ergab sich aus ihrer Biographie.

Großeltern hatte ich nie, auch keine Tanten, keine Onkel, keine Cousinen, keine Cousins. Und mein Vater war schon vor 26 Jahren gestorben. Plötzlich waren beide Eltern tot. Mir wurde bewusst, dass nun der Welpenschutz vorbei war. Dass ich jetzt an der Spitze meiner Familie stand. Dass etwas Besonderes abhandengekommen ist.

*

Jeder Tod ist einmalig. Jedes Leben auch. Mamel kam 1925 als Ilse Hoferichter in Berlin zur Welt. Sie hatte eine wunderbare Kindheit, bis ihre Familie 1937 aus Deutschland fliehen musste. Mit der Transsibirischen Eisenbahn begann ihre Reise ins Ungewisse. Shanghai war, da viele Länder jüdische Flüchtlinge abwiesen, das einzige Schlupfloch. Ihre Mutter, ihr Vater, ihr Bruder und sie hatten ihre Leben gerettet – anders als ihre Verwandten, die in Deutschland blieben, auf ein Wunder hofften und von denen keiner, wirklich kein einziger, überlebte.

Doch auch im Exil war vieles verwirrend. Als die Familie im August 1937 dort ankam, war gerade der Zweite Japanisch-Chinesische Krieg ausgebrochen, und es tobte die Schlacht um Shanghai: Die Japaner hatten China besetzt, dagegen unterstützte die Sowjetunion die Chinesische Volksrepublik. Die Japaner waren Verbündete von Nazi-Deutschland, nahmen jedoch die Verfolgung der Juden in China nicht so ernst. Darum erteilten sie in all dem Tohuwabohu Einreisevisa für die Teile Chinas, die sie besetzt hatten.

Shanghai galt als kosmopolitischer Schmelztiegel, als einzige Rettung – jedoch bot die Stadt alles andere als ein passables Asyl. Die Verwirrung ging weiter: Es gab viele Exklaven, aber wenig Gemeinschaftssinn. Es gab viele Reglementierungen, aber noch mehr Gesetzlosigkeit. Es gab jüdische Gemeinden, aber in einigen waren die sogenannten Mischehen verpönt. Und es gab dort staatstreue Deutsche – sie hießen «Importierte» –, sodass auch fernab der Heimat die Schule jeden Morgen mit dem Hitlergruß begann. Und deshalb gab es auch im chinesischen Exil Hakenkreuzfahnen und HJ-Uniformen. Oft wurden mit der Flucht lediglich geographische Grenzen überwunden. Kaum mehr.

Shanghai war also keine erste Wahl, sondern letzte Zuflucht. In jener Zwischenstation hatten die Emigranten den unbedingten Willen zu überleben, aber nicht sich einzurichten. Die Familie meiner Mutter hielt sich nur ein Jahr in Shanghai auf und zog dann nach Tientsin, eine Provinz hundertvierzig Kilometer vor Peking. Dort lebte sie elf lange Jahre. Alle warteten im Exil auf das Ende – in der Überzeugung, dass die Nazis den Krieg verlieren werden. Nur ahnte niemand, dass das so lange dauern würde.

Krieg ist kompliziert. In dem Jahr, als meine Mamel sechzehn Jahre alt wurde, 1941, griffen die Japaner Pearl Harbor an. Nun traten auch die USA in den Zweiten Weltkrieg ein. Immer mehr GIs waren in China präsent, neben den sowjetischen und chinesischen Soldaten. Das wiederum erklärt, warum so manche Exilanten fließend Russisch, Englisch und Chinesisch sprachen – wie Mamel.

Am 8. Mai 1945 endete dann für die Deutschen der Zweite Weltkrieg. Für die Emigranten in China aber war dieser Krieg erst am 6. August 1945 vorbei: mit dem Abwurf der Atombombe über Hiroshima. Aber war wirklich alles vorbei? Zwei Tage darauf, am 8. August 1945, erklärte die Sowjetunion Japan den Krieg.

Wenig später, 1946, mitten in den Vorbereitungen für ihre Silberhochzeit, starb Lucie, Mamels Mutter. Pastor Müller, der Mamel einst konfirmiert hatte, hielt nun im Exil die Trauerrede für Lucie: «Sie sprach, seit sie hier in Tientsin lebte, gern und oft vom deutschen Wald und heimatlichen

Plätzen. Ihr großer Wunsch, bald wieder nach Hause kommen zu können, geht nun nicht mehr in Erfüllung.»

Ist das nicht erstaunlich, diese Sehnsucht nach zu Hause? Erstaunlich, aber nicht ungewöhnlich. Viele Emigranten lernten, die Heimat genau vom Staat zu unterscheiden. Der Abstand brachte das mit sich. In der Ferne begannen sie, manche Dinge anders einzuordnen. Dort konnten sie einiges viel deutlicher sehen.

Es ist schwer zu sagen, wie das Leben für Mamels Familie in Deutschland verlaufen wäre, hätte es die Judenverfolgung, den Holocaust, den Genozid nicht gegeben. Doch auch im Exil gab es herbe Schicksalsschläge: Mit Lucies Tod zerfiel die Familie. Mamels Vater haderte mit seinem Schicksal und ging – das kann man so sagen – nun auch in die innere Emigration. Mamels Bruder Rudolf zog mit den Quäkern durch Asien, arbeitete in Thailand und nahm sich in Tunesien das Leben. Mamel hatte seinen Tod nie verkraftet. Und sie selbst wurde schwer krank. Freunde und Bekannte wanderten längst aus: in die Vereinigten Staaten, in die Schweiz, nach Israel. Sie aber konnte das nicht. Sie hatte in China Typhus bekommen und eine kraftraubende Wirbelsäulen-Tbc, erhielt viel Morphium und lag jahrelang im Gipsbett. Erst 1950 schaffte sie es, aus dem Exil zurückzukehren. Mit einem Stahlkorsett, das sie noch Jahre tragen musste.

Mamel entschied sich für Deutschland, weil sie den Menschen zutraute, aus Fehlern zu lernen. Zeit ihres Lebens konnte sie nichts mit hehren Worten wie «Patriotismus» oder «Vaterland» anfangen. Sie hatte sich einfach für ihre Heimat entschieden. Berlin-Lichtenberg. So kam sie in die junge DDR, obwohl sie niemanden kannte. Doch sie fand Freunde, aufrichtige Menschen. Sie hatten, wie sie sagte, nicht nur Erfahrungen gemacht, sondern konnten ihre Erfahrungen auch anwenden. Charakterstärke war Mamels Maßstab.

Ich bewundere sie dafür, wie sie trotz aller Schattenseiten dem Leben noch immer etwas Gutes abgewinnen konnte. Nie war sie nachtragend. Nie ungerecht. Immer bescheiden.

Anfangs wurde sie in der DDR noch als Opfer des Faschismus, kurz OdF, anerkannt. Doch es gab Widerstand, eines Tages sagte Ottomar Geschke, der Vorsitzende des OdF-Ausschusses: «Aber die Juden haben nicht gekämpft!» Es entwickelte sich eine Debatte um die Auslegung der Paragraphen: wer als Opfer gelten darf und wer nicht. Daraus wurde schnell ein wabernder Moralraum. Schließlich beschloss der Hauptausschuss, nur noch aktive Kämpfer anzuerkennen, nicht aber Verfolgte. Im Ganzen wurden die Juden nicht als «antifaschistisch» bezeichnet, sie galten lediglich als «passive» Opfer der NS-Kriegsführung. Man schätzt, dass zwischen 1945 und 1956 etwa fünftausend Juden im Ostteil Deutschlands lebten. 1955 wurde Mamel – wie vielen anderen Juden – der OdF-Status aberkannt.

Einmal wurde ihr in der Behörde nahegelegt, ihre Familie sei ohnehin nur wegen «einer beruflichen Veränderung des Vaters» ausgewandert – und nicht geflohen. Ein anderes Mal sei die Familie angeblich «drei Tage zu früh» ausgewandert. Wieder ein anderes Mal konnte sie nicht nachweisen, «wenigstens ein halbes Jahr im Konzentrationslager» gewesen zu sein. Die Einführung des «Arierparagraphen» und die Bücherverbrennung von 1933, die Nürnberger Gesetze von 1935 und die Rassentheorien sahen die Bürokraten nicht als «hinreichende Gründe» für die Emigration 1937.

Es fiel schwer, da keine Willkür zu unterstellen. Das Glück, überhaupt überlebt zu haben, musste den Heimkehrern genügen. Ein unterschwelliger Vorwurf, der weiteres Nachfragen als ziemliche Anmaßung deutete.

Außerdem machte die Gründung des Staates Israel jüdischstämmige Bürger in der frühen DDR allmählich zu Antipatrioten. Denn Israel wollte sich nicht in Stalins Machtblock integrieren und wählte als Schutzmacht lieber die USA. Ein Affront, der Anfang der fünfziger Jahre zu Antizionismus, neuen Verfolgungen, in der Sowjetunion gar zu pauschalen Säuberungen gegen die «wurzellosen Kosmopoliten» und in der DDR zu Prozessen führte. Überlebende, darunter auch jüdische Antifaschisten, gerieten so zwischen die Fronten des Kalten Krieges.

Unbestritten ist, dass es in der DDR Antisemitismus gab. Leider ist davon nicht viel dokumentiert. Hier und da findet sich etwas in Ausstellungen: wie etwa in Rostock und Berlin Beschimpfungen oder Schändungen von der Polizei als «Dumme-Jungen-Streiche» heruntergespielt wurden. Wie etwa in Neubrandenburg jüdische Friedhöfe verlegt wurden oder wie sie in Hagenow gänzlich verschwanden. Wie Grabsteine von Behörden als Garagenfundamente missbraucht wurden. Wie die Staatssicherheit zu 1080 Gramm Gold kam: Sie hatte in Lieberose, einem Außenlager des KZ Sachsenhausen, 577 jüdische Häftlinge exhumieren – und ihnen das Zahngold herausbrechen lassen. Ein gewissenhafter Umgang mit dem «Erbe» sieht anders aus.

Die DDR weigerte sich, jede Art von Wiedergutmachung oder wenigstens doch Unterstützung zu leisten. Warum auch? Sie war nicht der NS-Staat, und Antisemitismus war nicht ihre Erfindung. Als hätte sie die bösen Menschen einfach gegen die guten ausgetauscht, erklärte die DDR ihre Bürger zu einem Volk von Antifaschisten und sich zur Siegerin der Geschichte. Ein Bewusstsein für die historische Verantwortung aller Deutschen gab es kaum. Aufklärung über den Antisemitismus überhaupt nicht.

*

Mamel hat immer für Verständnis geworben, hat nie den Glauben an die Menschheit verloren. Das Wort Demut kannte sie noch. Das lag wohl an ihrer Biographie. Ihr Lebensweg war mit der Erkenntnis gepflastert, «dass jeder

Mensch nur ein Gast auf Erden ist». Sie hätte es verhäng-
nisvoll gefunden, in diesem kurzen, ohnehin dramatischen
Dasein auch noch Vorurteile zu hegen. Wir haben nur dieses eine Leben! Deshalb blieb sie tolerant, obwohl vieles sie
nachdenklich gemacht hat. Sie war klug und unabhängig,
aufgeklärt und emanzipiert, anständig und aufrichtig. Folg-
lich hielt sie sich nie lange mit Enttäuschungen auf.

Viele Jahre nach der Wende, 2002, nahm mich bei einem
Treffen im Jüdischen Museum eine ihrer Freundinnen bei-
seite: «Seit mehr als zehn Jahren hat deine Mamel Anspruch
auf Wiederanerkennung. Abini, wenn sie es nicht tut, dann
tu du es! Das steht ihr zu! Es hat nichts mit Bescheidenheit
zu tun! Es hat nicht einmal mit Gerechtigkeit zu tun! Also,
was ist: Versprichst du es mir?»

Wir kramten alle Unterlagen und Nachweise zusammen,
ich ging zur zuständigen Behörde und geriet an einen sehr
hilfsbereiten Mitarbeiter. Er sagte, er freue sich, dass er
noch jemandem helfen könne, für den diese Form der Ent-
schädigung eigentlich gedacht war. Soweit es ging, nahm
ich ihr die Wege zu den Ämtern ab. Es war selbstverständlich, endlich etwas für Mamel zu tun. Denn ihr habe ich so
viel zu verdanken.

★

Unsere Mutter-Tochter-Geschichte begann natürlich mit
meinem Vater: Silas Olu. Er kam aus Westafrika, war ein
überzeugter Kommunist und Mitglied der Arbeiter- und
Bauernpartei Nigerias. Sein erstes Kind in Afrika nannte er
Juri, nach Juri Gagarin. So eine Absichtserklärung reichte
natürlich nicht, mein Vater wollte etwas erreichen. Er engagierte sich, lernte Russisch und war begeistert von der Kom-
munistischen Partei der Sowjetunion mit ihren revolutionä-
ren Zielen. In seiner afrikanischen Heimat arbeitete er mit
dieser Einstellung natürlich im Untergrund und entging

eines Tages nur knapp einer Verhaftung. Er wurde nach Moskau geschleust, wo er die zentrale Parteihochschule «W.I.Lenin» besuchte. Anschließend gelangte er, immer noch ohne Papiere, in die DDR und nahm wenig später ein Journalistikstudium an der Karl-Marx-Universität in Leipzig auf. Nach seinem Abschluss arbeitete er als Autor bei der «Magdeburger Volksstimme», der «Berliner Zeitung» und als Dozent in Berlin. Noch während des Studiums lernte er Mamel kennen, die als Rezeptionistin im Johannishof, dem Gästehaus der Regierung, arbeitete und sehr oft als Dolmetscherin eingesetzt wurde. Zwei Schicksale aus völlig verschiedenen Welten trafen aufeinander.

Ich hatte schon von Exilanten gehört, die ihr altes Leben als das «eigentliche» bezeichneten und das neue Leben als das «andere». Für manche war es eine zweite Chance, ein Geschenk, das sie leidenschaftlich gestalteten – für andere aber war es auch eine Bürde, ein Versehen, als hätte es sich unwirklich ergeben. Mamel jedenfalls ergriff die zweite Chance.

Sie lebte schon zwei Jahre glücklich mit meinem Vater zusammen, als sie schwanger wurde. Da rief ihr Chef vom Johannishof – ein strammer Genosse – sie eines Tages zu sich ins Büro und sagte: «Ilse, ich freu mich für dich und dein Kind. Alles gut. Aber muss es denn unbedingt von einem Neger sein?» Sie antwortete nur: «Waldemar, du hast mir ja kein Angebot gemacht», stand auf und ging.

Ist das nicht kurios? Parteipolitisch hatten mein Vater und Mamels Chef eigentlich dieselbe Überzeugung. Aber die rassistischen Ressentiments hielten sich überall.

Doch dass das Leben nicht schwarz-weiß war, wusste Mamel am besten. So kann ich ihr den entspannten Umgang mit meiner dunklen Hautfarbe gar nicht hoch genug anrechnen. Denn ich kenne farbige Kinder, die auf der Straße einige Schritte vor ihren Müttern laufen mussten, damit keiner mitbekam, dass sie dazugehörten. Die zur Oma oder ins Heim abgeschoben wurden, weil die Mütter die Reaktionen der Nachbarn nicht ertrugen. Die sich die Haut blutig wuschen, um so weiß zu werden wie ihre deutschen Halbgeschwister. Mamel aber liebte mich bedingungslos, wie ein großes Geschenk. Sie küsste mir die Stirn, sie nahm mich in den Arm, sie streichelte mir die Wange, sie liebte mich – einfach nur weil ich da war.

Ich hatte eine behütete Kindheit. Mamel sagte: «Jeder Mensch ist ein Original.» Ich sollte nicht den Erwartungen anderer entsprechen, um eine bloße Kopie zu werden. Ich sollte mich niemals auf meine Hautfarbe reduzieren lassen, nur weil andere dies tun. Und zugleich sollte ich nicht alle meine Probleme auf meine Hautfarbe zurückführen, auch wenn dies vielleicht bequem sei. Ich sollte erst immer alles hinterfragen: Tritt ein Mensch mir aus Prinzip oder aus Überzeugung entgegen? Argumentiert er kategorisch oder leidenschaftlich? Wendet er sich an meinen Verstand? Oder nur an meinen Instinkt? So hat mir Mamel das Schubladendenken ausgetrieben, bevor ich etwas darin verstauen konnte. So wuchs ich heran. Ich spürte keine Benachteiligung, sondern Reichtum. Keine Gefahr, sondern Sicherheit. Meine Hautfarbe sah ich als großes Geschenk, das ich meinen Eltern verdankte.

Da Mamel Jüdin war, mein Vater Yoruba und meine Eltern mich protestantisch taufen ließen, bewahrten mich drei Religionen in unserer Familie davor, die Dinge nur von einer Seite aus zu sehen. Wichtig war vor allem: dass man Gott – egal welchen – nicht fürchten, sondern lieben sollte. Und wenn das manchmal schwerfiel, dann sollte man eben Fragen stellen: Warum schenkt er uns in diese Welt hinein und lässt gleichzeitig so viel Leid zu? Geht man so um mit dem, was man geschenkt hat? «Nein, Bienchen», sagte Mamel dann, «wir gehen mit Geschenken anders um.» Es gab keinen Grund für uns, auf irgendeine Weise orthodox zu werden.

Unsere Welt war in Ordnung. Auch als Mamel eines Tages von meiner Halbschwester erfuhr. Mein Vater hatte eine Ärztin aus Genthin kennengelernt. Wenig später nahmen die Mütter Kontakt miteinander auf und verstanden sich vom ersten Augenblick an. Während mein Vater in der DDR unterwegs war, fuhren wir mit Renate und Katharina in den Urlaub, gingen gemeinsam in die Kirche und wurden eine Familie, die sich selbst ausgesucht hatte. Schließlich zogen die beiden nach Berlin. Und unser «Pappy»? Wurde im Gebet immer bedacht. Völlig aufrichtig. Weil wir seine Kultur ohne Zweifel respektierten.

Im Dezember 1973 – Nigeria erlebte einen Militärputsch, die DDR offenbarte sich als Enttäuschung – ging unser Vater nach London. Er sagte: «Sozialismus funktioniert nicht, solange Menschen daran beteiligt sind.» Und er hatte recht. Bis zu seinem Tod 1986 hielten wir die Verbindung – leider nur telefonisch, denn Wiedersehen wurden nicht mehr zugelassen.

Seit 2012 ist es möglich, als Kind die Stasiakten seiner Eltern einzusehen. Für nahe Angehörige galten nun Ausnahmeregelungen. Also machte ich mich sofort daran, vielleicht noch etwas mehr über meinen Vater in Erfahrung zu bringen. Natürlich war er beobachtet worden. Natürlich gab es eine Akte. Natürlich bekam ich sie nicht ohne weiteres. Ich musste viele Unterlagen beschaffen, vom Standesamt in Berlin-Hohenschönhausen und vom General Register Office in London. Das hatte ich unterschätzt. Aber es lohnte sich, denn nun wusste ich, dass ich meinen Vater all die Jahre über richtig gesehen und nicht verklärt hatte. Ausgerechnet seine Stasiakte gab Gewissheit und Frieden.

Ich erhielt die Akte zwei Wochen vor Mamels Tod. Wir lasen Dinge wie: «O. hat kein übersteigertes Geltungsbedürfnis, ist im gewissen Sinne bescheiden. Er hat seinen Mitstudenten an marxistisch-leninistischen Grundkenntnissen viel voraus, doch macht zu wenig Gebrauch von der praktischen Anwendung der Theorie.» Und was warf man ihm vor? Er vertrat «den Klassenstandpunkt nicht eindeutig genug» und war «aufgeschlossen gegenüber anderen Meinungen». Das verbaute ihm jedwede weitere Karriere. Auf dem letzten Blatt ist notiert, dass mein Vater «für eine Nachbearbeitung» nicht mehr geeignet war.

Einerseits ist es absurd, dass ein paar anonyme Notizen über persönliche Biographien und vermeintliche «Karrieren» entscheiden konnten. Aber das war die Wirklichkeit. Andererseits bin ich umso stolzer auf meinen Vater. Das ist die Wahrheit.

Mitte 2012 hatte ich über das Goethe-Institut einen Journalisten aus Nigeria kennengelernt. Wir luden ihn zu uns nach Hause zum Essen ein, er besuchte meine Mamel, und wir freundeten uns an. Aderemi versprach bei seiner Rückkehr nach Nigeria, Verwandte meines Vaters ausfindig zu machen – und hielt Wort. Das ist nicht selbstverständlich. Einen Monat später hatte er insgesamt zwanzig Halbgeschwister von mir recherchiert. Mit so vielen hatten wir nicht gerechnet. Mit jeder Mail erfuhren wir von neuen Verwandtschaften. Mamel, indes 87, rief nur amüsiert: «Was für ein hübscher Name!» oder: «Ich wär verrückt, deinem Vater böse zu sein. Ich hab doch dich!»

★

Mamel hatte zwei Leben. Das wurde mir noch einmal richtig bewusst, als ich die Fotos für ihre Trauerfeier raussuchte. Ich wollte einen Abschiedsfilm machen, aber das chinesische Exil und die DDR mit meinem nigerianischen Papa – das wollte alles nicht zusammenpassen. Es kamen in beiden Hälften ihres einzigen Lebens vollkommen unterschiedliche Menschen und Umstände vor. Ich bekam die beiden Leben nicht zusammen.

Nur eines blieb immer gleich: ihr Talent, selbst die kleinsten Freuden des Lebens in großen Zügen genießen zu können. Eine Freundin traf es in ihrem Beileidsbrief auf den Punkt: «Deine Mamel ist dem Glück nie hinterhergejagt: Sie hatte die gewaltige Begabung, einen Glücksmoment zu erkennen.» So sah ich es auch. Aber sah ich alles?

Natürlich gibt es keinen Menschen, über dem jeden Tag die Sonne scheint. Mamel beschrieb solche Momente als jene, in denen sie an «Gefühlslähmung» litt. Davon bekam ich jedoch nicht viel mit, ich habe diese Notizen erst in ihrem Nachlass gefunden. Ausgerechnet sie, die immer Fröhliche, Schlagfertige, Klaglose, Herzensgute überkam manchmal eine depressive Stimmung. Jenes scheinbar anlasslose Gefühl, das sich weder abschütteln noch durch schöne Gedanken verdrängen lässt. Dann ist der Mensch sich selbst ein Rätsel. Und sein Stimmungstief wird von den anderen nicht erkannt. Über körperliche Beschwerden lässt sich wohl leichter reden als über die seelische Verfassung. Aber hat nicht auch jeder das Recht auf ein Tief?

Wenn das Herz überquillt, kann es hilfreich sein zu schreiben – bevor die Seele verkrampft. Mamel ist nie vor der Traurigkeit geflohen, sondern hat sie bewältigt und immer besiegt. Denn in ihrem Grundwesen war sie ein lebensfroher Mensch. Einmal notierte sie: «Ich habe viel Massel und werde so beschenkt auf dieser Reise. Ich bin ein Sanguiniker und spüre die Lebensfreude in all meinen Fasern.» Das war sie. Und diese Daseinslust gab sie an uns weiter.

Kurz vor ihrem Tod lief im rbb-Fernsehen die Sendung «Die schönsten Parks und Gärten», in der fünfzehn Anlagen rund um Berlin vorgestellt wurden. Ich bat Mamel, sich einen Ort auszusuchen, den wir dann zusammen besuchen könnten. Später fand ich den Zettel – sie hatte alle Parks angestrichen. Es war ihr egal, wohin wir gehen würden, Hauptsache, wir unternahmen etwas gemeinsam. Das hat mich gerührt, und ich erinnerte mich: wie wir einmal auf der Dachterrasse der Humboldt-Box Kaffee getrunken haben und uns einig waren, dass «wir das Berliner Schloss nicht brauchen». Wie wir durch den Modellpark in der Wuhlheide getappelt sind oder stundenlang auf der Aussichtsplattform in Schönefeld die Flugzeuge beobachtet haben. Wie wir ins Ballett gingen oder zur Filmvorführung in die chinesische Botschaft. Wie sehr Mamel es mochte, wenn ich sie mitnahm und das Alltagsgeplänkel von ihr abfiel.

Oft hat sie ihre Erlebnisse und Gedanken in Gedichten festgehalten, unendlich viele sind voller Liebe. Einige Gedichte kannte ich nicht. Sie haben mich traurig gestimmt, aber mir auch Kraft gegeben. Sie waren lustig und launig, sentimental und selig, trotzig und schmerzlich – wie das Leben eben. Ich habe Wochen gebraucht, nur um die Gedichte zu sortieren. Sie hat geschrieben und geschrieben. Und wenn sie nicht mehr schreiben konnte – schrieb sie trotzdem weiter. Kam erst mal ein Gedanke über sie, wurde er sofort festgehalten: auf der Telekom-Rechnung, auf der Zeitungsecke, im Adressbuch, auf dem Löschblatt, manchmal auch auf der Serviette. Später setzte sie sich an ihre Schreibmaschine und tippte. Sie schrieb auch für Poetenwettbewerbe, Seniorenzeitungen oder Verbände. Am liebsten aber schrieb sie für uns: Egal, ob wir aus dem Urlaub zurückkamen oder mitten im Alltag steckten – ihr Gruß war schon da. Sie hat uns glücklich gehalten.

Mit meinen Kindern hatte sie zwei wunderbare Enkel. Als sie klein waren, malte ihr mein Sohn ein Bild mit den Worten: «Omi ist die Sonne.» Und meine Tochter schickte einen Brief mit der richtigen Adresse, aber ohne Namen, da stand einfach nur «An die liebste Omi der Welt» – der Brief kam an. Die drei hatten ein sehr inniges Verhältnis, Mamel nahm an ihrem Leben teil. Sie war immer für uns da, als weise Ratgeberin oder auch als beste Trösterin; egal, ob es um Liebeskummer ging oder um empörte Briefe aus dem Ferienlager. Sie war die beste Freundin.

Noch mit achtzig besuchte sie einen Sprachlehrgang,

«um ihr Chinesisch aufzufrischen», damit sie die alten Bücher wieder im Original lesen konnte. Dabei vertiefte sie sich in die chinesische Grammatik. Später beschäftigte sie sich mit dem Haiku, einer japanischen Gedichtform, die sich der Natur widmet. Es sind die kürzesten Gedichte in der Weltliteratur, Dreizeiler mit siebzehn Silben. Die hat sie genau studiert – und natürlich viele Notizen gemacht. Und sie hat gelesen: ihre National-Geographic-Magazine und ihre Bücher von Stefan Heym, Lion Feuchtwanger, Jürgen Kuczynski und ihrem besonderen Liebling Heinz Knobloch. Noch kurz vor ihrem Tod sah sie auf Arte einen Bericht über Liao Yiwu, der im Oktober 2012 den Friedenspreis des Deutschen Buchhandels erhielt. Sie bat mich, ihr das Buch zu besorgen. «Fräulein Hallo und der Bauernkaiser». Sie schaffte es bis Seite 79.

Bei unserem letzten Treffen führte ich Mamel zum Abendessen aus. Ich holte sie von der Seniorenresidenz ab, in der sie sich von ihrem letzten Sturz erholen sollte. Von den vier Wochen, die sie dort verbringen würde, waren schon zwei vergangen. Es war Halbzeit, und wir waren guter Dinge. Obwohl Mamel noch eine Erkältung in sich trug, genoss sie das Rehgulasch. Ich erzählte ihr, was sich bald ändern solle. Dass ich morgen noch für zwei Tage zur Erholung ins Wochenende fahren würde und schon den Antrag für die Pflegestufe 2 eingereicht hatte. Und dass wir notfalls zuzahlen könnten, falls die Pflegestufe 2 daheim nicht reicht. Dass alles zu schaffen sei. Dass sie bald wieder zu Hause sei. Versprochen.

Aber es hat nicht gereicht!

Das nächste Mal sah ich sie auf der Intensivstation.

An einem merkwürdigen Ort, der völlig anders als die Welt da draußen war. Dort versammelten sich lauter Gegensätze: Ein Ort voller Aufmerksamkeit und voller Ungewissheit. Ein Ort der Traurigkeit und der Hoffnung. Der Reizüberflutung und der Trostlosigkeit. Der Ruhe und der

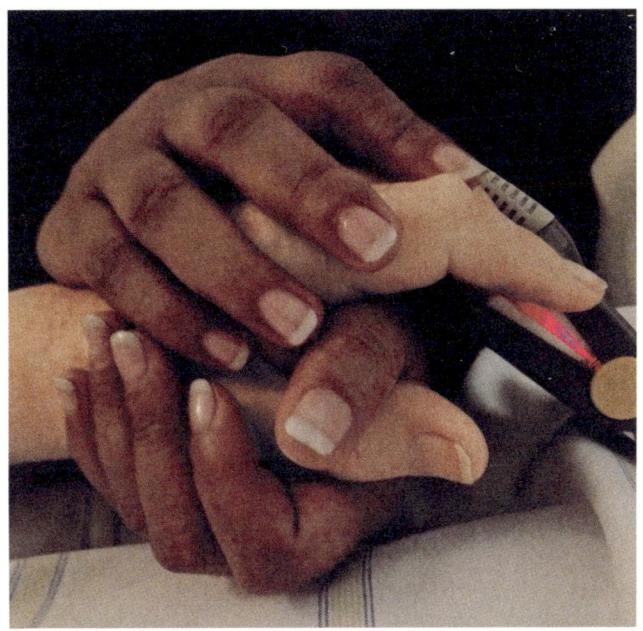

Betriebsamkeit. Der äußeren Gefasstheit und der inneren Panik. Ein Ort, der viele Grenzen kannte und doch nur einen Schritt von der anderen Dimension entfernt war. Irgendwie belastend und beklemmend. Nur ab und zu ein Lächeln.

Meine Mamel trug immer den Ehering ihrer Mutter an der linken Hand. Auf der Intensivstation wurde er ihr abgenommen. Ich habe ihn ihr angesteckt, am nächsten Tag lag er wieder auf dem Tischchen. Ich steckte ihn ihr noch mal an. Verstand denn keiner die Bedeutung des Rings? Natürlich nicht, hier ging es um Vorschriften.

Auf der Intensivstation begegnete ich einem Sohn, der seine Mutter täglich besuchte. Er hatte sich Urlaub genommen, saß stundenlang vor ihrem Zimmer, konnte aber einfach nicht hineingehen. Stattdessen saß seine Schwester bei der Mutter am Bett und las ihr vor. Nach ein paar Tagen kam ich mit dem Mann ins Gespräch. Und dabei erzählte er mir beinahe beiläufig: «Wir nehmen Mutter mit in den Garten.»

Ich dachte, der arme Mann, hat keine Hoffnung mehr für seine Mutter und muss schon an ihren Tod denken. Und ich sagte: «Aber das geht doch gar nicht. Das ist nicht erlaubt.»

Doch, doch. Ich sollte nur im Internet nachsehen, er habe einfach «Urne mit nach Hause nehmen» gegoogelt und sich dann bei einer Adresse genauer informiert. Am nächsten Tag brachte er noch die Visitenkarte des Bestattungsinstituts für mich mit. Ich steckte die Adresse ein, in der Überzeugung, sie nicht zu brauchen. Ich hatte mich geirrt. Und ich hatte keine Ahnung, dass ich diesem Mann noch dankbar sein würde.

Als Mamel starb, mussten wir uns plötzlich vom Besten, was uns passieren konnte, verabschieden. Wir waren überfordert. See- oder Erdbestattung, Diamant-, Kristall-, Baum- oder Weltraumbestattung? Wir hatten nie darüber gesprochen. Manche Angehörige kommen in den Sarg oder in die Urne, andere in den Kettenanhänger oder in den Briefbeschwerer. Und Mamel?

Ein Friedhofszwang, das wäre nicht in ihrem Sinn gewesen. Da ihre Familie nicht hier begraben war, gab es auch keinen Platz, der ihr entsprach. Heimat war für sie nicht der Ort, den eine Friedhofsverwaltung ihr zuwies. So kauften wir in der Schweiz einen Grabplatz. Denn dort gilt die Urne als bestattet, wenn sie den Hinterbliebenen übergeben worden ist. In Deutschland ist es bisher nur in Nordrhein-Westfalen möglich, die Asche von Verstorbenen auf einem Privatgrundstück zu bestatten – jedoch unter der seltsamen Auflage, dass dieses Privatgrundstück auch öffentlich zugänglich ist. Immerhin, als einziges Bundesland überhaupt plant Bremen, den Friedhofszwang zu lockern und durch eine zeitgemäße Regelung zu ersetzen. Damit endlich auch der Wille der Verstorbenen und Hinterbliebenen berücksichtigt werden kann. Angehörige aus anderen Bundesländern aber müssen wohl noch lange den Umweg über die Schweiz nehmen. Wir jedenfalls hatten Mamel versprochen, sie nach Hause zu bringen. Und dort kam sie an.

Jeder Abschied ist anders. Jedes Andenken auch. Deshalb ist es im wahrsten Sinne lebenswichtig für eine Familie, so etwas Persönliches selbst zu entscheiden. Also rief ich jenes Bestattungsinstitut an und informierte mich über das Prozedere. Dann ließen wir in Amsterdam von einer Künstlerin eine Urne fertigen, eine wunderschöne Skulptur; in der Schweiz wurde die Urne versiegelt und gelangte schließlich wieder nach Berlin. Mamel machte also noch einmal eine kleine Reise – wie im richtigen Leben.

Schließlich kam sie in einem Paket wieder bei uns an. Mir wurde zuvor versichert, dass die Urne «sehr pietätvoll überreicht» würde. Tatsächlich wurde mir auch der genaue Liefertermin mitgeteilt. An einem Sonnabendmorgen kam dann der Postbote. Ich war sehr aufgeregt, er war völlig entspannt und zog ein Paket vom Rollwagen hervor. Unterschrift bitte. Er hatte keinen blassen Schimmer, wen er mir gerade übergab! Das war meine Mamel – sie lag zwischen Zalando und Amazon. Ich war geschockt. Aber mein Sohn sagte: «Das ist doch typisch Omi. So unorthodox wie immer.» Ja, das war typisch. Ich musste weinen und lachen.

Mamel räumte oft und gern ihre Wohnung um. Und weil ich gut erzogen bin, stelle ich nun die Urne immer mal wieder woanders hin. Zu Hause kann ich unabhängig von Wind und Wetter jederzeit eine Kerze anzünden und frische Blumen mitbringen. Willkommen zu Hause, Mamel! Das war mein größter Trost.

Das war der einzige Trost. Einen anderen gab es für mich nicht. Die netten, aber vergeblichen Versuche der anderen haben es mir oft nur noch schwerer gemacht. Sätze wie «Sie hatte doch ein schönes Alter», «Wir müssen alle mal sterben», «Das Leben geht weiter», «Die Einschläge kommen jetzt immer öfter» wirkten auf mich wie banale Phrasen. Ich fühlte mich völlig unverstanden. Eine Kollegin, fast zwanzig Jahre älter als ich, sagte mir: «Abini, weißt du, was das Schlimmste ist? Das steht mir mit meinen Eltern noch bevor.» Das war in diesem Moment das Schlimmste? Nein, das war das Gegenteil von Trost.

Wir alle reden vom Sterben, ohne selbst gestorben zu sein. Wir wissen also nicht, wovon wir sprechen, aber wir haben trotzdem viel dazu zu sagen: «Fotos und Blumengebinde halten nur den Kummer am Leben» oder «Wer zu viel trauert, stört die Ruhe der Toten». Solche Dinge. Selten wurde mir die Abwesenheit von Sinn so bewusst. Nicht jeder weiß, was der Sinn des Lebens ist. Und keiner weiß, was der Sinn des Todes sein soll. Mir wurde klar, dass wir mit wahrem Zuspruch meist überfordert sind. Dass es keinen Trost geben kann. Dass ich allein mit meinem Schmerz blieb. Dass es keinen professionellen Umgang mit dem Tod gibt. Doch dann erreichten mich einige Menschen, die ich teils nur flüchtig kannte. Und es gab meine Kinder und meinen Mann, die ich nicht mit meiner Trauer belasten wollte, die aber mehr erkannt und geholfen hatten, als ich ahnte.

Und Gott? Blieb weit weg. Mag sein, dass Mamel seiner Barmherzigkeit begegnet ist – ich auf Erden nicht. Diesmal fand ich in keiner Religion eine Antwort. Dieser Verlust hat mich sehr ernüchtert: Sachlich betrachtet sterben jeden Tag in Berlin 86 Menschen. Weltweit sind es hundertfünfzigtausend. Jede Sekunde fordert etwa zwei Menschenleben. Wie will Gott sie alle im Himmel in Empfang nehmen? Wie den Überblick behalten? Er hat uns doch nicht nur mit Gefühlen ausgestattet, sondern auch mit Logik. Das ist ein Segen und ein Fluch.

So gottverlassen, wie ich mich fühlte, war ich dankbar, dass ich die Trauerfeier allein gestalten konnte. Beerdigungen haben mich oft mit ihren seelenlosen Reden ratlos zurückgelassen. Zigmal reproduzierte Gefühlsbekundungen, lieblos heruntergeleierte Biographien; das hatte Mamel nicht verdient. Vier Tage vor Weihnachten bereiteten wir ihr einen außergewöhnlichen, beseelten Abschied.

Dann begann die Zeit der emotionalen Zumutungen – das erste halbe Jahr war so düster, dass ich mir kaum vorstellen konnte, das Trauerjahr zu überstehen. Als sei zu viel vom Leben genommen worden und zu wenig geblieben. Schöner trauern? Daran glaubte ich nicht. Der Schmerz verflüchtigte sich nicht, er war kaum auszuhalten. Ich dachte: Ich liebe das Leben, aber das Leben liebt mich nicht. Ich suchte Trost in Büchern und fand ein wegweisendes Gedicht von Mascha Kaléko. In «Memento» heißt es: «Den eignen Tod, den stirbt man nur / Doch mit dem Tod der anderen muss man leben.» Das war die Herausforderung. Man muss das Leben wieder lernen.

Allen, die einen geliebten Menschen verloren haben, geht es so. Jeder schafft es auf seine Weise.

★

Mein Trauerjahr dauert jedenfalls länger als zwölf Monate, das weiß ich heute. Deshalb kann ich nicht verstehen, dass die Weltgesundheitsorganisation Hinterbliebenen seit 1994 nur noch zwei Monate Trauerzeit zugesteht. Und geradezu zynisch ist es, dass Gesundheitsexperten seit 2013 vorgeben, Trauer sollte sogar schon nach zwei Wochen «als behandlungsbedürftig» gelten. Es gibt Leute, die glauben das.

Ich probiere es auf meine Art, ohne Therapie und ohne Medikamente. Meine Trauer steht mir oft im Weg, aber mit der Zeit wird der Weg breiter, und am Rande gibt es immer öfter glückliche Momente. Dann spüre ich festen Boden unter meinen Füßen. Wir waren ihre geliebte Mischpoke. Daran kann ich mich manchmal aufrichten.

Diese Rückblenden tun gut, aber sie bewahren nicht

vollends davor, allzu hart gegen sich selbst zu sein. Eine Zeitlang habe ich mich nicht einmal getraut zu lachen. Ich dachte, es stünde mir nicht zu. Diese Phase der Leere wurde immer öfter unterbrochen von kleinen Momenten der Erfüllung. Ein paar Dinge haben sich mit Symbolik aufgeladen: der von den Nothelfern zerschnittene Pullover, in dem Mamel starb; die Kerze, die ich jeden Abend für sie anzünde; die Sonne; der Mond. Und ihr Ring: Ich habe nie im Leben Schmuck getragen, selbst als ich heiratete, entschieden wir uns für ein Tattoo, bloß kein Klimbim. Jetzt trage ich Mamels Ring, an der linken Hand, wie selbstverständlich. All das lässt mich lächeln.

Doch noch gerate ich durch kleine Impulse ins Straucheln: durch Musik oder einen Gegenstand, einen Gesichtsausdruck oder ein Datum, eine ältere Dame in der Synagoge, die vor mir mit einem Rollator sitzt, oder durch das Wiedersehen mit meinem Sohn, der gerade, wie einst mein Vater, in London lebt. Das genügt. Dann habe nicht mehr ich die Situation im Griff, sondern die Situation mich. Dann zerreißt mein Herz, und ich möchte mein altes Leben zurück. Dann dreht sich wieder das Gefühlskarussell und hält bei der bitteren Erkenntnis: dass Mamel wirklich nicht mehr lebt. Dass sich Liebgewonnenes nicht mehr retten lässt.

Immer noch hole ich aus der Apotheke ihre Salbeibonbons und packe im Supermarkt was für sie zum Naschen in den Korb. Am schlimmsten ist es in der Drogerie: Da stehen reihenweise Mitbringsel für Mamel in den Regalen. Manchmal fällt mir noch vor dem Bezahlen auf, dass ich jetzt nichts mehr einpacken muss. Dann gehe ich zurück zu den Regalen und weine.

Mir fehlt unser tägliches Telefonat und das dreimalige Tschüss-Sagen am Ende. Mir fehlt, wie sie vorm Losgehen «nur noch schnell nach dem Wohnungsschlüssel» sucht und mir erklärt, wie sie bald ihr Zimmer umstellen möchte. Mir fehlen die Sonnenblumen, die sie mitbringt, oder ihre

Ermahnungen, besser auf meine Gesundheit zu achten. Wie sehr ich sie vermisse.

Meine Mamel hat ein großes Loch gerissen. Heute weiß ich: Dieses Loch muss ich nicht krampfhaft überwinden. Dieses Loch ist die Spur, die sie hinterlassen hat. Und die wird nicht zugeschüttet, diese Spur wird gepflegt. Es wird nichts geben, was sie ersetzen kann.

Ich muss es aushalten. In dem ersten Jahr ohne sie habe ich mich mit meinem Kummer in der Nacht eingerichtet – in jenem Zeitraum also, in dem ich nicht funktionieren musste. Dann habe ich viel geweint. Ich dachte, ich wäre leergeweint, hätte keine Tränen mehr. Doch so war es nicht. Keine Ahnung, wann es aufhört.

Aber sie ist jede Träne wert.

MAN DARF DAS LEBEN NICHT ZU ERNST NEHMEN

+++ Ursprüngliche Nachricht +++ Raoul aus London +++

Betreff: hj ihr beiden 'inis
Gesendet: Samstag, 23. November 2013, 04:38
Von: Raoul Zöllner
An: Rubini Zöllner, Abini Zöllner

Mamels Biographie bewegt mich immer noch – ihr irritie-
rendes Ende auch. In einer dieser sehr langen Nächte, in denen ich nicht schlafen kann, bin ich aber nicht allein. Raouli
schreibt aus London, wo er seit einem halben Jahr lebt. Es
ist schon fast Morgen, als ich seine Zeilen lese:

Mommel und Rubel,
habe gerade alles gelesen und bin sehr traurig, aber auch
sehr glücklich, dass du das alles festgehalten hast. Ich

hoffe, ihr seid nicht allzu seelenwund. Ich fand es auch erst traurig zu wissen, dass es nun ein Jahr her ist, seitdem Omini sich für einen Kaffee aufgerappelt hat und dann doch wieder auf ihr Bettchen gesunken ist. Aber eigentlich ist es ja einfach nur bemerkenswert, dass es die kleine Omini überhaupt so lange mit uns ausgehalten hat. Und es wäre auch unfair, wenn unsere Trauer darüber, dass die kleine Omini nicht mehr mit uns rumhängt, all die Großartigkeiten, die wir mit ihr hatten, überschattet. Zu Ominis Hinterlassenschaft gehört das Lächeln auf meinen Lippen genauso wie die Träne im Augenwinkel.

Seid gedrückt, meine Kinder ;-)

Und sei gedrückt, liebe Mommel, freu dich über all die Dinge um dich herum, die einem der Alltag oftmals als so selbstverständlich darstellt: über deinen Job, um den ich dich selbst dann beneide, wenn du von all seinen Nachteilen erzählst; deinen Mann, neben dem du jeden Tag aufwachen kannst, weil euch kein politisches System oder Hunderte von Kilometern im Weg stehen; deinen großartigen Fitnessclub; deinen Flatscreen und deinen elektrischen Salzstreuer; dein Auto mit Rückenheizung, mit dem du jederzeit überall hinkommst; deinen Ausblick auf den Fernsehturm und die vielen Himmelsrichtungen; deine großartige Küche; deinen begehbaren Kleiderschrank und dein Gästezimmer, in das du jederzeit Freunde einladen kannst; die fünfhundert kulturellen Events, die jeden Tag in deiner Stadt stattfinden; deine gesunden Beinchen und Ärmchen, die dich überall hintragen (du stehst ja manchmal kopf); die Freiheit, jeden Morgen aufwachen und dein Leben weiter- oder komplett umschreiben zu können. Stell dir vor, man könnte all diese Sachen jeden Tag genauso wertschätzen, wie man sie vermisst, wenn sie nicht mehr da sind oder man sie sogar niemals hatte. Stell dir vor, du schaltest N24 ein und die Nachrichten sind: «Alles ist gut!» ...

Und zu alldem wirst du auch noch gnadenlos doll geliebt von mindestens drei Menschen, die mir sofort einfallen :-)

Man muss sich wirklich, wirklich eingestehen, dass Omini uns nicht verloren gegangen ist, ihre Spielstätte hat sich einfach nur verlagert, und da bleibt nichts weiter übrig, als anzuerkennen, dass das eine wirklich absolut gelungene Performance von ihr all die Jahre über war – bravo –, und dann schließt sich der Vorhang, und das Spotlight ist auf einen selbst gerichtet, und man sieht zu, dass man so vergnügt wie möglich durchs Leben tanzt. Tausendprozentig bin ich mir sicher, dass man sich nach all den Auftritten backstage wiedersieht. Wahrscheinlich darf man das Leben einfach nicht zu ernst nehmen. Das wusste schließlich niemand besser als die kleine Omini selbst.

Kusskuss!

NOCH EINE STERNSCHNUPPE

+++ Gewaltige Eruption +++ Ätna-Ausbruch
legt Flugverkehr lahm +++

Der Vulkan Ätna auf Sizilien hat erneut seinen Tribut gefordert: 101 Flüge mussten während des 36-stündigen Ausbruchs auf dem Flughafen von Catania abgesagt werden. Die vom Wind getriebenen hohen Aschefontänen gefährdeten die Sicherheit in der Luft. Der noch sehr aktive Vulkan war am Sonntag zum wiederholten Mal in diesem Jahr ausgebrochen. An seinem Süd-Ost-Krater hatte der Vulkan Lavamassen ausgestoßen, die sich auf einer Länge von mehr als einem Kilometer ergossen. Ascheregen war dabei auf die Stadt Catania und die Dörfer in der Nähe niedergegangen. Der Ätna ist mit 3350 Metern der höchste noch aktive Vulkan Europas.
dpa

Glück sei nicht das Wichtigste im Leben, sagte mal ein deutscher Philosoph. Nun ja, es ist sein Job, Dinge zweifelnd zu betrachten. Ich sehe das anders.

Als wir im Winter auf Sizilien Urlaub machten, fiel eines Sonntagabends jedenfalls das Glück vom Himmel. Das kam so: Uns war nach einen Tapetenwechsel zumute, wir wollten ein bisschen ausspannen und zur Ruhe kommen. Im Dezember sollten, so hieß es, kaum Touristen auf Sizilien sein. Und genauso war es auch: Im Hotel, in dem wir um Mitternacht ankamen – eine alte Festung in der Nähe von Catania –, wartete niemand auf uns. Nur ein Schlüssel war für uns hinterlegt. Doch leider passte er nicht zur angegebenen Zimmertür. So mussten wir um halb eins den Hotelbetreiber anrufen; der schickte einen Mitarbeiter vorbei, doch der Schlüssel passte immer noch nicht. Nach zwei Stunden bekamen wir ein anderes Zimmer. Eine vernünftige Entscheidung, denn wir waren die einzigen Gäste. Trotzdem war ich

fast traurig, als wir unser Zimmer bezogen. Denn während wir draußen warteten, hatten wir drei Sternschnuppen gesehen. Es war faszinierend; die Engel putzten wohl viele Himmelskerzen in dieser Nacht. Wie ein kleiner Gruß aus dem Jenseits. Keine Frage, nach all den Ereignissen der letzten Zeit hatte ich für jede Sternschnuppe einen großen Wunsch. Ich hätte noch länger warten können, draußen im Winter. Ich spürte die Kälte gar nicht.

Am nächsten Tag zogen wir los und stellten fest: Zwar gehörte uns die Festung – die Gaststätten und einige Sehenswürdigkeiten jedoch nicht. Viele waren geschlossen, weil eben keine Saison war. Wir wirkten wie verirrte Touristen. Also änderten wir das Programm und wanderten in den Naturreservaten. Abends zurück in der Festung, bat mich mein Mann, die Landkarte aus dem Auto zu holen. Während ich im Kofferraum kramte, sah er eine Sternschnuppe. Ich war ein bisschen eingeschnappt. Bis mein Mann vorschlug, dass wir uns in Decken einmummeln und gemeinsam in den Garten setzen könnten. So sahen wir auch in der zweiten Nacht Sternschnuppen.

In der dritten Nacht passierte mir etwas Dämliches: Ich war wunschlos. In den nächsten Tagen dachte ich mir fieberhaft schlaue Wünsche aus, um besser auf die Nächte vorbereitet zu sein.

Nach einer Woche, es war wieder ein Sonntag, ging einer davon tatsächlich in Erfüllung. Zunächst war es ein ganz normaler Tag. Wir wanderten zum Crateri Silvestri, auf die Südseite des Ätna. Der Vulkan hatte schon seit zwei Tagen laut pulsiert, der tiefe Bass klang wie ein unregelmäßiger Herzschlag aus einem Bergwerk. Aber als wir nachmittags dort wanderten, war es ruhig. Erst spätabends, als wir wieder auf unserem Zimmer waren, brach der Ätna plötzlich aus. Er spuckte Feuer, wir setzten uns auf die Veranda, und ich sah zum ersten Mal in meinem Leben, wie Lava durch die Luft geschleudert wurde und dann den Berg herunterkroch. Es gab drei große Druckwellen, ein paar Fenster klirrten und zersprangen – es war beängstigend und fesselnd zugleich. Das Unglaublichste aber war, dass während des Vulkanausbruchs auch noch eine Sternschnuppe zu sehen war. Jedenfalls für meinen Mann, denn ich war zu sehr mit Fotografieren beschäftigt.

So viele Sternschnuppen, so viel Glück – ab jetzt wird vielleicht alles besser.

Weihnachten kamen wir wieder in Berlin an, ich freute mich auf zu Hause, ein ruhiges Beisammensein und den Duft von Rotkohl und Gänsebraten. Doch pünktlich zu Heiligabend hatten wir eine Wasserhavarie. Im Wohnzimmer versuchten wir es mit einer gemütlichen Bescherung, in Küche und Bad mühten sich ab acht Uhr abends zwei Notdienst-Installateure um Schadensbegrenzung. Nach zwei Stunden kündigten sie den Einsatz von 96-prozentiger Schwefelsäure an: «Es wird gleich ein bisschen nach faulen Eiern riechen.» Von wegen ein bisschen. Bis Mitternacht saßen wir bei weit geöffneten Fenstern im Durchzug und rückten gegen die

Kälte näher zusammen. Obwohl es nicht nach Weihnachten duftete und überhaupt alles anders war als sonst, war es auf geheimnisvolle Weise schön. Danke, Sternschnuppe.

Kurz darauf, am Jahresanfang, hielt ich bei einem Konzertabend einen kleinen Vortrag über Europa. Es war eine gute Veranstaltung mit mehr als fünfhundert Gästen und vielen interessanten Gesprächen. Ich kam nachts mit einem beseelten Gefühl nach Hause. So etwas passiert mir selten. Erhabene Gefühle kann ich kaum genießen, weil ich ständig Angst davor habe, dass sie nur ein Missverständnis sind. Aber diesmal sagte ich zu meinem Mann, dass Sternschnuppen mehr als ein Aberglaube seien und dass er heute Abend bestimmt stolz auf mich gewesen wäre.

Mein Mann sagte: «Ich bin immer stolz auf dich. Auch wenn du deinen Pullover linksrum anhast.»

Was? Ich schaute entsetzt an mir herunter. Da hing tatsächlich das Etikett draußen. Nun zog der ganze Abend noch mal an mir vorbei. Jede Gesprächssituation, alles. Ich dachte mir, einen Wunsch hätte ich jetzt noch: Ich möchte nie mehr vor Hunderten Leuten sprechen, ohne zu merken, dass ich mein Oberteil linksrum angezogen habe.

War es nun vorbei mit meinem Glück? Im Gegenteil: Glück ist das, was man dafür hält. Am Ende der Nacht war ich den Sternschnuppen dankbar dafür, dass das Leben nicht einfach nur erbarmungslos weitergeht, sondern mir ab und an mal zuzwinkert.

DER KLEINE HAUSARZT

+++ Gute Orientierung +++

Schnelle Hilfe bei allen Beschwerden +++

Dieser Praxisratgeber bietet Ihnen eine rasche Orientierung bei den häufigsten Krankheiten. Er verzichtet bewusst auf langatmige Hintergrundinformationen zu Beschwerden und Erkrankungen und führt Sie gleich von den Symptomen zu den Sofortmaßnahmen. Die ausgewählten Medikamente stellen nur eine Auswahl dar, auf Homöopathika wurde verzichtet. Die Rubrik Naturheilkunde enthält die wichtigsten Naturheilmittel und naturheilkundlichen Anwendungen.
«Der Hausarzt» von Heike Kovács und Gunhild Kilian-Kornell

Besondere Ereignisse erfordern besondere Maßnahmen. Ich bin kein Freund von Medikamenten, aber manchmal gibt es Momente, da ... Meine Tochter fühlte sich also in den letzten Tagen recht antriebslos. Ausgerechnet zu jener Zeit hatte sie an der Uni anstrengenden Tanzunterricht.

Leistungsabfall? Erschöpfungszustand? Konzentrations-
probleme? Ich hatte sofort ein feines Präparat auf dem
Radar und schenkte ihr ein Zehnerpack voller Glutamin,
Phosphonoserin und Vitamin B12 in physiologisch sinnvol-
ler Zusammensetzung. Ich sagte: «Hier, für schlechte Tage.
Manchmal reicht es schon, wenn man sie einfach dabei-
hat.» Tatsächlich wurde meine Tochter wieder hellwach.
Das heißt, sie hatte ihr gewohntes Temperament zurück.
Sie fühlte sich super. Am nächsten Tag noch superer. Am
übernächsten Tag megasuper. Und schließlich – endete
eine Bühnenprobe mit zwei Beulen.

So viel Energie? Meine Tochter war zwar schon zwanzig,
aber ich war besorgt: «Komm zu uns, entspann dich und ge-
nieß ein All-inclusive-Wochenende.» Eigentlich klappt das
immer. Bei uns zu Hause kann sie sich fallenlassen und erfährt höchste Aufmerksamkeit. Aber diesmal ... Irgendwie
blieb sie unruhig.

«Schläfst du auch so schlecht?», fragte sie mich.

«Ich bitte dich, du fragst die Expertin!»

Dann hakte ich nach: Ausdauertraining? Macht sie.

Entspannungsmethoden? Kennt sie.

Rauchen? Tut sie nicht.

Übergewicht? Hat sie nicht.

Schon die ganze Woche spüre sie ihren Herzschlag sogar
noch im Tiefschlaf. «Das Herz tut genau das Gegenteil von
dem, wie ich mich fühle. Es rast sogar, wenn ich müde bin.»

Das machte mich stutzig.

«Ich glaub, ich brauche einen Drink, ich höre mein Herz
immer noch klopfen», rief sie kurz nach Mitternacht. Nun
wurde ich nervös, suchte Melissentee und kramte den
«Kleinen Hausarzt» hervor – ein 440 Seiten dickes Buch mit
Tipps zur Selbstheilung. Ich las auf Seite 80 das Kapitel «Hy-
perventilation» und auf Seite 330 «Nervosität und Zittrig-
keit». Bis auf die Pfötchenstellung, eine Verkrampfung der
Hände, hatte sie alle typischen Beschwerden vorzuweisen.

Also tränkte ich ein Leinentuch in warmem Essigwasser und machte ihr einen Wickel. Ist ein bewährtes Hausmittel gegen Herzrasen. Ich massierte ihre Hände mit Aromaöl, genauer: Sandelholz, und suchte ein paar Nüsse zusammen. Dabei fragte ich mein Töchterchen fast beiläufig: «Hast du eigentlich das Mittelchen gegen deine Antriebslosigkeit ausprobiert?»

«Vitasprint? Ja. Jeden Tag.»

«Was? Täglich?»

«Steht so auf der Packungsbeilage.»

«Ja, weil der Hersteller gern viel davon verkaufen möchte. Du solltest es aber nur bei Bedarf nehmen. Ich sag dir, manchmal reicht es wirklich aus, sie einfach nur dabeizuhaben. Guck mal, was vorn ganz groß auf dem Etikett steht.»

Sie las vor: «Energie auf Knopfdruck!»

Pause. Dann schauten wir uns an und mussten lachen. Den «Kleinen Hausarzt» konnte ich jetzt wieder ins Regal stellen.

Das Leben kennt viele Möglichkeiten, es sich zu verderben – gedopte Vitalität ist eine Möglichkeit.

NICHT MEINE SCHUHE

+++ Schuhe zur Belohnung +++ Was Männer angeben
und Frauen zugeben +++

Rund 17,3 Paar Schuhe besitzt die deutsche Frau im Durchschnitt.
Bei Männern sind es nur 8,2 Paare. Eine Umfrage ergab: Die meisten
Schuhe der Frauen stehen ungenutzt im Schrank. Schon beim Kaufver-
halten gibt es einen großen Unterschied zwischen den Geschlechtern:
86 Prozent der Männer geben an, sich nur Schuhe zu kaufen, wenn
sie diese auch wirklich brauchen. Dagegen gab jede dritte Frau zu, sie
kaufe auch schon mal Schuhe, um sich zu belohnen.
Meinungsforschungsinstitut YouGov

Was ist Glück? Ein guter Wein? Der Blick in den Mond?
Viele Schuhe im Schrank? Oder ein toller Film? Ja, das alles
könnte Glück sein.

Kürzlich entdeckte ich in den Sachen meiner Mamel eine

DVD: «Das verrückte California-Hotel» von 1978, ein Komödie voller Pointen und mit ausgezeichneten Darstellern. Zu DDR-Zeiten sahen wir sie mindestens siebenmal im Kino Volkshaus in Berlin-Lichtenberg.

Es ist Wochenende, es ist Nacht, und das TV-Programm ist das Gegenteil von «Glück». Also schaue ich mir mit meinem Mann jenen Film an.

Darin gerät Marvin (Walther Matthau) in eine pikante Situation und wird zum Ehebrecher. Seine Frau Milly (Elaine May) erwischt ihn auf dem Hotelzimmer. Nach dem ersten Schock schaut sie generös über den Seitensprung ihres Mannes hinweg – und tröstet sich mit einer Shoppingtour. Und Marvin? Überlässt ihr ruckzuck seine Kreditkarte, ihm wäre alles recht, schließlich will er seine Frau nicht verlieren. Bevor Milly von dannen zieht, bittet sie ihren Mann, «die kleine Nutte», wie beide sie indes liebevoll nennen, «irgendwie schnell loszuwerden». Wenn's weiter nichts ist. Die Dame ist zwar noch benommen (vom Alkohol), aber voller Dankbarkeit und Tatendrang legt Marvin sich ins Zeug. Wie ein Getriebener will er seine nächtliche Sünde so schnell wie möglich loswerden – aber die Dame kann ihre Schuhe nicht finden. Also gibt er ihr die Schuhe seiner Frau. Hauptsache, sie verlässt endlich das Hotel! Am Ende ist Marvin erschöpft, seine Frau ist zufrieden.

Zufrieden?

Was für eine Frau! Ich versuche, die Toleranz der Gattin nachzuvollziehen, schaue meinen Mann an und sage: «Ich wäre tief enttäuscht, wenn du mich betrügen würdest.»

«Ich weiß», sagt mein Mann.

«Ich würde dir das nie verzeihen. Ich würde dich durch die Hölle gehen lassen und dir Feuer unterm Hintern machen. Und danach ginge ich ins Lafayette und ließe deine Kreditkarte glühen.»

«Ich weiß», sagt mein Mann.

«Aber wenn du meine …»

«Ich weiß», sagt er. «Wenn ich deine Schuhe weggeben würde, wäre das schlimmer als die Hölle.»

«Genau!»

Wir lächeln uns an und prosten dem Mond zu. Das ist Glück!

DER NACHBAR LÄUFT AMOK
(UND MOM SOLL COOL BLEIBEN)

+++ Blutdrama in Berlin +++

Amoklauf in der City West +++

Auf der Kantstraße (Charlottenburg) gerieten gegen 19.24 Uhr zwei Männer aneinander. Dann schwang der eine ein Beil, der andere zog eine scharfe Waffe. Er zielte auf seinen Kontrahenten, der schwer verletzt zu Boden ging. Daraufhin flüchtete der Schütze in ein Haus der Kantstraße. Das SEK begann ab 21 Uhr, das Gebäude zu durchforsten. Anwohner verschwanden sicherheitshalber in ihren Häusern, es war gespenstisch still auf der Kantstraße. Unterdessen tauchte der mutmaßliche Täter am Fenster auf. Mit der Waffe in der Hand. Das Handy am Ohr. Er brüllte, gestikulierte. Vorm Fenster die Reichskriegsflagge. Als Polizisten um 22.45 Uhr an der Wohnung von Ralf M. klingelten, fielen Schüsse. Direkt durch die Tür!

«Bild»

Als mein Sohn vor ein paar Jahren seine erste eigene Wohnung bezog, war ich so stolz. Und so traurig. Jetzt war er wirklich selbständig.

Irgendwann steht jedes Kind auf eigenen Füßen. Plötzlich lernte mein Sohn, sich selbst zu versorgen und sich um Dinge zu kümmern, die ihn zuvor nie interessiert hatten. Ich war erstaunt, dass alles so glattging. Und ein bisschen enttäuscht, weil er mich kaum noch zu brauchen schien. Ich empfand einen tiefen Trennungsschmerz.

Mein Mann meinte: «Du musst lernen loszulassen. Du kannst die Kinder nicht dein Leben lang überbehüten. Du solltest deine Sorge ein bisschen runterfahren.» Sicher hatte er recht. Und Mamel sagte noch: «Die kürzeste Fessel ist die lange Leine. Du musst ihn gehen lassen, um ihn zu halten.»

Der einzige Trost für mich war: Raoul zog nach Charlottenburg, eine Gegend, die wohl recht ordentlich und ungefährlich war. Ich hatte keine Ahnung, dass genau jene Gegend «Charlottengrad» genannt wurde.

Jedenfalls war die neue Wohnung kaum bezogen, als ich auf dem Nachhauseweg im Radio eine Warnung hörte: Die Kantstraße sei «streckenweise gesperrt, weil sich ein Amokschütze in einer Wohnung verbarrikadiert» habe. Jener Schütze hatte abends gegen halb acht in einem Imbiss jemanden angeschossen und war dann nach Hause geflohen. Derzeit versuche die Polizei, mit ihm zu verhandeln.

Nun, ich sollte ja lernen, loszulassen und nicht zu übertreiben. Also okay: Die Kantstraße ist lang. Es wird sich ja nicht ausgerechnet um den Abschnitt handeln, in dem mein Sohn seit zwei Tagen wohnte. Ich wollte auf keinen Fall überbesorgt sein.

Zu Hause angekommen, erzählte ich meinem Mann – betont gelassen – von dem Ereignis. Wir schalteten die Nachrichten ein und hörten: Elitepolizisten und Präzisionsschützen sind am Einsatzort eingetroffen, einige durchforsteten das Haus. Und wir sahen: Ralf M., schwer bewaffnet, winkte den Polizisten zwischenzeitlich von seinem Fenster aus zu. Und dadrüber? Sah ich exakt das Fenster meines Sohnes!

Ich war völlig außer mir. «Handy! Handy! Raoul, wo bist du! Wo genau?» Zum Glück war mein Sohn zu jenem Zeitpunkt unterwegs. Ich rief ins Telefon: «Der Typ, der unter dir wohnt, rastet gerade total aus. Um Himmels willen, ich bitte dich, komm heute Nacht zu uns.»

Tatsächlich feuerte sein Amoknachbar noch um die hundert Schuss ab, die meisten durch seine Wohnungstür. Ein paar trafen auch den Verteilerkasten im Hausflur. Plötzlich wurde es dunkel, es war ohnehin nach Mitternacht. Seit zwei Stunden versuchte das Spezialeinsatzkommando, an der Wohnungstür Kontakt mit dem Schützen aufzunehmen. Als das SEK um 0 Uhr 48 endlich mit Blendgranaten

in die Wohnung eindrang, hatte sich Ralf M. selbst getötet.

In jener Nacht fasste ich einen Beschluss und sagte zu meinem Sohn: «Da gehste nicht mehr hin! Nein, auf keinen Fall! Höchstens zum Ausräumen!»

«Mom, bleib cool. Wie groß ist die Wahrscheinlichkeit, dass da noch ein Amokschütze wohnt?», fragte mein Sohn rhetorisch. «Das ist jetzt wahrscheinlich die sicherste Gegend von Berlin.» Das hatte eine gewisse Logik.

«Sicher» war ein Argument, mit dem er mich gewinnen konnte. «Also gut, aber bitte meld dich jeden Abend.» Meinem Sohn war alles recht. Hauptsache, er musste seine erste eigene Wohnung nicht gleich wieder aufgeben.

Ein halbes Jahr später gab es den nächsten Polizeieinsatz im Haus. Mein Sohn rief mich an und erzählte, dass alles voller Polizisten sei. Er wolle am Abend noch weggehen und wisse nicht, ob er überhaupt seine Wohnung verlassen dürfe. Ob ich mal nachforschen könnte, was da los war. Klar konnte ich das. Ich fragte bei unseren Polizeireportern nach und berichtete meinem Sohn wenig später, dass es «nur ein

Ehedrama» war. Ein Mann hatte seine Frau mit dem Messer bedroht. «Ah, ja», sagte Raoul, «ich sehe vom Fenster aus, wie er gerade abgeführt wird.»

«Okay», sagte ich, «und wir bleiben cool.»

Doch Wochen später waren wieder Polizisten in jenem Haus. Sie warnten meinen Sohn, der gerade nach Hause kam, davor, das Treppenhaus zu benutzen. Er solle «unbedingt mit dem Fahrstuhl fahren». Raoul tat das, fuhr nach oben, die Fahrstuhltür öffnete sich – und er schaute in den Lauf einer Polizeipistole, die auf ihn gerichtet war. Der Polizist hatte ihn nicht erwartet. Raoul hatte das nicht erwartet. Extreme Anspannung auf beiden Seiten. Und der gesuchte Flüchtige war noch irgendwo im Haus unterwegs.

Das war der Schock, der keines weiteren bedurfte. War mir egal, ob ich als Übermama galt. Das Kind musste da weg! Die Nerven lagen blank! Von wegen loslassen …

Bis dahin hatte ich jedes Mal, wenn in diesem Haus etwas passierte, am Tag danach die Zeitung im Briefkasten meiner Mutter seitenweise ausgetauscht. Der Polizeibericht wurde in aller Frühe durch andere Seiten ersetzt. Mamel sollte sich bloß nicht wegen ihres geliebten Enkels aufregen. Das wollten wir ihr keinesfalls zumuten.

Eine Woche später erzählte ich meiner Mamel: «Raouli zieht um.»

«Warum denn?», fragte sie erstaunt.

«War uns zu unruhig da.»

«Aber Bienchen», sagte Mamel fürsorglich, «das war doch eine nette Gegend und eine schöne Wohnung. Ob du da nicht ein bisschen übertreibst?»

«Ja, kann schon sein», antwortete ich.

«Siehste, loszulassen ist eben doch ganz schön schwer», stellte sie ein bisschen triumphierend fest.

«Ich wusste ja nicht, wie schwer», sagte ich betroffen.

Und warum schreibe ich diese Geschichte erst jetzt auf? Wir haben Mamel nie davon erzählt.

DREI FLASCHEN

+++ Geistige Stimulation +++ Skat verringert
das Demenzrisiko +++

Menschen, die häufig Karten spielen oder Kreuzworträtsel lösen, haben eine deutlich bessere Chance, nicht an Demenz zu erkranken und
gesund zu bleiben. Gehen sie mindestens zwei Mal pro Woche geistig
stimulierenden Beschäftigungen nach, verringern sie das Risiko um
die Hälfte – und dies unabhängig von Bildungsniveau, Geschlecht
oder Lebensweise.
Fachblatt «Neurology»

Wer mischt? Wer gibt? Irgendwo in Friedrichshagen – Namen der Personen sind mir bekannt, bleiben aber besser un-
genannt –, irgendwo in Friedrichshagen also nahm unser
Freund an einer geselligen Skatrunde teil. Die Männer tranken und spielten und spielten und tranken. Als gerade alle
richtig fröhlich waren, die Stimmung ihren Höhepunkt erreicht hatte, genau da verabschiedete sich einer der Spieler.
Er verspürte schlagartig das Bedürfnis, «sofort nach Hause»
zu gehen.

Was war denn das für eine Ansage? Jeder weiß, wenn der dritte Mann geht, ist Weiterspielen unmöglich.

«Du kannst jetzt nicht gehen», redeten die anderen auf ihn ein. Reizen ist ja ein fester Bestandteil des Skatspiels. Aber doch nicht so! Nun, der Mann, zwar nicht mehr so standfest auf den Beinen, blieb jedoch in seinem Willen entschlossen. Er geht! Jetzt und gleich!

Was tun?

Einer der Zurückbleibenden hatte augenblicklich eine prima Idee: Er rief die Polizei. Nein, nicht weil er seinen Freund denunzieren wollte, sondern weil er sich aufrichtig sorgte. Jedenfalls teilte er der Polizei mit, er wolle nur «verhindern, dass sein Kumpel betrunken Auto fährt». Die Polizei möge doch dafür sorgen, dass sein Kumpel «den Ort nicht verlässt».

Aber – die Polizei kam nicht. Wahrscheinlich hatte der Anrufer selbst zu sehr gelallt. Der Abtrünnige erkannte nun seine Chance und flüchtete in einem unbeobachteten Augenblick durch die Hintertür des Hauses und über sieben Gärten. Die anderen wankten ihm hilflos hinterher – man darf wohl sagen: Alle waren schon lange über den Zustand «angeheitert» hinweg und torkelten zügig auf das Befinden «rattentütendicht» zu.

Ihren Kumpel aber fanden sie nicht mehr. Schließlich zogen sie sich bestürzt und auch ein wenig ernüchtert ins Haus zurück. Was für ein Drama! Haut der einfach ab. Dabei ist Skat ein Kartenspiel für drei Personen. Das war wirklich nicht nett von ihrem Kumpel …

Darauf noch ein Bier, für jeden. Macht – und da staunten sie nicht schlecht – drei (!) Flaschen.

??? Nanu?

Sie waren ja immer noch zu dritt?

Waren sie tatsächlich die ganze Zeit über zu viert gewesen?

Ja. Sie hatten sich schlicht verzählt!

Also dann: Wer mischt? Wer gibt?

DIE THEORIE IN DER PRAXIS

+++ Neuer Publikumstrend +++ Gibt es überhaupt noch
Unterschichtenfernsehen? +++

Haben Privatsender seit ihrem Aufstieg in den Achtzigern eine Klas-
sendifferenzierung des Fernsehens bewirkt? Oder einen negativen
Bildungssaldo? Verblödet die Nation? Es zeichnet sich eine Trend-
wende ab. Die Unterschicht – wie auch immer definiert – verliert ihren Schrecken. Längst gibt es eine neue Ästhetik in der Kultur: Der
Jogginganzug wird salonfähig, Aldi zum Einkaufsparadies, und in der
Oper singt Don Giovanni mit der Bierdose in der Hand. Abseits von
aller Schelte am Privatfernsehen und seinem angeblich trashigen und
primitiven Programm: Das Privatfernsehen erreicht die gut verdie-
nende und besser gebildete Zielgruppe ebenso gut wie ARD und ZDF.
Man muss und will sich nicht mehr krampfhaft abgrenzen.
«Absatzwirtschaft – Zeitschrift für Marketing»

Jeder zehnte Deutsche leidet unter sozialer Phobie. Oder
unter der Reisekrankheit, einem Tinnitus oder Blasen-
schwäche. Ist psychisch erkrankt oder hat ein Problem
mit Alkohol. Jeder zehnte Deutsche ist Vegetarier oder
geht ins Fitnesscenter, ist tätowiert oder überschuldet, beschäftigt Haushaltshilfen schwarz oder jobbt nebenbei. Jeder Zehnte hat schon mal ein Handy verloren oder seinen
Computer geschlagen. Keine Ahnung, ob all diese ernsthaft
veröffentlichten Umfrageergebnisse wirklich stimmen.
Demnach wäre ich jedenfalls auch jeder Zehnte. Denn jeder
zehnte Deutsche hat Schlafstörungen. Es hätte auch schlimmer kommen können: Ein anderes Zehntel der Deutschen
wünscht sich den Führer zurück. Ich dagegen habe nur wa-
che Nächte – also die Hoffnung auf Heilung.

Wenn ich wieder mal nicht schlafen kann, verstaue ich
zuweilen meine Würde unterm Bett und schalte mich ins

Nachtfernsehen, um die Zeit zu vertreiben. Da erwartet mich alles: Krimiwiederholungen, Dokusoaps, Gerichtspossen, Spätinfotainment. Das ganze Programm radikaler Zumutungen. Ich liebe schlechtes Fernsehen!

Menschen werden schlank oder erzogen, haben zu viel Geld oder zu wenig, wollen irgendwo rausgeholt werden oder geraten in irgendwas rein. Brave Bauern suchen feste Beziehungen, tabulose Frauen suchen flüchtige Kontakte. So führt mich die Fernbedienung durch die Nacht.

Und zapp. Ein vermeintliches Opfer steht vor dem Polizisten und behauptet, nicht erschossen worden zu sein. Der Polizist glaubt, dass das Opfer lügt.

Und zapp. Der Kakadu eines Tierliebhabers ist emotional gestört.

Und zapp. Eine Band unterbietet einen schrottigen Song mit einer noch schrottigeren Coverversion.

Und zapp. Ein Wirtschaftspolitiker schwelgt in Kompetenzillusionen, und im Hintergrund lacht der chinesische Hersteller sein chinesisches Herstellerlachen.

Und zapp. Ein Mann kann sich problemlos in drei Sprachen blamieren.

Und zapp. Zwei Kreuzfahrttouris befürchten, dass sie den Landgang «zu Fuß» machen sollen.

Und zapp. Eine Frau hat den Hausarrest ihres Mannes akzeptiert und kann nun vierhundertachtzig Begriffe der irischen Küche auswendig.

Und zapp. Ein Mann erwacht aus der Narkose und denkt, sein Schnauzbart sei ein Eichhörnchen.

Und gute Nacht!

Jetzt bin sogar ich müde. Die zwei Stunden und dreißig Minuten vergingen wie zwei Stunden und fünfundzwanzig.

Wenn die Rede vom Qualitätsfernsehen ist, dann wird automatisch angenommen, es ginge um etwas Wertvolles. Um

etwas von Bedeutung oder von Belang. «Qualität» – dieser Begriff ist ganz selbstverständlich positiv besetzt. Dabei weiß doch jeder, dass es auch schlechte Qualität gibt. Also ist es – um das mal festzuhalten – im Grunde egal, was man guckt: Qualitätsfernsehen ist es immer.

Mein Mann sieht das anders. Seine Fernseherlebnisse sind größtenteils von Frustration geprägt. Wenn er sich durch das Programm zappt, hofft er oft auf ein Wunder und versucht dabei, ein bisschen Restwürde zu behalten. Ach, diese vergeblichen Versuche, auf der Mattscheibe immer etwas Sinnvolles erkennen zu wollen. Oder von jeder Sendung etwas Relevantes zu erwarten. All das hab ich mir längst abgewöhnt.

Die Behauptung, dass die guten Sendungen immer nur nachts kommen, ist übrigens falsch. Nachts kommen zwar gute Sendungen – aber nicht immer. Das kann ich glaubhaft versichern. In einer dieser Nächte gerate ich wieder einmal an jene TV-Sendungen, die Soziologen «Affektfernsehen» nennen. Charakteristisch für die Zuschauer sei die mangelnde Bildung, ein niedriger sozialer Status und prekäres Verhalten. Sagen die Gesellschaftsanalysten.

Ich mag dieses herablassende Elitengeschwätz übers «Unterschichtenfernsehen» nicht. Denn auch die sogenannten anspruchsvollen Dramen und Reportagen haben mich schon ratlos zurückgelassen. Vielleicht lassen sie sich am Tage besser ertragen – in der Nacht aber treiben sie einen in die Aussichtslosigkeit. Damit schaffe ich es weder in die Leicht- noch in die Tiefschlafphase; in den Traumschlaf möchte ich es derart niedergeschlagen gar nicht erst schaffen.

Das Marketinggeschwätz, das das sogenannte Unterschichtenfernsehen verteidigt, mag ich aber auch nicht. Denn dabei geht es nur um die Nettoeinkommen, die vor dem Fernseher sitzen und für die Werbewirtschaft passend gerechnet werden. Darum, dass selbst die Empfänger niedriger Bezüge sich noch immer zum spontanen Geldausgeben animieren lassen. Beispielhaft zeigen das die Gewinnspiele. Sie kosten «nur 49 Cent pro Anruf», versprechen drollige Preise und stellen – ich habe mal spaßeshalber mitgeschrieben – «Fragen» wie diese:

Wie heißt ein langer schmaler Teppich?

A) Läufer

B) Springer

Wie heißt die menschliche Erbinformation?

A) DNA

B) DVD

Wie nennt man die Zunahme nach einer Diät?

A) Jo-Jo-Effekt

B) Mau-Mau-Konfekt

Was gibt man bei der Polizei auf?

A) Strafanzeige

B) Hochzeitsanzeige

Was braucht ein Boot?

A) Kiel

B) München

Wo empfängt der Arzt seine Patienten?

A) in der Theorie

B) in der Praxis

Mein Mann meint, solche Fragen bereiten ihm körperlichen Schmerz. Mir bereiten sie Kurzweil.

Ich sage zu ihm: «Jetzt sei nicht so zimperlich. Lass mich einfach gucken. Ich muss doch nicht so tun, als sei ich zwölf Jahre auf ein Privatgymnasium in St. Gallen gegangen.»

Mein Mann antwortet: «Du musst aber auch nicht so tun, als wärst du auf gar keine Schule gegangen.» Er vermutet, dass ich mich in einem permanenten Bildungsstreik befinde, und er fragt: «Abini, warum tust du dir das eigentlich an?»

Ich grinse meinen geliebten Ehemann an und antworte:

A) Zeitvertreib

B) Giraffe

EINE RUNDE SACHE

+++ Die Schlafmangel-Fett-Falle +++ Viele Menschen
unterschätzen ihre Körperkomposition +++

Ein vielseits bekanntes Problem bei Schlafmangel ist die Auswirkung
auf die Körperkomposition und die erhöhte Nahrungsaufnahme. Es
gibt also einen unmittelbaren Zusammenhang zwischen Schlafmangel und Gewichtszunahme. In Umfragen schätzen sich die Befragten
oft etwas größer und etwas leichter ein, als sie es tatsächlich sind.
60,1 Prozent der Männer und 42,9 Prozent der Frauen ab 18 Jahren
haben einen BMI von 25 oder höher.
Aus der Mikrozensus-Zusatzerhebung des Statistischen Bundesamtes

Gerade wurde mein Töchterchen zwanzig, und wir erinner-
ten uns an den Tag der Geburt: Ich war damals so stolz auf
meinen Bauch. Wir hatten viel Spaß bei der Entbindung.
Wir waren glücklich. Moment mal: Ich war stolz auf meinen
Bauch?

Ich stutzte. Hochschwanger wog ich einst (brutto) weniger als heute (netto!). Ja, ich hab zugenommen. Aber nein, ich kann nichts dafür. Der Kühlschrank ist schuld.

Denn: Schlafmangel macht dick! Mediziner und Wissenschaftler warnen Schlafgestörte vor etlichen Krankheiten und – vor Gewichtszunahme. Ist alles schon erforscht, sogar interdisziplinär. Dazu gibt es zig Langzeitstudien und noch mehr Bücher. Wenn also nachts keiner mehr mit einem plaudert, kommunizieren viele eben mit dem Kühlschrank – auch wenn der nur zurückbrummt. Und schwups tapsen sie in die Schlafmangel-Fett-Falle. Die letzte Mahlzeit, selbst wenn sie abends um acht Uhr war, liegt so lange zurück, dass sie sich nach Mitternacht beinahe ausgemergelt fühlen. Heißhungerattacken und Naschanfälle lassen dann etwas Seltsames heranwachsen. Das trägt man durch die Gegend, und es hängt an einem wie ein ungeliebter Komplize. Was ist das? Ein Vorbote unvermeidlicher Problemzonengymnastik? Das sichtbare Zeugnis schlechter Angewohnheiten? In jedem Fall: eine runde Sache.

Die Wissenschaft kennt dafür verschiedene Typenbegriffe, die Wissenschaft kann ja ohnehin alles verschlagworten. So gibt es beispielsweise: den Rettungsringbauch, den Stressbauch, den Unterbauch, den Bierbauch (auch freundlich Apfelbauch genannt), den Schwangerschaftsbauch oder einfach nur das Bäuchlein. Aber egal, wie man es nennt, es klingt nie charmant. In den meisten Fällen führt ein wachsender Bauch zu neuer Kleidung. Frei nach dem Motto: Hast du abgenommen oder trägst du größere Pullover?

Als ich mir mal in einer Theaterpause draußen genüsslich eine Zigarette anzündete, hörte ich neben mir ein echauffiertes «In Ihrem Zustand!». Da sah ich mich noch verwundert um: War eine rauchende Schwangere in der Nähe?

Später wurde ich in unserer Kantine gefragt: «Wann ist es denn so weit?» Die Antwort war: ein diabolischer Blick. Im Fahrstuhl erkundigte sich eine Kollegin: «Darf man gratulieren?» – «Nein!» Auf einem Biohof verweigerte mir die Imkerin eine bestimmte Honigsorte: «Die ist nichts für Schwangere!» – «Ich darf doch bitten. Geben Sie mir sofort den Honig. Zweimal!»

Und kürzlich im Fitnessstudio: Ich arbeitete mich gerade an einem Trainingsgerät ab. Arme im Nacken verschränkt, hoch und runter und hoch und runter. Neben mir trainiert ein Mann auf dem Crosstrainer. Als ich fertig bin – und ich meine: richtig fertig bin –, sagt der Mann zu mir:

«Ist das gut für das Baby?»

Ich antworte: «Nein, das ist gut für den Rücken.»

Dann schauen wir uns beide an. Wir befinden uns in einer pikanten Situation, aus der ich ihn nicht retten werde. Er hat schließlich angefangen und auf meinen Bauch angespielt. Seine wortreiche Abbitte nehme ich schließlich gnädig zur Kenntnis.

Was haben denn alle? Ist mit mir etwas nicht in Ordnung? Nur weil ich in den letzten Jahren ganz natürlich Fettgewebe gebildet habe, um mich auf die langen harten Winter vorzubereiten? Wenn das so weitergeht, wandere ich aus. Nach Kalifornien. Da gibt es keine harten Winter. Außerdem liegt es in den USA, dem Land der unbegrenzten Kleidergrößen.

Hier fühle ich mich jedenfalls nicht gut behandelt. Immer diese Bemerkungen. Eigentlich lasse ich mich nicht so schnell beeindrucken, aber ich muss zugeben, dass ich beim Thema Bauch anhaltend irritiert bin.

«Rubini, schau mal. Bin ich wirklich so verformt?» Ich erhebe mich und zeige ihr mein Profil.

«Nein, Mama», sagt meine Tochter, die etwas von Anatomie versteht. «Du hast keinen Bauch! Deine Beine stehen nur zu weit hinten.»

Das ist ein Phänomen. Dem sollten die Mediziner mal nachgehen.

NACH DEM GEWITTER

+++ Aggressionen sind typisch für den Menschen +++
Tipps für Konfliktgespräche +++

Der Begriff Aggression kommt von aggredi (lat.: herangehen, angreifen) und bezeichnet Verhaltensweisen, die beispielsweise das Drohen, Verletzen oder Schädigen eines vermeintlichen Rivalen beinhalten. Aggressionen treten häufig auf, etwa bei der Durchsetzung eigener Interessen, die mit den Wünschen anderer im Konflikt stehen. Aggression ist eine dem Menschen gegebene Eigenschaft, ohne die er nicht überlebensfähig wäre. Hier ein paar hilfreiche Tipps für Konfliktgespräche, um sich im Ernstfall konstruktiv zu verhalten: bewusste Begrüßung und Verabschiedung, Blickkontakt, Humor statt Reizwörter, auf den anderen eingehen, ausreden lassen, Gegenargumente ernst nehmen und eigene Betroffenheit deutlich machen.
«8UNG IN DER SCHULE», Unterrichtsmaterial zur Gewaltprävention

Willkommen in der wundersamen Welt der Teilchenbeschleunigung und Erdanziehung.

Rums, krach, dröhn. Freitagnacht, kurz nach dem Gewitter, Stadtmitte, unter unserem Fenster. Die Nachbarschaft liegt längst im Tiefschlaf – da hallt ein Urschrei durch die Nacht. Die Antwort ist Gebrüll. Was ist passiert?

Zwei Jungs, gerade aus der nahegelegenen Disco rausgeschmissen, lassen auch draußen nicht voneinander ab. Der eine platziert seine Faust im Gesicht des anderen. Auf die impulsive Form der Teilchenbeschleunigung folgt die unerfreuliche Form der Erdanziehung. Der andere geht zu Boden. Es ist also nichts Besonderes passiert. Denn nicht selten werden nachts Probleme so «erörtert».

Diesmal aber spitzt sich die Lage zu. Andere sind hinzugekommen, Fronten haben sich gebildet, es wird richtig laut, der Streit droht zu eskalieren. Sechs Polizisten rauschen an.

Ein Cabrio versperrt einem Polizeiauto den Weg, der Fahrer wird aufgefordert weiterzufahren. Aber er will nicht. Der Polizist sagt es noch einmal, etwas deutlicher.

Eben lagen noch Blitz und Donner über der Stadt – doch das Gewitter ist nichts gegen diese Spannungen.

Der Boden schwankt, die Schwerkraft lacht. Dann bekommen die Polizisten die beiden Streithähne auseinander. Einer der Jungs fühlt sich ungerecht behandelt. Er beruhigt sich einfach nicht. Und plötzlich tut er mir leid. Vom Fenster aus sehe ich, dass er etwas sagen will, aber nicht zu Wort kommt. Die ganze Zeit wird er zurückgedrängt, keiner interessiert sich für seine Version. Er wirkt völlig hilflos. Keine Frage: Ihm fehlt ein Verbündeter – oder doch zumindest ein Zuhörer. Da staune ich über mich selbst: Denn ich ziehe mich an, gehe runter und frage, ob er Hilfe braucht. Es ist fast zwei Uhr.

Der Junge – er ist jünger als mein Sohn – erzählt mir brühwarm, was passiert ist: Erst ging es um ein Mädchen, jetzt geht es um eine Anzeige. Den Platzverweis hat er schon kassiert. Ich höre ihm zu und finde dabei, dass er eigentlich ein liebes Gesicht hat. Es wäre schade, wenn er sich zum nächsten Geburtstag einen neuen Vorderzahn wünschen müsste.

Also sage ich: «Pass auf. Wenn sich ein Gewitter verziehen kann, dann kannst du es auch! Du solltest deinen Überlebensmodus ruhig auch nachts eingeschaltet lassen! Am besten, du fährst jetzt nach Hause, gehst duschen, und dann machst du deinen Schulabschluss. Okay?»

Wir schmunzeln uns an und er verspricht seine Teilchenbeschleunigung heimwärts. Die Menge hat sich längst aufgelöst, ich achte dennoch darauf, dass ihm niemand folgt.

Die Polizei fährt ab, das Blaulicht blinkt unter klarem Himmel verträumt in der Ferne, beinahe paralysierend. Nun spüre auch ich die Kraft der Erdanziehung. Na endlich. Gute Nacht!

DA STEHT EIN HUND AUF'M FLUR

+++ Freundlich und hilfsbereit +++
Polizei hat ein gutes Image +++

Die Polizei hat einer Meinungsumfrage zufolge bei der Mehrheit der Deutschen ein gutes Image. 79 Prozent der Befragten bescheinigen den Beamten höfliches und korrektes Verhalten. Dabei ist das Ansehen der Polizei in Ostdeutschland um ein Prozent besser als im Westen. Bundesweit sagen 82 Prozent der Frauen, aber nur 76 Prozent der Männer, Beamte hätten sich untadelig benommen. Junge Leute unter 30 Jahren stimmen dem zu 74 Prozent zu. Die Polizei ist von ihrem guten Image überrascht.
Allensbach-Institut

Wenn ich du wäre, wäre ich doch lieber ich», sagt mein Mann mitfühlend. Er kann sich gar nicht vorstellen, nachts nicht schlafen zu können. Er weiß ja nicht, was ihm entgeht. Denn prompt bekomme ich in jener Nacht gleich zweimal unerwarteten Besuch. Dies ist eine der bizarrsten Geschichten, die ich nachts erlebt habe. Aber von vorn:

Erst einmal möchte ich an dieser Stelle all jenen danken, die mir Tipps gegen Schlaflosigkeit gegeben haben: Ich schalte indes das Schnurlostelefon nachts ab, habe mir eine magische Schlaf-App heruntergeladen, gönne mir vor dem Zubettgehen einen Magnesiumdrink und versuche, nur an schöne Dinge zu denken. Manchmal klappt's. Ich tue gern alles für eine ruhige Nacht. Jedoch: Einige Dinge passieren mir selbst im Schlaf ...

In jener Nacht, es ist drei Uhr, ich bin gerade in der Leichtschlafphase und falle langsam in einen flüchtigen Traum, da klingelt es an der Tür. Mein Mann ist in einer beneidenswerten REM-Phase, also stapfe ich zur Gegensprechanlage und frage müde: «Wer stört?»

«Hier ist die Polizei. Fahren Sie einen Volvo?»

«Ja, warum?»

«Kommen Sie mal bitte runter.»

Oh, oh. Das klingt gar nicht gut. Ich bin sehr anfällig für das Gefühl, eine Katastrophe überkäme mich. Sofort denke ich: Habe ich ein Auto? Oder hatte ich mal eins? Was ist davon noch übrig? War ja klar, jetzt, wo es gerade abbezahlt ist …

Ich werfe mir schnell etwas über und eile hinunter. An der Haustür stehen zwei Polizisten. Jetzt lächeln sie auch noch freundlich?! Bestimmt ist was ganz Furchtbares passiert.

«Wir wollen Ihnen noch die Gelegenheit geben, Ihr Auto umzusetzen. Ab sechs Uhr morgens ist hier Parkverbot. Ist 'ne neue Baustelle. Haben Sie bestimmt übersehen.»

Es ist wie im Traum, ich bin völlig überrascht. Die tun nicht nur nett – die sind es auch! Dann zeigen sie auf den Volvo meines Mannes.

Tja, gleiche Anschrift, gleicher Name, gleiches Modell – aber anderes Auto. Ich mache den Polizisten keinen Vorwurf, dafür aber jener Person, die oben im Bett liegt, kein

Klingeln hört und ungestört schläft. Ich bedanke mich artig und fahre mit dem Fahrstuhl zur Wohnung hoch, um den anderen Autoschlüssel zu holen: SEINEN. Ach, die Wohnungstür kann ich schnell offen lassen, bin ja gleich wieder da. Und zack, wieder runter. Dann setze ich SEIN Auto um, winke den freundlichen Polizisten zu und rufe: «Und vielen Dank fürs Bescheidsagen!»

Als ich hochkomme und die Wohnungstür hinter mir schließe – steht ein Hund auf unserem Flur!

«???»

Ein sehr großes, vergleichsweise tiefenentspanntes Tier. Ich denke, ich träume schon wieder. Aber der Hund ist sehr lebendig und wackelt am anderen Ende des Flurs nach links in die Küche.

«Mama?», ruft meine damals kleine Tochter aus ihrem Zimmer, die einzige, die überhaupt wach geworden ist: «Was wollte denn die Polizei?»

«Ist nicht so wichtig, mein Schatz.»

«Und wem gehört der Hund?»

«Ich habe keine Ahnung, mein Liebling. Bleib im Zimmer! Und schließ dich ein!»

Dann höre ich ein Schnappen, einen Schlüssel, der sich umdreht, und ein herzerweichendes Wimmern hinter der Kinderzimmertür. Ich schleiche den Flur entlang, schlüpfe ins Schlafzimmer und versuche, meinen Mann zu wecken und an seinen Beschützerinstinkt zu appellieren: «Thommi, Thommi. Stell dir vor, ein fremder Hund ist in unserer Wohnung!»

Mein Mann antwortet nur «Mhmh» – und dreht sich auf die Seite. Ich denke: «Hhmm!»

Der Hund ist noch in der Küche, also husche ich auf leisen Sohlen zurück zur Wohnungstür, um in den Hausflur zu lauschen. Tatsächlich höre ich dort einen Mann rufen.

Ich antworte: «Hallo, vermissen Sie einen Hund?»

«Um Himmels willen, ja.»

«Kommen Sie zwei Stockwerke höher. Ich hab was für Sie.»

Kurze Zeit später kommt ein Unbekannter abgehetzt an unserer Wohnungstür an. Er stellt sich als neuer Nachbar aus dem Nebenhaus vor. Kann sein, kann nicht sein. Nachts ist alles möglich. Es ist kurz vor halb vier, als ich dem Mann erkläre: «Passen Sie auf, ich habe hier einen wildfremden Hund. Ich bitte Sie deshalb, bleiben Sie in der Tür stehen. Ich will nicht noch einen wildfremden Mann in der Wohnung haben. Rufen Sie einfach von hier aus nach dem Hund.»

Der Mann ruft, der Hund hört. Die Situation erscheint mir irreal. Ich weiß nur eines sicher: Da, wo es bellt, ist vorne.

Herrchen entschuldigt sich: «Wollte Gassi gehen ... Plötzlich der Hund weg ... Kann mir nicht erklären, wie das passieren ...»

Ist ja noch mal gutgegangen. Wir verabschieden uns, die Tür fällt ins Schloss – und ich gegen die Tür.

Hätte das Auto am nächsten Tag nicht woanders gestanden, hätte meine Tochter nicht auch den Hund gesehen – ich hätte die Geschichte selbst nicht geglaubt. Als mein Mann später beim Frühstück sitzt, erzähle ich ihm aufgeregt, was er alles verschlafen hat. Zum Beweis zeige ich ihm vom Fenster aus SEIN umgesetztes Auto. Beeindruckt sagt er: «Na, dir passieren immer Dinge.»

Ich brumme ihm zu: «Mir? War mein Auto falsch geparkt? Mein Lieber, wärst du doch einfach aufgestanden! Es hätte unser Ding sein können!»

Er lacht mich munter an.

Ja, gut, er ist ausgeschlafen.

Aber nö, dafür hab ich was erlebt! Es war zwar wieder eine schlaflose, aber eine gute Nacht: Wir haben Abschleppkosten gespart, ich hab unseren netten Nachbarn, seinen Hund und sehr freundliche Polizisten kennengelernt!

Ist gar nicht so schlimm, ich zu sein.

MACHT SOWIESO JEDER, WAS ER WILL

+++ Sprache ist vielschichtig +++ Tipps für Eltern +++

Zur Sprache gehört ein vielschichtiges Regelsystem, das sich Kinder nach und nach aneignen (Sprachkompetenz). Sprache entwickelt sich in vier Bereichen: Artikulation, Wortschatz, Grammatik und Sprachverständnis. Am Wortschatz und am Sprachverständnis arbeitet man sein Leben lang. So können Sie als Eltern die sprachliche Entwicklung fördern: Sprechen Sie klar und deutlich, langsam und verständlich. Schaffen Sie eine gute Gesprächssituation. Ermahnen und verunsichern Sie Ihr Kind nie. Hören Sie geduldig zu, fragen Sie freundlich und interessiert nach, wenn Sie etwas nicht verstehen.
liliput-lounge.de

Man bittet immer besser um Vergebung als um Erlaubnis. Das haben meine Kinder schon sehr früh gelernt. Und das ist schlau.

Die Kommunikation zwischen Eltern und Kindern ist oft von Missverständnissen geprägt. Dasselbe sagen bedeutet eben nicht dasselbe meinen. Dabei zeigt der Nachwuchs einen erstaunlichen Willen, Missverständnisse weiterzuentwickeln. So wie Raoul damals beim Mülleimerrunterbringen: Da antwortete er bevorzugt mit dem Wörtchen «gleich». Doch es bedeutete weder «augenblicklich» noch «demnächst». Es war nur eine aparte Sprachspielerei im Sinne von «irgendwann, vielleicht».

Am nächsten Morgen treffe ich Raoul in der Küche: «Du hast den Müll nicht runtergetragen.»

«'tschuldigung, ich hab mich die ganze Party darüber geärgert.»

«Du warst auf einer Party?»

«Ach so, ja, ich dachte, das hätte ich euch gesagt?»

Offenbar lag ein Missverständnis vor. Mit einer Umarmung bat Raoul um Vergebung.

Oder Rubini. Bei ihren Geburtstagen gab es oft Schwierigkeiten mit Zahlen. Rubini fragte zärtlich: «Liebste Mamini, wie viele Gäste darf ich einladen?»

«Sechs, mein Kind.»

«Sechs und ich – das ergibt eine ungerade Zahl!»

«Gut, dann eben sieben Gäste.»

Warum es am Ende elfmal an der Tür geklingelt hat? Na,

weil Romy, Romina, Gina und Lucrecia sonst gekränkt gewesen wären. Mit einem doppelten Augenaufschlag bat Rubini dann um Vergebung.

Schlau waren sie schon damals, unsere beiden. Und heute? Sind sie immer noch schlau, aber es gibt nicht mehr so viele Kommunikationsfallen. Verstehen wir uns nicht alle hervorragend? Sind alle Missverständnisse jetzt ausgeschlossen?

Unser Sohn wird demnächst eine Lecture Performance veranstalten. Wir haben keine Ahnung, was uns erwartet – aber wir sind unheimlich stolz. Er erklärte uns, er möchte dabei «industrial devices als props nutzen». Darauf antwortete ich ihm mit einem Satz, den gewöhnlich mein Mann zu mir sagt: «Schatz, ich weiß nicht, was in deinem Kopf vorgeht: Aber ich bin hier draußen! Ich brauche die Untertitel. Worum geht's?»

Raoul unterwies uns dann ausführlich. Bis in die tiefe Nacht. Wir hörten gespannt zu. Hand aufs Herz: Ich weiß nur, dass es um eine Ausstellung geht. Dass eine Graduation Show das Rahmenprogramm für die Hauptausstellung seines Departments sein wird. Dass es zwölf Sessions gibt. Und dass er eine Videoperformance macht. In einem Auto.

Da war es wieder. Das alte Gefühl, vor seinem Kind zu kapitulieren. Früher war es das Wörtchen «gleich». Jetzt sind es die «industrial devices als props». Am Ende seines Referats schaute Raoul jedenfalls in vier irritierte Augen. Noch Tage später haben mein Mann und ich versucht, uns gegenseitig zu erklären, was der Junge vorhat.

Zugegeben, da liegen die Dinge bei unserer Tochter etwas klarer. Sie studiert Musical. Wenn sie auftritt, dann singt sie. Oder tanzt. Oder schauspielert. Kürzlich waren wir bei einer Gesang-Tanz-Schauspiel-Collage. Auch dort wussten wir nicht, was uns erwartet, aber das Stück war nachvollziehbar, und wir konnten es aufrichtig für «fabelhaft» befinden.

Gestern Nacht – ich kam gerade vom Beyoncé-Konzert; das ist auch etwas, was man nicht erklären muss – las ich meine Mails. Da schrieb Raoul: Wir sollten uns «keine Umstände machen», würden «sicher nicht viel davon haben», könnten «auch alles im Internet sehen», müssten «nicht extra zur Vernissage nach Amsterdam kommen». Wahrscheinlich wollte er nur rücksichtsvoll sein. Er fragte: «Was denkt ihr?»

Was wir denken? «Mein Schatz, was für eine charmante Ausladung. Aber wir kommen auf jeden Fall! Wir sind deine Eltern! Das musst du nicht verstehen. Es ist halt so. Das ist unser Job. Wir lieben dich, auch gegen deinen Willen. Tausend Küsse.»

Postwendend, um ein Uhr, antwortete Raoul. Er kapitulierte: «Na gut, dann kommt doch her. Macht ja sowieso jeder, was er will. Ich vergebe euch. Seid gedrückt!»

Er vergibt uns! Besser eben, man bittet nicht um Erlaubnis. Das gilt auch für Eltern!

ZWISCHEN ETHIK UND MONETIK

+++ Petition unterschreiben +++ Empfänger:
Andrea Nahles, Arbeitsministerin +++

Sehr geehrte Damen und Herren, in Deutschland dürfen Menschen mit Behinderungen dank der Sozialgesetzgebung keine Ersparnisse aufbauen. Darüber hinaus werden ihnen bis zu vierzig Prozent ihres ehrlich verdienten Einkommens nur aus dem Grund vorenthalten, weil sie behindert sind. Das Bild des (sozial-)hilfebedürftigen Behinderten ist überholt und in Zeiten der Bemühungen zu einer inklusiven Arbeitswelt nicht passend. Erlauben Sie auch Menschen mit Behinderungen ein Recht auf faire Entlohnung und auf Vermögen. Es liegt an Ihnen, fünf Jahre nach Inkrafttreten der UN-Konvention über die Rechte von Menschen mit Behinderungen diese auch endlich umzusetzen und damit geltendem deutschen Recht nachzukommen.
Petition «Recht auf Sparen und gleiches Einkommen auch für Menschen mit Behinderungen», www.change.org/2600

Wir sollten nachts schlafen, damit wir fit bleiben! Schlaf ist wichtig, der Körper regeneriert sich, der Geist auch.

Gibt es eine bessere Idee?

Ja, gibt es: nicht zu schlafen.

Die Freundinnen meiner Mamel sind aktive Menschen. Ihnen scheint es egal zu sein, ob Tag ist oder Nacht. Wenn es etwas gibt, von dem sie meinen, dass es jetzt und sofort erledigt werden müsste – dann tun sie es. Keine Uhrzeit könnte sie daran hindern. Wohlgemerkt, die Damen sind lange im Rentenalter.

Karin zum Beispiel hilft tagsüber anderen Senioren, die am Computer nicht zurechtkommen. Abends betreibt sie ein Internetradio, bei dem sie von ihrem Wohnzimmer aus klassische Musik sendet. Zwischendurch moderiert sie.

Manchmal hat sie nur zwei Hörer, manchmal mehr. Klassische Musik ist ihre Leidenschaft, und sie freut sich über jeden, der sie mit ihr teilt. Wenn die Leute über ihre Computerkenntnisse staunen, dann entgegnet sie: «Das ist ja nun kein Hexenwerk.» Und schwupp, holt sie beim nächsten Treffen ihr neues iPad raus und erzählt, dass sie damit anfangs Schwierigkeiten gehabt habe, die Videos ihrer Tochter zu bearbeiten. Da habe sie ganz schön improvisieren müssen. Aber Karin ist so interessiert an neuer Technik, würde mich nicht wundern, wenn sie es sich inzwischen selbst beigebracht hat, die Videos sogar mit Special Effects zu editieren. Auch dafür sind Nächte da.

Oder Renate, die nicht nur eine Freundin von Mamel war, sondern auch die Mutter meiner Halbschwester Katharina ist. Renate war Ärztin. Und was macht sie? Seit ihrer Rente arbeitet sie tagsüber ehrenamtlich, «da, wo ich gebraucht werde», und schreibt nachts Mails. Aber das sind keine

Gutenachtgrüße. Erst gestern empörte sie sich über das «Inklusionsgeschwafel».

Da berichtet sie etwa von Constantin. Er ist zwanzig und leidet an Muskeldystrophie. Seine Muskeln werden immer schwächer, er ist schon auf den Rollstuhl und auf persönliche Assistenz angewiesen. Das Empörende: Wegen seiner Erkrankung wird er nicht nur als gesundheitlich eingeschränkt eingestuft, sondern als Sozialfall. Somit darf er nie mehr als 2600 Euro auf dem Konto haben. Jeder Cent mehr wird abkassiert. Auf ehrliche Weise ein behindertengerechtes Auto anschaffen? Fehlanzeige. Rücklagen für Notfälle bilden? Unmöglich. Eine Erbschaft annehmen? Wozu? Die große Liebe heiraten? Besser nicht. Alles Vermögen würde ihm sofort abgezogen werden. So erklärt Constantin im Netz seine Situation. Ein normales Leben ist dem Jurastudenten nicht möglich. Er wird arm gehalten. Wäre er Hartz-IV-Empfänger, würden die Kosten für eine Begleitperson vom Staat getragen. Verdient er selbst Geld, muss er die Kosten tragen. Oder seine Frau. Oder seine Eltern.

Das ist die Kluft zwischen Ethik und Monetik. Das regt mich auf.

Von wegen regenerieren! Mensch, Renate, so kann ich gar nicht erst einschlafen. Also sitze ich nachts am Computer, höre Karins Musik, folge Renates Link – und unterstütze die Petition an die Bundesarbeitsministerin: www.change. org/2600. Als ich unterschreibe, bin ich die Nummer 24 734. Klick!

Die Rede, das darf nicht vergessen werden, ist von Geld, das diese Menschen selbst erarbeiten. Wenn jemand plötzlich schwer erkrankt, nimmt man ihm doch auch nicht Teile seines Lohns oder seines Vermögens weg, nur weil er Zuwendung braucht. Wenn aber jemand von Geburt an erkrankt ist, muss er nicht nur mit einer schwierigen Kindheit und Jugend klarkommen, sondern wird auch noch später dafür bestraft. Warum? Ist ein Staat, der im Handumdrehen Banken rettet, damit überfordert, die Nachteile, die Menschen mit Behinderungen ohnehin schon haben, auszugleichen? Ihnen etwas mehr Geld zum Leben zu lassen? Also, zum richtigen Leben? Ist diese Schlichtheit nicht geradezu tragisch?

Constantin Grosch wird sein Leben lang auf eine Assistenz angewiesen sein, die das Solidarsystem finanziert. Dafür sind Gemeinschaften da. Aber wann die Gemeinschaft hilft, wie viel oder wie wenig den Betroffenen zusteht, entscheidet konkret die Politik. Sie zieht also die Grenzen der Unterstützung. Doch das wird von Land zu Land unterschiedlich gehandhabt. Deshalb gibt es als Leitlinie die UNO-Behindertenrechtskonvention. In Deutschland gilt: Sobald sich ein Betroffener selbst helfen kann, steht die Gemeinschaft nicht mehr zur Verfügung. «Sonst wäre der Sozialstaat überfordert», sagte ein Sprecher des Arbeitsministeriums allen Ernstes gegenüber der taz. Er hätte auch sagen können: Ich fürchte, Sie verwechseln mich mit jemandem, dem Menschen etwas bedeuten.

So gut wie jeder hat schon Erfahrungen mit Ungerechtigkeiten und Benachteiligungen gemacht. Damit, dass oft nur das Recht des Stärkeren zählt. Man könnte sich dann fragen: Was ist das für eine Gesellschaft, die so etwas zulässt? Aber solch eine Frage würde ich nie stellen. Eine anonyme Menge hinterfrage ich nicht. Einem Namen- oder Gesichtslosen stehe ich nicht voller Erwartungen gegenüber. Die «Gesellschaft» ist ein bloßer Begriff, der sich gegen seine Verwendung nicht wehren kann. Wer soll das sein? Was soll das sein? Ist sie sympathisch? Darf sie sich mal irren? Funktioniert sie pauschal? Bringt sie ein unmittelbares Zusammengehörigkeitsgefühl? Kann man ihre Vorteile wie selbstverständlich nutzen? Und muss man ihre Nachteile ebenso selbstverständlich hinnehmen? Sicher lässt sich eine Gesellschaft rechtfertigen, bestimmt auch verteidigen.

Aber ich halte es wie Mamel, mich interessiert der einzelne Mensch. In diesem Fall Constantin.

Das ist manchmal das Schlimme an wachen Nächten, sie lassen einen ratlos zurück. Viele Abende später schaue ich nochmal auf Constantins Petition. 150 000 Unterschriften braucht er, 132 038 hat er schon.

Liebe Renate: Wirkt Schlaf tatsächlich regenerierend aufs Hirn? Und wenn ja: Warum nicht bei Entscheidungsträgern?

ÜBERRASCHUNG

+++ Die Deutschen und ihre Praktiken +++ Eine Dokusoap
verpflichtet Paare zu täglichem Sex +++

Die Griechen sind die Sex-Weltmeister (164 Mal im Jahr). Die Deutschen dagegen haben eher durchschnittlichen Sex, geht man jedenfalls von der Häufigkeit aus (117 Mal). Immerhin verwöhnen sie
sich etwa achtzehn Minuten lang und haben 4,8 Praktiken im Re-
pertoire – im internationalen Vergleich ist das überdurchschnittlich.
Wenn der Höhepunkt erreicht ist, heißt es im deutschen Bett meist
«Ich komme!». In Japan sagt man bei dieser Gelegenheit übrigens
«Ich gehe!». In Italien heißt es «Madonna!» und in den USA «Oh my
God!». Nur die Rumänen toppen die deutsche Unaufgeregtheit, sie
rufen: «Fertig!»
«Sexual Wellbeing Global Survey» des Kondomherstellers Durex

Neulich in unserem Wohnzimmer folgender Dialog:

Der Mann sagt: «Schatz, Überraschung! Ich mach mich
jetzt nackig, dann weißte schon.»

Die Frau antwortet: «Och nö, ist jetzt nicht dein Ernst!»

Er: «Ich bin auch ganz zärtlich.»

Sie: «Na gut. Okay.»

Es ist Nacht, und wieder einmal beschäftige ich mich mit
Nebensächlichkeiten, die zu nichts führen. Diesmal stelle
ich unser Wohnzimmer gründlich um. Ich hab mir einiges
vorgenommen und wühle und schiebe. Im Hintergrund
läuft auf RTL das «Sexperiment». Die Dokusoap berichtet
über Pärchen, bei denen nichts mehr läuft. Ein gesellschaft-
licher Auftrag offenbar, denn angeblich soll fast jede fünfte
Ehe ohne Sex sein. Vielleicht ist das gar kein Wunder bei
langjährigen Beziehungen. Denn erst neulich hörte ich,
ebenfalls im Fernsehen, dass ein Ehejahr umgerechnet etwa
sieben Menschenjahren entspricht ...

Für die Sexmuffel in der Fernsehshow soll sich also eine neue Leidenschaft entfachen. Deshalb, liebe Kandidaten, immer schön dran denken: Die Nacht ist nicht allein zum Schlafen da – und bei RTL erst recht nicht zum Alleinschlafen. Alle haben verschiedene Gründe dafür, warum das Sexleben bei ihnen eingeschlummert ist, und es ist erstaunlich, wie offen sie darüber reden. Es werden ihnen zwar keine Therapeuten, dafür aber Kamerateams zur Seite gestellt. Nun werden sie dazu verdonnert, sieben Tage hintereinander Sex zu haben. Das klingt fast wie eine Strafe, soll aber eine völlige Überraschung sein.

Das Pärchen, das in jener Sendung auftaucht, ist ganz sympathisch. Ich bekomme jedoch nicht alles mit, ich will auch nicht alles mitbekommen, denn ich schiebe und wühle. Schon manches Mal überkam mich in letzter Zeit der Gedanke: Das Wohnzimmer müsste mal ein bisschen umgeräumt werden. In dieser Nacht ist es wieder passiert – diesmal versuchte ich den Gedanken festzuhalten und ihm mehr Beachtung zu schenken. Umräumen ist für mich kein «Neuanfang für ein glückliches, befreites Leben», wie es so schön in Ratgebern heißt. Und unser Wohnzimmer ist für mich kein Stillleben des Schrottes, inmitten dessen die unermüdlich Törichte sitzt. Umräumen ist für mich Umräumen. Nicht mehr und nicht weniger. Psychologen vermuten, dass hinter solchen Aktionen immer eine innere Unruhe steckt. Da wird zum Beispiel umgeräumt, um andere Dinge nicht erledigen zu müssen. Sozusagen eine Form der Aufschieberitis. Aber ich habe alles erledigt. Bei mir ist es wohl eher die Verschieberitis.

Also: Was soll wohin?

Ich schiebe den Schrank in eine andere Ecke, stelle die Sofas um, klemme mir den Finger ein, verrutsche den Teppich, zuppel ihn wieder zurecht, stelle den Baum an die andere Seite des Fensters – und frage mich zwischendurch immer wieder, welches Defizit ich wohl damit kompensiere. Ich bin

genau genommen glücklich, seelisch ganz stabil und achte sogar auf Feng Shui, damit die Harmonie zwischen uns und unserem Zimmer erhalten bleibt. Dabei sind Thommi und ich schon immer wie Yin und Yang. Ich bin die weibliche

Yin, die für die Nacht, den Mond und das Schwarze steht, und mein Mann ist der männliche Yang, der den Tag, die Sonne und das Weiße verkörpert. Klingt das nicht perfekt? Wo also ist der Mangel? Schließlich tippe ich auf das Naheliegende: auf fehlenden Schlaf. Ich habe schlicht einen anderen Körperrhythmus.

Dann wühle und schiebe, drücke und zuppel ich weiter.

Währenddessen findet das TV-Pärchen planmäßig Nacht für Nacht zueinander. Am Ende hat SIE rote Bäckchen. ER sagt stolz: «Dit hab ick jeschafft!» Und beide haben die Woche überlebt. Sie lieben sich immer noch (oder trotz allem) und schwören, «auch die nächsten achtzehn Jahre gemeinsam zu schaffen».

Aber schaffen sie noch mal so eine Woche?

Möglicherweise haben sich Zuschauer von jener Sendung anregen lassen und imponieren ihrem Partner seitdem selbst Nacht für Nacht im Rausch der Rotation mit originellen Lambada-Posen. Kann sein.

Ich will meinen Mann jedenfalls auch beeindrucken. Als Thommi am nächsten Morgen aus dem Bad kommt, rufe ich: «Schatz, ich hab eine Überraschung für dich! Ich halte dir jetzt die Augen zu. Und zeig dir was Feines.»

Mein Mann antwortet: «Och nö, ist jetzt nicht dein Ernst!»

«Doch, doch. Muss sein.»

«Na gut. Okay», sagt er etwas ängstlich.

«So, jetzt kannste gucken. Na, verblüfft? Ich hab das Wohnzimmer umgestellt! Und den Flur! Falls du deine Schuhe suchst, die sind jetzt in der Kammer!»

Die Nacht ist nicht allein zum Schlafen da. Eben.

NACHRICHTEN VON GESTERN

+++ Zeitungen auf einen Blick +++ Die Zahl der
Zeitungswebsites und Medien-Apps steigt +++

Deutschland ist der größte Zeitungsmarkt Europas und der fünft-
größte der Welt. Pro Erscheinungstag werden 17,54 Millionen Ta-
geszeitungen verkauft. Zeitungsleser verbringen täglich im Schnitt
eine gute halbe Stunde mit der Lektüre, am Wochenende sogar eine
Dreiviertelstunde. Bereits früh waren deutsche Zeitungen im Internet
aktiv. Als erste Titel machten 1995 die «Schweriner Volkszeitung», die
«taz», die «Süddeutsche Zeitung», «Die Zeit» und die «Rheinische Post»
eigene Online-Angebote. Heute gibt es knapp 700 Zeitungswebsites
und 450 Apps.
*«Die deutschen Zeitungen in Zahlen und Daten», Bundesverband Deut-
scher Zeitungsverleger*

Täglich höre ich vom Zeitungssterben. Von der Suche nach
Alternativen, von den Versuchen, mit dem Zeitgeist mit-
zuhalten, von digitalen Strategien und mobilen Trends. In
der Medienbranche sind durch den technischen Fortschritt
in den letzten Jahren viele neue Berufe entstanden. Denn
längst geht es nicht nur darum, Neuigkeiten zu haben und
diese gut aufschreiben zu können – wichtiger ist es, sie auch
immer gewinnbringender zu verkaufen. Und dabei geht es
nicht nur um den Erkenntnisgewinn.

Gerade erklärt mir ein Online Sales Manager: «Heute
suchen die Leute nicht mehr nach den News, sondern die
News suchen nach den Leuten! Deshalb gibt's den User-
generated Content. Für die Community eben.»

Ich merke, dass er mich für ein Fossil aus der Kreidezeit
hält. «Ach!», sage ich erstaunt. «Ich dachte, die leben alle in
Kolonien!»

Daraufhin schaut er mich irritiert an, dann belehrt mich

der dynamische Hipster: «Die Welt der Feeds ist schnelllebig. Wen interessieren schon die Nachrichten von gestern?»

Das kann nicht sein Ernst sein. Hat denn kein Artikel Nachhaltigkeitswert? Wirkt kein Bericht länger als 24 Stunden? Glaubt er das wirklich? Also, ich glaube, wenn seine Eltern sich mehr um ihn gekümmert hätten, wäre bestimmt etwas Anständiges aus ihm geworden, und dann würde er jetzt nicht so kühl seine Silicon-Valley-Mark-Zuckerberg-Zitate runterbeten. Und ich sage zu ihm:

«Ich bin übrigens paper-proud!»

«Hä?»

«Na, stolz auf das Gedruckte! Zeitungen erfreuen sich immer noch großer Glaubwürdigkeit, im Gegensatz zum Internet, wo jeder alles schreiben kann. Journalisten wird noch eine verlässliche Recherche zugetraut, im Internet wird vieles voneinander abgeschrieben.»

«Dafür ist das Internet schneller.»

«Aber eben nicht immer besser.»

«Ein guter Text hat noch lange keine hohen Klickzahlen.»

Ah, ich verstehe, jetzt kommt er mit der «neuen Währung». Bitte schön, er hätte ja auch über Klimawandel, Treibhausgase und Papierherstellung lamentieren können, so wie die anderen Online-Referenten vor ihm. Macht er aber nicht. Auch gut. Also antworte ich ihm: «Die am meisten gelesenen Texte sind nicht automatisch auch die informativsten. Sie haben lediglich den besseren Vertrieb.»

«Eben. Und daran misst sich der Erfolg.»

«Oh, Verzeihung. Wir sprechen nicht über dasselbe. Wir definieren Erfolg unterschiedlich. Ich meinte kritische Berichte und vertiefende Einblicke, Qualitätsjournalismus und Aufklärungsarbeit.»

«Genau das macht doch das Internet. Dort gibt es so viele zusätzliche Informationen zu einem Thema, die sind in einer Zeitung wegen Platzmangels gar nicht unterzubringen. In der Zeitung muss auf Zeile geschrieben werden, das Internet aber ist unbegrenzt in seinem Raum.»

«Diese Unbegrenztheit ist es doch, die einen überfordert. Ist es da nicht hilfreicher, das Wesentliche vom Unwesentlichen vorab zu filtern?»

«Wir Onliner geben Impulse.»

«Nein, sie bedienen Instinkte. Sie befriedigen Interessen, sie wecken keine.»

Der Online Sales Manager wirkt entgeistert. Offenbar hält er mich für einen Neandertaler, der sich besser mit Rauchzeichen und Höhlenschriften als mit Nachrichtenimporten auskennt. Aber der digitale Fortschritt lässt sich nicht aufhalten; auch nicht von vorzeitlichen Bedenkenträgern. «Wahrscheinlich bloggen Sie noch», sagt er genüsslich.

Oh, mein Gott, er hat mich ertappt. «Schuldig», sage ich.

«In sieben Jahren ist Schluss mit der Zeitung. Das ist überall nachzulesen.»

«Wo denn?»

«Im Internet.»

«Dacht ich mir.»

Ich brauche eine Zigarette und verabschiede mich. Gibt es etwas Schlimmeres als diese Online-Verkaufshysterie?

Ja, gibt es: Keine Zigaretten mehr zu haben.

Es ist spät geworden, sehr spät. Ich gehe zum Tabakshop meines Vertrauens. Das ist ein feiner Laden, der auch ein Zeitungskiosk, ein Souvenirgeschäft und vieles mehr ist. Dankenswerterweise hat er lange geöffnet. Noch zu später Stunde ist der Inhaber freundlich, immer fragt er: Wie geht's? Was macht die Arbeit? Was machen die Kinder?

Nun ja, das ganze Leben ist Veränderung.

Während wir so plaudern, stopft er Kulturtaschen aus. Die verkauft er auch. Damit die Taschen nicht so schlaff aussehen, knüllt er Zeitungspapier hinein. Ich schaue genauer hin.

«Sag mal: Ist das die Berliner Zeitung?», frage ich.

«Wieso?»

«!!!»

«Ach so.» Er schmunzelt.

Ich sage: «Also nö. Kannste nicht warten, bis ich draußen bin? Oder eine andere Zeitung zerknüllen? Dann tut's nicht so weh. Weißt du, ich liebe meine Zeitung. Vielleicht ein bisschen zu sehr, dafür aber aufrichtig.»

Na, wenigstens habe er keinen Fisch darin eingewickelt oder sie als Fliegenklatsche benutzt. Das ist doch was. Wir freuen uns.

Ich frage ihn: «Darf ich das schreiben?»

«Na klar!»

Ich verabschiede mich, zünde mir eine Zigarette an und schreibe alles auf; wie immer auch als Online-Kolumne.

Ich glaube, einem Text ist es egal, wo er am Ende steht. Ich behaupte sogar, ein guter Text wird von den Lesern gefunden. Möglicherweise auch in einer ausgestopften Tasche.

GANZ NORMALE ELTERNREFLEXE

+++ Immer mehr studieren im Ausland +++
Österreich, Niederlande, Großbritannien beliebt +++

Die Bereitschaft der Studierenden zu Studienaufenthalten im Ausland wächst: Kamen 1980 auf tausend Studierende an inländischen Hochschulen 18 an ausländischen Hochschulen, so waren es bei der letzten Erhebung bereits 64. Die Niederlande belegen mit 18,8 Prozent den zweiten Platz der beliebtesten Zielländer, nach Österreich (21,6 Prozent). Beliebt sind ferner Großbritannien, die Schweiz, die Vereinigten Staaten und Frankreich. Diese sechs Länder nahmen zusammen 75,3 Prozent der Auslandsstudierenden auf. Von den 25 028 deutschen Studierenden in den Niederlanden belegten 48,5 Prozent ein Fach aus dem Bereich Rechts-, Wirtschafts- und Sozialwissenschaften, 11 Prozent wählten Humanmedizin und 7,1 Prozent Kunst oder Kunstwissenschaft.
«Deutsche Studierende im Ausland», Statistisches Bundesamt

Mit den Zugverspätungen ist es wie mit dem Cannabiskonsum: Für beides gibt's nicht mal einen Klaps auf den Po. Am Dienstag fuhren wir also nach Amsterdam.

Unser Sohn hatte eine Prüfung. Die Abschlussprüfung. Er studierte am Sandberg Institute der Gerrit Rietveld Academie – es war ein Studium in der Richtung «Fine Arts», Raoul aber studierte an einer noch reizvolleren und brandneuen Studieneinrichtung: dem «Dirty Arts Department». Nun wollten wir da sein, um ihn zu trösten – oder zu feiern. Je nachdem.

Das sind ganz normale Elternreflexe. In aller Frühe aufstehen, stundenlang unterwegs sein, zum Kind hetzen, dessen Arbeit bewundern, im besten Fall die Übergabe des Abschlusszeugnisses erleben und im allerbesten Fall das Kind sofort mit den Kommilitonen feiern lassen und sich

artig zurückziehen – das ist doch selbstverständlich für gut erzogene Eltern.

Überpünktlich und übermüdet stehen wir um sechs am Hauptbahnhof. In vierzig Minuten soll der Zug fahren, aber er ist nicht angezeigt. Ich frage an der Information: «Guten Morgen. Wo ist denn unser Zug?»

Die Dame antwortet: «Der ist vor zwanzig Minuten abgefahren. Es gab Fahrplanänderungen.»

«Was? Er ist schon weg?»

«Ja, tut mir leid.»

«Und wann fährt der nächste?»

«In zwei Stunden.»

«Und der fährt bis Amsterdam?»

«Nein, nur bis Hannover. Da haben Sie zwei Stunden Aufenthalt.»

«Und unsere Sitzplätze?»

«Die müssen Sie im Kundencenter noch einmal neu reservieren.»

Ich kann es nicht fassen, der Zug ist einfach eher los! Also Verspätungen, ja. Aber Verfrühungen? Die Dame am Schalter sieht mich so an, als erwarte sie gleich ein mächtiges Donnerwetter. «Keine Sorge», sage ich zu ihr, «das ist nicht meine Uhrzeit. Ich bin noch gar nicht richtig wach. Und wenn ich nicht auf Betriebstemperatur bin, kann ich mich nicht aufregen.» Sie lächelt.

Nach nur dreißig Minuten haben wir alles umgebucht. Als eineinhalb Stunden später endlich der Zug einfährt, hat sich die Wagenreihenfolge geändert. Natürlich stehen wir am falschen Ende. Mein Mann schweigt und geht forschen Schrittes den Bahnsteig entlang, ich schnaufe ihm hinterher und denke nur: «Es ist für eine gute Sache. Es ist fürs Kind!» Als wir endlich sitzen, schreibe ich eine SMS: «Lieber Raouli, der Zug ist eine Stunde früher gefahren, deshalb kommen wir vier Stunden später. Erkläre ich dir nachher. Kuss, Mom.»

Wir sind noch viel später angekommen. Nach zwölf Stunden. Es gab die eine oder andere Verzögerung – aber da wusste ich wenigstens: Das ist meine Deutsche Bahn. Sie hält, was sie verspricht: Sie macht mobil. Doch auch diese Verspätungen konnten uns nicht mehr abhalten.

An der niederländischen Grenze wundere ich mich: «Komisch, dass die vor Amsterdam gar keine Kontrollen machen?!»

Mein Mann antwortet kurz und knapp: «Ist ja auch die falsche Richtung.»

Ah ja, es dämmert mir: Was soll man schon von Deutschland nach Holland einführen?

Langsam werde ich etwas nervös, jetzt müsste das Kind doch eigentlich schon wissen, ob es alle Prüfungen bestanden hat. Mein Mann sagt, es wird sich schon melden. Ich dagegen glaube, das bestimmt was schiefgegangen ist. Die sollten doch eigentlich noch vor der Verleihung Bescheid bekommen. Da stimmt was nicht. Ich sitze in der Bahn wie auf glühenden Kohlen.

Dann erhalten wir beide eine SMS: «Geschafft! Ab jetzt

Master Raoul für euch.» Ich falle meinem Mann in die Arme und breche vor lauter Freude kurz zusammen. Jetzt entspannt sich auch Thommi.

Endlich in Amsterdam angekommen, eilen wir zügig ins Museum. Auf einer Brücke bestehe ich darauf, mich «wenigstens noch zu kämmen und zu schminken». Wie seh ich denn sonst aus? Heute, wo alle kommen.

Alle anderen Eltern sind längst da. Der ganz normale Elternreflex ist nämlich international: Die Familien reisen für ihre Söhne und Töchter extra aus Israel, der Türkei, der Schweiz oder den USA an. Die sehen alle fertig aus, sind aber pünktlich. Auch der Papa aus China. Da wollen wir uns über unsere Anreise mal nicht beklagen. Wir strahlen.

Unmittelbar nach der Übergabe beginnt eine Feier. Plötzlich klirrt es. Ein Mädchen ist mit dem Weinglas an den Lippen in eine Glastür gelaufen. Sie hat kleine Schnittwunden im Gesicht. Ich reiche ihr ein paar Taschentücher.

Raoul stellt mich dem Mädchen vor: «That's my Mom.»

«Oh, nice to meet you», sagt sie mit blutender Nase und zurückgelegtem Kopf.

Ich antworte: «It's a pleasure.» Hach, sind die hier alle nett.

Mein Sohn schaut etwas angespannt über sie hinweg, es ist dieser flehende Blick, den Kinder immer dann zeigen, wenn sie Angst haben, dass die Eltern gleich etwas Peinliches sagen. Ich verstehe sofort. Aha! Das ist wohl seine neue Freundin! Und ich flüstere ihm zu: «Hübsches Mädchen. Glaube ich.» Man muss sich nur das ganze Blut wegdenken.

Am späten Abend spazieren mein Mann und ich noch ein bisschen durch Amsterdam. Schließlich fallen wir völlig fertig in das Bett, das uns unser Sohn überlassen hat. Es ist Mitternacht, als mich diese SMS erreicht: «Ihre gebuchte Fahrt konnte im aktuellen Fahrplan nicht gefunden werden. Bitte informieren Sie sich über Ihre Reisemöglichkeiten. Ihre Deutsche Bahn». Jaja. Morgen werden wir von aller Frühe an mit irgendwelchen Zügen irgendwo unterwegs sein und irgendwann vollkommen geschafft in Berlin ankommen.

Genauso war's. Dafür also sind zwei Urlaubstage draufgegangen.

Mein Gott, wir waren in Amsterdam und haben nicht mal ein bisschen Gras über die Sache geraucht! Ach, in diese Stadt kommen und sich bekiffen – das machen sowieso nur Anfänger, haben wir von unserem Sohn gelernt …

Also betrachte ich die Sache nüchtern: Es hat sich gelohnt!

War das nicht eine unserer besten Reisen?

DREI MINUTEN

+++ Wenn der Notruf 110 überlastet ist +++
Bandansage bei der Polizei +++

Viele Anrufer hängen zu lange in der Warteschleife, beklagt die Gewerkschaft der Polizei. Sieben Sekunden soll es durchschnittlich
dauern, bis ein Notruf entgegengenommen wird. Bei traditionellen
Spitzenbelastungen aber gebe es eine Wartezeit von mehreren Minuten. Mit der Bandansage, die seit 15. Juli 2009 zu hören ist, will
die Polizei verhindern, dass Hilfesuchende bei längeren Wartezeiten
auflegen, weil sie denken, ihr Anruf würde nicht bearbeitet. Ursache
für die Wartezeiten ist die mangelhafte Besetzung der Notrufzentrale.
Durchschnittlich 3679 Anrufe erreichen diese täglich.
«taz»

Letzten Sonntag, weit nach Mitternacht. Ich liege auf dem
Sofa, war zwanzig Pfund leichter und glücklich – ein klei-
ner Bonus von meinem Unterbewusstsein, denn ich träume.
Gerade läuft der Abspann des Films, den mein Mann unbe-
dingt sehen wollte – und bei dem ich weggedämmert war.
Plötzlich ein lautes Klirren.

Im ersten Moment denke ich: Wo bin ich? Wer bin ich?
Und warum? Doch schnell komme ich zu mir, gehe ans
Fenster und sehe, dass ich richtig gehört habe: Zwei junge
Männer brechen gegenüber in ein Geschäft ein. Sie machen
viel Krach, aber verständigen sich wortlos. Das ist Team-
arbeit. Es wäre wohl nicht dumm, die Polizei zu rufen.

Auf meiner rechten Schulter sitzt ein Teufelchen und auf
der linken ein Engelchen. Das Teufelchen sagt: «Und wenn
du beobachtest, wie jemand beim Ausparken die Stoß-
stange eines anderen Autos berührt? Erstattest du dann
auch gleich Anzeige? Denunziantin!» Der Engel entgegnet:
«Hier geht es um einen beherzten Ladenbetreiber, der sich

mit seinem Geschäft Monat für Monat über Wasser hält. Du hast allen Grund, die Polizei zu rufen.»

Also wähle ich 110 – und höre Erstaunliches: Ich solle warten, sagt eine Bandansage. Dies sei der Polizeinotruf, zurzeit seien alle Notrufleitungen belegt, ich solle nicht auflegen. Dann alles noch mal auf Englisch. Noch mal. Und noch mal. Das Teufelchen kichert: «Please hold the line? Hähä!»

Nach drei Minuten nimmt endlich jemand ab. Ich sage: «Ich konnte hier einen Einbruch live mitverfolgen. Hätte mich gefreut, Sie früher zu erreichen. Jetzt machen sich die Täter gerade davon.»

Immerhin, zum Glück war es kein Dienstag und auch kein Feuerwehrnotruf. Denn in Berlin wird jeden Dienstag das Notrufsystem der Feuerwehr unter 112 abgeschaltet, damit die Software aktualisiert und ein Totalausfall aller Systeme geübt werden kann. Dienstags sollte einem Berliner wirklich nichts Lebensbedrohliches passieren. Insofern will ich nicht weiter nörgeln.

Der Beamte am anderen Ende – der ja für die Wartezeit nichts kann – reagiert schnell und informiert sofort seine Kollegen. Und währenddessen, es scheint wie ein Traum, kehren die Jungs überraschenderweise zurück. Weit weg waren sie nicht. Die menschliche Dummheit misst manchmal eben nur zwanzig Meter. Ich fasse es nicht: «Jetzt sind sie noch mal da.»

Es ist 1 Uhr 30, als mein Mann ins Bett geht, der Film sei ja nun zu Ende. Er sei müde.

Keine drei Minuten später ein Blaulicht. Die beiden Jungs sehen das und torkeln, weder schnur noch stracks, sondern eher etwas schwerfällig, davon. Hui, da rauscht auch schon der erste Polizeiwagen an ihnen vorbei. Immerhin, die Polizisten im zweiten Wagen haben offenbar die richtige Adresse. Es dauert nun nicht lange, bis die beiden geschnappt sind. In der Parallelstraße werden sie gestellt.

Zwei Polizisten bitten mich, zur Identifizierung runterzu-

kommen, ich darf mit ihnen sogar bei Rot über die Ampel laufen. Ich denke: Klar, jetzt muss alles sehr zügig gehen.

Nach der Identifizierung bitten sie darum, dass ich mich für die Spurensicherer zur Verfügung halte. Natürlich, das mache ich.

Nach der Spurensicherung fragen sie höflich, ob ich bitte noch für die Protokollierung wach bleiben könne? Ist doch selbstverständlich.

Ich gehe erst einmal wieder nach oben, schaue den nächsten Film und den übernächsten. Dann endlich kommen die Kriminalisten, um meine Aussage zu protokollieren. Draußen wird es hell. Das Ende der Zeugenvernehmung im heimischen Wohnzimmer: 5 Uhr 07.

Wenn die Täter «Glück» haben, kommen sie morgen aus der Ausnüchterungszelle. Wenn sie «Pech» haben, kommen sie bald in eine andere. Wegen ein paar Minuten Unsinn.

In dieser Nacht konnten drei Minuten eine halbe Nacht lang sein. Ich liege wieder auf dem Sofa, fühle mich zwanzig Pfund schwerer und bin knallwach. Ich greife nach der Fernbedienung. Läuft irgendwo noch ein Krimi? Also ein richtiger?

PS: In der Gerichtsverhandlung, ein halbes Jahr später, stellt sich heraus, dass die beiden Jungs wirklich gut erzogen und einfach nur betrunken waren. Sie haben bereits am nächsten Tag alles bedauert und dem Ladenbesitzer angeboten, sofort für den Schaden aufzukommen. Der aber wollte lieber «alles über die Versicherung klären» – dort hatte der Schlingel nämlich angegeben, dass eine Menge geklaut worden war. Doch die Jungs waren «nur» eingebrochen – und viel zu betrunken, um irgendetwas mitgehen zu lassen. Am Ende hilft meine Zeugenaussage den beiden sogar. Es gibt nur eine kleine Geldstrafe, einzuzahlen für einen gemeinnützigen Verein.

GANZ IN SCHWARZ

+++ Die Wirkung der Farben von Berufsbekleidung +++
Blau ist am beliebtesten +++

Farben wirken auf Leib und Seele, ohne dass es uns immer bewusst ist. Ob wir uns wohl oder unbehaglich fühlen, uns warm oder kalt ist, was wir kaufen und wie schnell wir wieder gesund werden, hängt auch von ihren Kräften ab. Bei Rot steigt der Blutdruck, es aktiviert. Blau hingegen besänftigt und kühlt, wirkt beruhigend auf die rechte Gehirnhälfte. Grün wirkt harmonisierend und heilend. Derzeit leben wir in einem blauen Zeitalter: Die UNO mit ihren Blauhelmen, Polizeiwagen, große Unternehmen – sie alle setzen Blau als vorrangige Farbe ein. Außerdem erklären mehr als fünfzig Prozent aller Deutschen Blau zu ihrer Lieblingsfarbe.
Der Farbpsychologe Harald Braem in «kma – Das Gesundheitswirtschafts-magazin»

Als Kind dachte ich: Wenn meine Mama weiß ist und mein Papa schwarz – warum bin ich nicht grau geworden? Farben verwirrten mich, und ich war noch sehr klein.

Damals wohnte meine Familie noch in Berlin-Lichtenberg. Ab und zu kam uns dort auf der Pfarrstraße eine ältere Dame entgegen, die meinen Vater anfasste und dann begeistert rief: «Heute habe ich Glück!»

«Warum hat sie jetzt wegen Pappy Glück?», fragte ich.

«Sie denkt, dein Vater ist ein Schornsteinfeger», sagte Mamel.

«Aber das ist er doch nicht.»

«Nein. Aber sie ist selig!»

Da begriff ich, dass Schwarz glücklich machen kann. Seitdem ist es meine Lieblingsfarbe.

Natürlich weiß ich längst, dass Schwarz keine Farbe ist. Dass Schwarz als «unbunt» gilt und physikalisch gesehen

gewissermaßen die «Abwesenheit aller Farben» ist. Schwarz hat auch keine schöne Tradition: Es gilt als die Farbe des Todes und der Trauer. Schwarz ist der Teufel, das Furchterregende, die Dunkelheit, das Symbol des Gesetzeswidrigen (schwarzer Markt), des Makabren (schwarzer Humor) und Okkulten (schwarze Magie). Kirchliche Würdenträger sahen in der Farbe einst den Ausdruck der Weltverachtung. Heute aber steht Schwarz auch für Unergründlichkeit und Unabänderlichkeit, für Würde und Ansehen, Exklusivität und Geheimnis. Und bitte schön: Schwarz ist die Nacht! Therapeuten sprechen von visualisierten Gefühlen, die die Farbe auslösen kann: Sie bietet seelisch einen festen Halt und das Gefühl von Stärke. Schwarz soll auch verführerisch wirken. Da gibt es viele Ideen. Am besten gefällt mir die, die jede Frau kennt: Schwarz macht schlanker.

Ich trage jedenfalls nur schwarze Kleidung. Niemand sah mich je in Lila oder Türkis.

Im Alltag finde ich Farben sowieso gewagt, denn mein

Gehirn reagiert auf bestimmte optische Reize blitzschnell mit pfiffigen Rückschlüssen: Trägt zum Beispiel jemand ein gelbes Shirt bei Ikea, frage ich ihn automatisch, wo ich «Ludde», «Boksel» oder «Malm» finden kann. Und ein rotes Shirt bei Hellweg genügt – schon frage ich nach «Praktikus», «Fundamo» oder «Düwi». Oft irritieren mich Kunden, weil ich sie wegen ihrer Shirtfarbe für Verkäufer halte. Es ist doch bekannt, dass man durch seine Kleidung immer auch mit seiner Umwelt kommuniziert. Ob man es nun will oder nicht. Also, ich finde: Die Menschen sollten mal vor dem Einkauf bedenken, wo sie was anziehen: Niemals Gelb im Möbelhaus oder Rot im Baumarkt! Kann doch nicht so schwer sein.

Diese Woche war ich spätabends noch in einem Restaurant. Auf dem Weg zu meiner Jacke rief ein Mann:

«Fräulein, würden Sie uns bitte die Speisekarte bringen?»

Ich dachte: Warum nicht?

Doch dann wollte er gleich seine Bestellung aufgeben.

Ich fragte ihn: «Mein Herr, wollen Sie mich einschüchtern? Sehe ich aus wie die Bedienung?»

Er musterte mich und antwortete: «Ehrlich gesagt – ja!»

Oh, das ist ein Missverständnis. Ich erklärte ihm, dass ich Schornsteinfeger sei und nur Glück brächte – aber keine Getränke.

AM LIEBSTEN STOCKFINSTER

+++ Aushängeschild der Persönlichkeit +++ Warum Frauen die meisten Fotos von sich hassen +++

«Impression Management» ist ein Begriff aus der Sozialpsychologie, der besagt, dass Menschen ständig darum bemüht sind, einen guten Eindruck auf andere zu machen. Deswegen, so schrieb Erving Goffman schon 1959 in seinem Buch «Wir alle spielen Theater», ist die Selbstdarstellung im Alltag sehr wichtig: Menschen arbeiten sorgfältig daran, das Bild, das andere von ihnen haben, zu kontrollieren. Jedoch werden Fotos mit einem selbst meist von anderen gemacht – und verbreitet. Das erschwert es, die Kontrolle darüber zu behalten. Frauen sind dabei anfälliger als Männer, das zeigt eine Studie des US-Psychologen Michael Stefanone von der University at Buffalo. Er fand heraus: Frauen machen eher als Männer ihren Selbstwert an den Reaktionen auf ihre Fotos fest.
«Die Welt»

Die Sonne ging unter, mein Mann und ich saßen vorm Restaurant, wir genossen den letzten schönen Urlaubstag auf einer Insel, und wir genossen uns. Es war ein entspannter und vor allem langer Abend – so lang, dass wir uns sogar noch mit zwei Kellnern anfreundeten. Zum Abschied wollte ich dann unbedingt ein Foto mit den beiden. Mein Mann zückte bereitwillig die Kamera, schaute durch den Sucher und sagte dann verstört: «Ich kann nichts sehen! Wirklich gar nichts!»

Tatsächlich hatten die beiden Kellner eine noch dunklere Hautfarbe als ich. Und es war Nacht. Mein Mann dokterte hilflos an den Einstellungen des Fotoapparates herum.

Ich fragte ihn: «Ist alles schwarz?»

Mein Mann sagte: «Ja. Absolut.»

«Na, das sind wir!»

«Sehr witzig.»

«Mach einfach mit Blitz.»

Dann klappte alles, und wir lachten. Es ist eines der lustigsten Fotos geworden, die ich habe.

Es gibt auch Fotos von mir, über die lache ich nicht – das überlasse ich anderen. Die werden irgendwo entdeckt und gleich kommentiert. Zum Beispiel als unsere Zeitung mal eine Werbekampagne mit Autorenfotos machte.

Erst hielt ich das für eine gute Idee und war auch ein bisschen stolz darauf, so als Gesicht der Zeitung herzuhalten. Doch als ich mein Foto bei einer Vorabpräsentation sah, hab ich sofort geheult. Ich sah aus wie ein Clown und sollte so nun in Berlin überlebensgroß auf Plakaten hängen. Hätte Stephen King dieses Foto gesehen, hätte das dem amerikanischen Gruselroman ganz sicher wichtige Impulse gegeben. Ich fühlte mich vom Schicksal hereingelegt. In jener Zeit habe ich mich nicht viel in der Stadt bewegt. Tatsächlich bin ich meinem Plakat selbst nie begegnet. Aber Menschen, die mich kannten, schickten mir ihre Schnappschüsse aus einer fahrenden S-Bahn, von Kaiser's und wo es sonst noch hing. Ich wünschte mir, ein paar Tunichtgute würden mir einen

Bart und eine Brille, meinetwegen auch Hörner aufmalen. Denn das hätte dem Motiv in jedem Fall gutgetan.

Entfernte Bekannte, die das Plakat sahen, kreuzten die Finger und posteten im Netz höflich: «Wow.» Oder: «Gelungen.» Sie wollten nett sein.

Enge Freunde – eigentlich liebe Menschen – wollten das nicht. Gnadenlos schrieben sie Dinge wie: «Ärger dich nicht schwarz, hihi.» Oder: «Wenigstens hält dich keiner für einen attraktiven Mann, haha.» Der Gipfel aller Bemerkungen war: «Habe gerade ein Foto von dir entdeckt. Wie soll man das kommentieren, ohne unsere Freundschaft zu gefährden.»

Ich muss zugeben, ich habe mich da selbst beim Lachen erwischt. Nun, es war doch bloß ein Foto. Wir wissen doch alle: Wenn ein Foto kein Schnappschuss ist, ist es gestellt – und damit eine Illusion. Mit manchen kann man gut leben, mit anderen weniger.

Ich lebe zum Beispiel ganz gut mit dem Foto über meiner Zeitungskolumne. Doch meine Physiotherapeutin sagt jedes Mal: «In Natur haben Sie gar nicht solche Hasenzähne.» Und meine Freundin Cathrin meint: «So siehst du eigentlich gar nicht aus. Du wirkst so fremd. Du grinst so komisch.» Dabei gibt es noch ganz andere Fotos von mir, die das letzte Stückchen Stolz durch eine gehörige Portion Unsicherheit ersetzen.

Vielleicht liebe ich auch deshalb die Nacht. Denn da kann ich für andere unsichtbar werden. In der Dunkelheit kann ich mein Schicksal austricksen. Allerdings nur, wenn die anderen kein Blitzlicht dabeihaben.

Neulich fuhr ich mit meinem Mann nach Bad Saarow. Spätabends unternahmen wir einen Spaziergang am See entlang. Ich hakte mich bei ihm unter, denn es war stockfinster, und ich schnatterte und schnatterte. Plötzlich rief von irgendwoher eine Stimme ins Dunkel:

«Abini? Bist du das?»

«Ja? Wer ist da?»

«Ich bin's, Danuta.»

«Danuta? Wo bist du denn?»

«Hier drüben, warte mal, ich leuchte mit dem Handy.»

Dann blinkte etwas und ich leuchtete zurück. Bald fanden wir uns.

«Das ist ja ein Ding, Danuta. Wie hast du mich denn entdeckt?»

«Ich habe dich an deiner Stimme erkannt», erklärte sie selbst ein wenig erstaunt.

Bemerkenswert. Danuta aus Berlin. Hier am Scharmützelsee. Zu so später Stunde. Und hat mich in der Dunkelheit nur an der Stimme erkannt.

Dann wurde mir klar: Es war stockfinster! Es war meine Stunde!

«Thommi, mach mal bitte 'n Foto von uns beiden.»

Die, auf denen man mich nicht erkennt, sind mir die liebsten.

VÖLLIG ÜBERMÜDET

+++ Mehr als 18 000 Autodiebstähle im Jahr +++
Ältere Modelle bevorzugt +++

BMW, Audi und Porsche: Diese Marken stehen bei Autodieben hoch im Kurs. Mehr als 18 000 Autos werden jedes Jahr gestohlen. Dennoch ist der Autoklau im Jahr 2013 um acht Prozent zurückgegangen. Auffällig bei der Statistik: Nicht Neuwagen, sondern Pkw im Alter von vier bis sieben Jahren sind am beliebtesten (bundesweit 6622 Autos). Ältere Autos werden meist zerlegt und die Teile dann einzeln verkauft; die Diebe erzielen so einen höheren Gewinn mit ihrer Beute. Das Diebstahlrisiko ist nach wie vor in Berlin am höchsten. Dort wurden je 1000 kaskoversicherter Fahrzeuge 3,2 Autos geklaut. Es folgen Hamburg (1,7) und Brandenburg (1,5). Am sichersten ist es im Saarland (0,2).
Gesamtverband der deutschen Versicherungswirtschaft

Unser Freund ist sich ganz sicher: Er hat sein Auto rechts vom Haus geparkt! Doch in dem Auto – von dem er glaubt, dass es seines ist – sitzt ein fremder Mann.

Es ist noch sehr früh, der Tag hat noch nicht einmal begonnen. Roberto R. aus Berlin-K. ist noch nicht ganz wach. Er geht weiter und denkt: So fängt es an, man findet das eigene Auto nicht. Nach einer großen Runde ums Haus ist er irritiert. Er kann seinen Wagen einfach nicht entdecken. Und dieses Auto rechts vom Haus sieht immer noch aus wie seines! Und es hat sogar dasselbe Nummernschild!

Er geht näher ran, und es stellt sich heraus, dass es tatsächlich sein Auto ist! Drinnen sitzt ein Fremder.

Was tun? Hysterisch reagieren? Oder anklopfen? Und sich einfach mal aussprechen?

Das ist alles nicht nötig. Der Mann schläft. Es ist ein Autodieb. Offenbar war der Dieb in dieser Nacht so fleißig, dass

er jetzt völlig überarbeitet hinterm Steuer schlummert. Er ist beim Autoklauen eingeschlafen!

Das ist ein bisschen rührend und ziemlich dämlich. Jetzt kann er kein tolles Auto und nicht mal sich selbst als tollen Hecht verkaufen. Egal, wie viele Autos er in dieser Nacht geknackt hat: Jetzt hat er es verdattelt. Da wird dem kleinen Autoknacker von irgendeinem großen Gangsterboss ein Angebot gemacht, das er nicht ablehnen kann – und er schläft einfach ein. Signore, nennen wir ihn Corleone, bittet bekanntlich kein zweites Mal um einen Gefallen, wenn man ihm den ersten verweigert. Der Clan wird ganz schön sauer sein.

Nirgendwo in Deutschland werden so viele Autos gestohlen wie in Berlin: Alle neunzig Minuten kommt eins abhanden. Das ist niederträchtig. Aber dieser Dieb war der Gipfel aller Niedertracht. Eine Schande für die professionelle Autoknackerschaft. Haben sie denn etwa nicht gelernt, wie man Wegfahrsperren überwindet? Verfügen sie nicht über ein exzellentes technisches Know-how? Können sie nicht jeden Autoschlüssel perfekt klonen? Sind sie nicht extra mit Notebook und Werkstattsoftware ausgerüstet? Kennen sie nicht alle neuralgischen Punkte an Tür, Heckklappe, Motorhaube, Zündung oder Batterie? Gewinnen sie nicht jedes Sicherheitswettrüsten mit der Fahrzeugindustrie? Und dann so was!

Was muss eigentlich noch passieren? Die kontrollierte Umverteilung von Besitz mag ja die Geschäftsgrundlage von Autoknackerbanden sein. Aber wenn der einzelne Gauner derart überlastet ist, ist das auch kontraproduktiv. Die Gewerkschaft der Autoschieber sollte endlich über eine straffe Arbeitszeitverkürzung verhandeln: längerer Urlaub, früherer Ausstieg, Halbtags- bzw. Halbnachtsbeschäftigung, Überstunden abbummeln. Sonst werden immer mehr Autoknacker geschnappt. Und dann gibt's ein Sabbatical – in der JVA.

NIEDRIGE HEMMSCHWELLE

+++ Rasen, Drängeln, Pöbeln +++ Aggressives Verhalten
im Straßenverkehr nimmt zu +++

Mehr als die Hälfte der Autofahrer wird auf der Autobahn provoziert, gefolgt vom Stadtverkehr (23 Prozent) und der Landstraße (16 Prozent). Dabei werden Fahrer von PS-starken Autos als besonders bedrohlich wahrgenommen. Durch dichtes Auffahren und Drängeln fallen vor allem Fahrer von BMW (50,6 Prozent), Mercedes (32,2) und Audi (25,9) auf. Oft wird schon von der Autofarbe auf das Fahrverhalten geschlossen. Bei schwarzen Fahrzeugen haben 43,5 Prozent ein ungutes Gefühl, bei silbernen noch 9,7 Prozent. Zudem rasten Männer häufiger als Frauen aus. Die deutschen Autofahrer verzeichnen eine stetige Zunahme der Wut am Steuer. Jeder Fünfte ist überzeugt, dass die Aggression in den vergangenen Jahren zugenommen hat.
Repräsentative Umfrage der «ADAC Motorwelt»

Es ist ganz einfach in dieser Stadt, mit dem Auto am falschen Ort zu sein. Baustellen, Fahrspureinengungen, Umleitungen. Es gibt so viele Möglichkeiten, die schlechteste Route zu erwischen. Aber manchmal kann man auf dem falschen Weg auch richtig was erleben.

Zunächst geht es um eine Begegnung, die ich leider nicht hatte: mit jenem Mann, vor dem im Radio («Achtung Autofahrer!») gewarnt wurde. Es hieß, «eine angetrunkene Person steht auf der Kreuzung und regelt widerrechtlich den Verkehr».

Irgendwie war mir der Mann sympathisch, gern hätte ich ihn selbst erlebt. Später hörte ich, dass er ein friedlicher Zeitgenosse gewesen sein soll, der auf der Fahrbahn nur ein bisschen herumdirigiert habe. Es gab keine Blechschäden. Respekt!

Das ist wirklich eine Leistung, denn in Berlin herrscht meistens dichter Verkehr. Oder schlimmer noch: Stau! Obwohl die Zahl der Pkws angeblich abnimmt, steckt der Berliner Autofahrer im Durchschnitt 69 Stunden im Jahr im Verkehr fest. Das bedeutet, er verliert pro Jahr beinahe drei Tage. Noch schlimmer ist es in Rom, Brüssel, Paris, London, Hamburg oder Köln. In Warschau stiehlt der Stau einem insgesamt sogar 106 Stunden Lebenszeit im Jahr. Viereinhalb verlorene Tage. Ein Wahnsinn.

Normalerweise hebt Stillstand die Stimmung nicht. Doch neulich auf dem Tempelhofer Damm, ich fuhr wieder mal direkt in einen Stau, erlebte ich etwas Unerwartetes: Nach einer Weile wurde dem Autofahrer neben mir langweilig. Jedenfalls ließ er irgendwann seine Scheibe runter und fragte nach meiner Telefonnummer. Ich sagte ihm, das sei eine prima Idee, wir könnten dann übers Herbstprogramm der Volkshochschulen plaudern. Eigentlich dachte ich, ich hätte ihn erfolgreich abgewimmelt, aber er war kein bisschen verängstigt und sagte: «Ich bin ein netter Kerl. Kannst jeden fragen, der nicht mit mir verwandt ist.»

Der war ganz schön schlagfertig. Ich musste lachen. Schon drehte ich mich zu meiner Freundin, die neben mir saß, und fragte sie: «Ist das ein netter Kerl?»

Sie meinte ja.

Dann haben die beiden ihre Telefonnummern ausgetauscht.

So schön kann Stau sein.

Ich schreibe gern über nette Autofahrer. Wirklich. Nun wäre Berlin aber nicht Berlin, wenn ich nicht auch über die anderen schriebe.

Wie bin ich nur in diese Situation geraten? Es ist dunkel und die Fahrbahn ist glatt, als wir spätabends behutsam die Holzmarktstraße entlangfahren. Da brettert ein silberfarbener Jaguar vorbei, schiebt sich blitzartig vor uns – Blinken

wird oft überschätzt! – und zwingt mich zur Vollbremsung. Ich bin total sauer. Wenn er sich verletzen will, bitte sehr. Aber andere in Gefahr bringen ...

An der nächsten Kreuzung zeigt die Ampel Rot. Ich stehe auf der Geradeausspur. Der Jaguarfahrer will rechts abbiegen. Okay, wenigstens fährt er nicht länger vor mir. Wir stehen nebeneinander auf gleicher Höhe, da grinst mich der Fahrer noch blöd an. Jetzt reicht's mir. Ich reagiere mit einer Handbewegung, die ich meinen Kindern einst verboten habe. Sagen wir, mit einer sehr abweisenden Handbewegung.

Sofort rastet der Typ aus. Sein strahlendes Zahnpastalächeln vergeht ihm, bei Grün gibt er Gas und – Überraschung – zieht wieder in meine Spur rein. Okay, mit der Kinderstube hat's also nicht so gut geklappt. Meine Mamel sagte in solchen Situationen immer: «Auch ein enger Horizont braucht seine Beschäftigung.» Und dieser hier beschäftigt sich.

An der nächsten Ampel baut er sich auf, so groß, breit und aufgepumpt mit Goldkettchen wirkt er wie ein echter Zuhälter. Und ich wette drauf: Er ist einer. Sein Freund zückt schon mal einen Fotoapparat. Was soll ich tun? Höflich bleiben? Mich hilflos ausliefern? Mich gar entschuldigen? Es gibt Momente, da denke ich lieber an Präzisionswaffen und Betäubungsmittel.

Der Fahrer tobt, er kriegt sich gar nicht mehr ein. Egal, wir haben Zeit. Die Straßen sind ausnahmsweise mal leer, denn es ist Nacht. Seine Telefonnummer wird er mir wohl nicht geben wollen. Also notiere ich mir erst mal in aller Ruhe sein Kennzeichen, das ich mir schon seit der letzten Kreuzung gemerkt habe. Ist so ein Reflex, wenn man lange genug in Berlin unterwegs war.

Da macht der Wüterich mit seiner Hand eine kurbelnde Bewegung.

Mein Beifahrer sagt: «Du, der will dir was sagen. Lass mal die Scheibe runter.»

Na gut, wenn er meint?

Schon ruft der Typ: «Isch fück dich. Isch fück deine Familie. Isch fücke …» Nun ja, über mich ergießt sich jedenfalls der ganze Schwall milieutypischer Entgleisungen.

Ich erwidere, dass er sich da «eine Menge vorgenommen» hat, und lasse die Scheibe wieder hoch. Dann sage ich zu meinem Beifahrer: «War doch klar, was kommt.» Und ich frage ihn: «Weshalb sollte ich überhaupt das Fenster runterlassen? Warum tust du mir das an? Was hab ich dir getan?»

Mein Mann erklärt: «Du hast 'ne echt niedrige Hemmschwelle. Diesmal war ich ja dabei, aber ich mach mir richtig Sorgen, wenn du allein unterwegs bist.»

Ich frage: «Ja, soll ich denn immer alles runterschlucken? So viel kann ich gar nicht verdauen. Dann müsste ich gleich mein erstes Magengeschwür nach diesem Typen benennen.»

«Abini, ich will ja nur, dass es dir eine Lehre ist! Denk einfach immer zuerst an Selbstschutz! Es ist deine Sicherheit! Du solltest solch obszöne Typen besser auf Distanz und deine Gefühle aus der Sache raushalten.»

Jaja, kann sein, mein Mann hat recht – aber: Nö!

ABI WAS? ABINI - WIE MAN'S SPRICHT

+++ «Milka» und «Despot» +++ Bürgerämter lassen immer mehr Vornamen durchgehen +++

Deutschland ist offener geworden, und bei Standesämtern werden ungewöhnliche Namenswünsche immer seltener abgelehnt. In Kiel konnten Eltern ihren Jungen mit Vornamen «Maier» nennen, denn sie wiesen nach, dass «Maier» ein üblicher männlicher Vorname in den Niederlanden sei. Selbst die abgeleitete Version «Schaklyn» wurde in Nürnberg vom Standesamt abgenickt. Die Stadt Essen erlaubte 2013 unter anderem für eine Tochter den Namen «Milka» sowie auch «Imperial-Purity» sowie «Sunshine». Zwei Jungs bekamen in Deutschland auch die Namen «Despot» und «Sheriff», zwei Mädchen «Chanel» und «Fanta». Dennoch waren traditionelle Vornamen wie «Mia» und «Ben» die beliebtesten im Jahr 2013. Bei der Kombination «Marie-Johanna», die schnell gesprochen nach «Marihuana» klinge, weise man Eltern lediglich darauf hin, dass der Name Probleme machen könne.
n-tv

Es ist ein Name mit fünf Buchstaben – und doch reicht er für viele Missverständnisse. Liebe Abinis, unseren Namen gibt es überhaupt nicht. Und das kommt so …

«Sage mir deinen Namen, und ich sage dir, wer du bist.» Das behaupten jedenfalls Namensdeuter. Sie bedienen sich der Onomastik – der Wissenschaft der Namen – und verknüpfen sie mit Etymologie, Sprachpsychologie und Ahnenforschung. Unser Name, sagen sie, sei eng mit unserem Schicksal verbunden. Nomen est omen, der Name ist ein Zeichen. Also gut. Ich heiße Abini.

Abi was? Abidemi? Abebi? Albinia? Adiline? Abdianin? Abeba? Abélinia? Aini? Abiona? Abimbola? Adina? Adjila? Aleftina? Alasine? Aine?

Nein, einfach nur Abini. Wie man's spricht! Es tue ihm

leid, erklärte mir ein Namensdeuter: «Diesen Namen gibt es überhaupt nicht!»

Nicht? Nun, Abini ist ein nigerianischer Vorname, ich habe ihn von meiner afrikanischen Großmutter. Er bedeutet: «Du bist mein mir vom Himmel geschickter Anteil.» Für meine Mutter klang das überzeugend, für mich einzigartig. Der Name war so selten, dass mir Leute Wohlsein wünschten, wenn ich mich vorstellte: «Abini.» – «Gesundheit!»

Eines Tages kam meine Tochter Rubini, übrigens ein malaiischer Name, vom Kinderballett nach Hause und behauptete: «In meiner Tanzgruppe ist auch eine Abini.» Wir glaubten ihr natürlich nicht. Die einzige Abini, die es außer mir in Deutschland gab, war eine Afghanische Windhündin aus einem A-Wurf. Der Züchter hatte damals extra meine Mamel gefragt, ob es mir was ausmache, wenn er eine Hündin nach mir benennt. Und Mamel hatte entschieden, dass es mir nichts ausmache.

Aber plötzlich ein Menschenkind? Bestimmt heißt sie Alwine oder Sabine? Meine Mutter begleitete Rubini zur nächsten Ballettstunde, «um das Missverständnis aufzuklären» – und kam perplex zurück.

Bald klärte sich, dass ich Abinis Mama aus Jugendzeiten kannte. Sie suchte zur Geburt ihrer Tochter einfach nach einem besonderen Namen und hat sich an meinen erinnert. Abini und Rubini tanzten elf Jahre lang im selben Ballett.

Heute ist die kleine Abini 22 und eine junge, hübsche Frau. Gerade hat sie ihren ersten Dokumentarfilm gezeigt; und ich war bei der Premiere froh, dass ich nicht heucheln musste: Denn der Film war wirklich sehr gelungen. Ich bin echt stolz auf Abini! So schön und so schlau wird der Name in die Welt getragen.

Seit einigen Jahren gibt es noch eine Abini, ein kleines süßes blondes Mädchen. Ihre Mutter, Silke B., hatte sich einst an mich gewandt, weil das Standesamt den Namen ablehnte, mit der Begründung, die ich schon kannte: Es gebe

ihn gar nicht. Meine Existenz wurde vom Standesamt so dargestellt: «... dass sich Schriftsteller ja oft Künstlernamen zulegen und Abini daher gar nicht der richtige, sondern irgendein erdachter Name ist.»

Und das in einer Zeit, wo Gerichtsurteilen zufolge Vornamen wie November, Emelie-Extra, Domino Carina, Adermann, Birkenfeld, Galaxina, Lafayette, Dior, Prestige, Mikado, Speedy oder Sonne längst zulässig sind. Nun, der Bundesverband der deutschen Standesbeamten erklärt die neue Gelassenheit mit einer Entscheidung des Bundesgerichtshofs im Jahr 2008. Seitdem sind die Amtsgerichte großzügiger geworden. Sogar die Verwaltungsvorschriften wurden daraufhin angepasst. Immerhin, «Satan» wird noch abgelehnt.

Und was entschied der Bundesgerichtshof damals? Dass ein Junge den Familiennamen des Vaters, Lütke, als dritten Vornamen führen darf. Das Kindeswohl sei durch diesen Vornamen nicht gefährdet. Genau das kann ich bestätigen: Denn ich trage selbst den Familiennamen meines Vaters als

Vornamen. Meine Mamel hatte damals viel mit dem Standesamt konferieren müssen, wegen des Namens Abini. Als nach Wochen endlich die Geburtsurkunde kam, stand darauf der Nachname meines Vaters als mein dritter Vorname: Olu. Mamel dachte: «Auch eine gute Idee» – und ließ ihn so stehen. Sie wollte nicht mehr diskutieren.

Ich kenne einen erwachsenen Courage und eine kleine Tiger. Doch Abini wird wahrscheinlich auch in Zukunft noch wie ein Missverständnis klingen. So wie vor einer Woche, spätnachts auf einer Party …

Er: «Abi was? Alibi? Adibna?»

Ich: «Bist du Sprachforscher?»

Er: «Nee, nur angetrunken. Aber sag doch noch mal deinen Namen.»

«Und dann?»

«Dann sage ich dir, wie du heißt.»

EIN WOCHENENDE IM ROTLICHT

+++ «Gypsy», der Broadwayerfolg +++ Aufführung in
einem echten Berliner Bordell +++

1,3 Millionen sexuelle Dienstleistungen pro Nacht, eines der liberals-
ten Prostitutionsgesetze Europas und der daraus resultierende Sex-
tourismus haben das «älteste Gewerbe der Welt» wieder in den Mittelpunkt einer öffentlichen Debatte gerückt. Was bedeutet Freiwilligkeit
und Selbstbestimmung? Wie viel tut ein Mensch für Anerkennung?
Der amerikanische Klassiker «Gypsy» – ein Musical, das am Broadway
mehr als zweitausend Vorstellungen spielte – nähert sich den Menschen hinter den Zahlen und behandelt das Thema «sich verkaufen».
Fünf Tage lang ist eine Berliner Inszenierung mit exzellenter Besetzung zu sehen. Maximal vierzig Zuschauer finden pro Vorstellung im
«Red Rose Club» Platz.
Weltjournal.de

Was habe ich mich auf das Wochenende gefreut! Meine
Freundin Bea wird am Sonnabend ihren fünfzigsten Geburtstag mit vielen alten Bekannten feiern – und wir werden uns gegenseitig zeigen, wie gut wir uns gehalten haben: «Du siehst toll aus.» – «Ach, das sagste doch nur, weil's
stimmt.» So in der Art. Und am Sonntag geht's in die Bar
jeder Vernunft zum «Käfig voller Narren» – jenem Musical
mit der Hymne «Ich bin, was ich bin». Herrlich, nichts kann
mich vom Wochenende abhalten.

Nichts? Am Freitagnachmittag verspüre ich einen Ganz-
körpermuskelkater, am Abend dann streckt mich ein fieser
Grippevirus nieder. Ich bin, was ich bin: krank; sehe wie das
Gegenteil von «gut gehalten» aus und fühle mich, als wäre
ich relativ unpräzise von einer Raumkapsel abgeworfen
worden. Autsch.

Aus dem traumhaften Wochenende wird ein verträumtes:

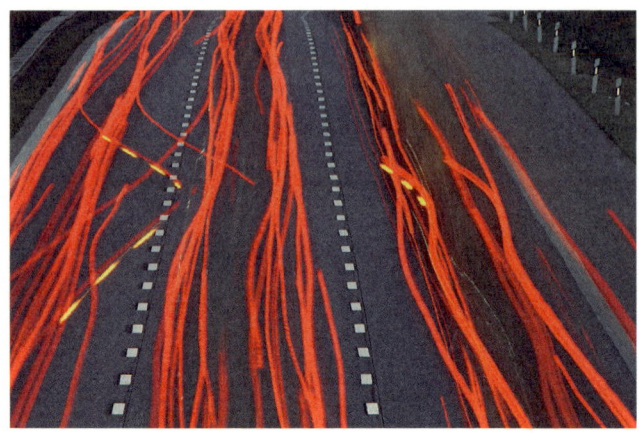

Unter Zuhilfenahme diverser Substanzen katapultiere ich mich in den Schlaf – und offenbar in eine Parallelwelt. Als meine Tochter und ihr Freund mich am Sonnabend besuchen, bin ich offenbar nicht ganz wach. Jedenfalls erzähle ich ihnen in Trance völlig ernsthaft von jenem Tag, «als Nelson Mandela zu uns auf den Balkon kam und dasselbe T-Shirt trug wie Mama und Sven». Daraufhin fahndet meine Tochter nach den Medikamenten und verordnet mir Rotlicht, für die Nasennebenhöhlen. Und sie ruft regelmäßig an und erkundigt sich bei Thommi nach meinem Zustand.

Am nächsten Abend spricht sie auf den Anrufbeantworter: «Hallo Mom, ich wollte nur sagen, dass ich heute Abend lange nicht erreichbar bin, weil ich ins Bordell gehe.»

Dann piept es. In meinem Zustand, mittlerweile fiebrig und desorientiert, bin ich mir nicht sicher, ob der Anruf real war. Oder hab ich ihn nur geträumt?

Ich rufe lieber mal zurück. Leider ist Rubinis Telefon aus, ich kann mich nicht vergewissern. Hm, jetzt bin ich beunruhigt. Einerseits bewundere ich die Offenheit meiner Tochter, andererseits lehne ich es ab, sie mir im Bordell vorzustellen. Von Minute zu Minute wühlt mich der Gedanke mehr auf. Die Halluzinationen und Fieberträume tagsüber waren nichts – gegen die Bilder, die ich nun nicht mehr aus dem Kopf bekomme.

Nachts erreiche ich endlich Rubini. Sie erklärt mir: Im «Red Rose Club» am Senefelder Platz wurde das Musical «Gypsy» aufgeführt. Mit Stangentanz, Spiegelwand und roten Lackstiefeln. Die Inszenierung setzte auf Körperkontakt zwischen Publikum und Darstellern. Ein deutscher Regisseur und die englisch-thailändische Bordellbesitzerin wollten so fünf Tage lang «tiefere Einblicke» in die Branche gewähren. Außerdem spielte eine Freundin von ihr mit.

Ich bin erleichtert: Das ist mein Mädchen. Doch Moment mal: Tiefere Einblicke? Mein Gott, was hast du da zu sehen bekommen?

Gezeigt wurden dokumentarische Interviews mit Prostituierten, die Bar, der Keller, viele Zimmer – und eben das Stück. Es ging um Zwangsprostitution, also Menschenrechtsverletzungen. Das war wohl alles sehr spannend, bis auf die Frotteehandtücher im Separee, auf denen man liegen musste …

Schon gut, schon gut. Das Wochenende war eben verdammt anders als eigentlich geplant. Am Ende hat mir das Rotlicht zwar nicht geholfen – aber meiner Tochter auch nicht geschadet.

Ist auch was.

WIE BEI KAISER'S

+++ Mitternachtsshopping fast überall möglich +++
Lange Ladenöffnungszeiten in Berlin +++

Berlin ist ein Shopping-Paradies, und das bis in den Abend hinein.
Von Montag bis Sonnabend gibt es praktisch keine gesetzlich gere-
gelten Ladenöffnungszeiten mehr. Sonntags bleiben Läden in Berlin
weiterhin geschlossen. Das gilt auch für Feiertage. Regelmäßig geöffnet haben dann aber viele Läden in den Berliner Fernbahnhöfen
und großen Regionalbahnhöfen. Die meisten Geschäfte, Warenhäuser
und Supermärkte haben werktags zwischen 8 bzw. 9 Uhr und 20 Uhr
geöffnet. Einige Supermärkte öffnen bereits um 7 Uhr und sind bis
22 oder auch bis 24 Uhr offen. In rund hundert Supermärkten in der
Hauptstadt kann man bis Mitternacht einkaufen.
www.berlin.de

Wieder einmal habe ich meinen Kilos den Kampf angesagt. Mein Problem: Ich marschiere zwar regelmäßig ins
Fitnessstudio, aber genauso regelmäßig auch nachts an den
Kühlschrank. Bei mir gehen sozusagen Entschlossenheit
und Labilität Hand in Hand. Doch so kann es nicht bleiben,
deshalb beschließe ich, endlich mal etwas Neues auszupro-
bieren:

«Achtung, der Impuls kommt!» Alle vier Sekunden gibt
es jetzt Stromstöße. Sie gehen durch die Beine, die Arme
und den Oberkörper. Ich spüre eine anständige Muskelkon-
traktion. Erst kribbelt es, dann zuckt es. Die Regler werden
immer höher gedreht. Am Ende bebt mein ganzer Körper.
Ob ich böse war? Nein, ich war im EMS-Studio. Bei der elektrischen Muskelstimulation bekommt man die Muskeln aus
der Steckdose.

In der Werbebroschüre, die zum Probetraining einlädt,
lese ich: Zwanzig Minuten sind genug, um sechshundert

Kilokalorien zu verbrauchen. Zwanzig Minuten sind genug, um an seine Grenzen zu kommen. Zwanzig Minuten sind genug, um etwa sechs Stunden Krafttraining zu ersetzen. Was für Versprechen! Mir aber ist nur eines wichtig: Zwanzig Minuten sind zu wenig, um Würde und Selbstachtung zu verlieren.

Im Studio angekommen, soll bei mir offenbar ein eindrucksvoller Muskelkater provoziert werden. So etwas wirkt immer überzeugend. Dann soll man es gut finden und weitererzählen. Natürlich durchschaue ich die Masche des Personal Trainers ...

Und, was soll ich sagen? Der Muskelkater ist da, das Training war gut, ich würde es weiterempfehlen.

Jedoch: Laufen kann ich kaum, Sitzen klappt nur gelegentlich, Liegen gar nicht. Ich bin ein durchtrainiertes Wrack. Seit dem Probetraining kann ich ohne weiteres einen Satz bilden mit den Worten «erbärmlich», «Totalausfall», «plumps», «Schmerz» und «aua».

Die Tage überstehe ich kaum, die Nächte sind die Hölle. Die beste Maßnahme gegen Muskelkater soll bekanntlich Schlaf sein. Das wird oft empfohlen. Natürlich stellt er sich bei mir nicht ein: Ich spüre jede Rippe, habe steife Schultern, kann die Arme nicht anheben und die Beine kaum bewegen. Es klopft und pocht, sticht und drückt. Es ist der Schmerz, er irrt sich nie! Ich kann nicht schlafen. Ich muss an den Kühlschrank.

Ach, wäre ich doch nur wieder die, die ich mal war: zwanzig Jahre jünger und zwanzig Kilo leichter. Also die, die mein Mann einst kennengelernt hat.

Ich bin frustriert – Würde hin, Selbstachtung her – und schlecke als Trösterchen ein Eis.

Kürzlich war ich mal wieder auf der Waage. Mein Mann sah das Gewicht, schmunzelte und sagte dann: «Alles klar. Du bist zu klein!»

Schon gut, ich kenne doch mein Problem: nächtliche Heißhungerattacken. Es ist deprimierend, aber nicht unlösbar – vor allem, wenn Kaiser's um die Ecke bis Mitternacht geöffnet hat. Lust auf was Salziges? Kein Thema. Appetit auf was Süßes? Bitte sehr.

Eines Abends sitzen wir gemütlich zu Hause – und reden irgendwann übers Abnehmen. Ein Thema, das meine Kinder gar nicht und meinen Mann nur zuweilen betrifft. Aber: Ich habe eine sehr liebe Familie, deshalb reden wir allgemein,

Namen werden nicht genannt. Während alle gesundes Essen aufzählen, schleicht er sich langsam an mich heran: der Heißhunger. Aufdringlich und mächtig.

Leider haben wir keinen Ertüchtigungskeller, wo ich mich abreagieren kann. Also ziehe ich spontan los, um mich noch ein bisschen zu bewegen. Ich bewege mich in Richtung Supermarkt. Es ist immer ganz angenehm kurz vor Mitternacht bei Kaiser's: die Security ist entspannter, die Musik ein wenig lauter, die Menschen wirken glücklicher. Erstaunlich, wie voll es hier um diese Uhrzeit noch ist. Und ich könnte auch dieses Mal schwören: In meiner Schlange stehen noch andere Heißhungerattacken-Opfer.

Ich stapfe zufrieden mit meinem Einkauf durch die Nacht nach Hause, mache noch ein paar Handgriffe, und kurz nach eins ist der Nusskuchen fertig. Meine Familie probiert davon, befindet ihn für lecker – und meint dann, das könne so aber nicht weitergehen! Schon gar nicht nachts! Keine Kohlenhydrate! Am besten gar nichts! Und wenn schon, sollte ich lieber am Möhrchen knabbern! Ich finde, dass alle recht haben, und lasse es nach einem Stückchen Kuchen gut sein. Zum Glück weiß niemand, wie viel ich schon vom Teig genascht hatte.

Eine Woche später fahren mein Mann und ich in ein Erholungswochenende. Abends will ich noch ein paar Erdnüsse für die Nacht bunkern, aber in der Bar tummelt sich eine geschlossene Gesellschaft. Schade. Die ganze Zeit über knurrt mein Magen.

Morgens stehe ich dann am sogenannten «Fitnessbuffet». Neben mir ein Mann von etwas molliger Statur. Er brummt: «Koffeinfreier Kaffee, zuckerfreie Marmelade, fettarmer Käse. Manche nennen das Frühstück. Ich nenne es Folter.»

Ich sehe ihn begeistert an und sage: «Sie sprechen meine Sprache!»

Dann gehe ich ans «richtige» Buffet, bediene mich genüsslich und kellnere die Eroberungen an unseren Tisch. Mein Mann ist irritiert.

Ich frage: «Was?»

Er zeigt auf meine Teller.

Ich sage: «Die Nacht ist vorbei. Und hier gibt's weit und breit keinen Spätverkauf. Ich hab jetzt Hunger.»

«Aber was sind das für Massen? Willst du dich umbringen?»

«Natürlich nicht. Aber jetzt ist es morgens. Und bitte schön, es heißt, da solle man essen wie ein Kaiser!»

Er sagt darauf nur: «Ja, wie ein Kaiser. Aber nicht wie zwei.»

DAS MÜTTERLICHE ELEMENT

+++ Verbraucher schätzen Apotheken-Notdienst +++
Jeder Dritte nutzt ihn +++

Der Nacht- und Notdienst der Apotheken wird von Verbrauchern als unverzichtbar angesehen. Jeder Dritte nutzt im Jahr den Notdienst mindestens einmal. Und 96 Prozent aller Befragten finden, dass der Service wichtig ist. Auch die Apotheker sind sich der Bedeutung des Notdienstes bewusst: vier von fünf Pharmazeuten zählen den Dienst zu den unverzichtbaren Aufgaben des Berufsstands, auch wenn er ein Verlustgeschäft darstellt. Die Anzahl der Kunden schwankt je nach Wochentag: An Sonntagen liegt die Kundenfrequenz in der Regel höher als an Werktagen.
Umfrage des Instituts für Handelsforschung

Die erste Lektion, wenn man sich einen Fuß verstaucht: Es ist schmerzhaft, aber es ist nur ein Fuß – man kann also einen klaren Kopf behalten. Die zweite Lektion, wenn man sich nachts einen Fuß verstaucht: Es ist spät, kein Sanitätshaus hat mehr geöffnet – man sollte trotzdem einen klaren Kopf behalten. Die dritte Lektion, wenn man sich nachts einen Fuß verstaucht und in fünf Stunden eine Reise antreten will: Bloß nicht zur Rettungsstelle fahren, bei den Wartezeiten dort wäre die Reise futsch – man muss jetzt einen klaren Kopf behalten!

Es ist nachts um eins. Ich sehe gerade einen spannenden Krimi: Da arbeitet eine Nonne für einen Menschenhändlerring und soll die rothaarige Adoptivtochter als Sklavin verkaufen. – Mein Gott, ist das aufregend. Gleich kommt die finale Auflösung.

Da klingelt es. Mein Sohn «steht» vor der Tür, gestützt von zwei Freunden. Dann humpelt er in die Wohnung. Ich schaue ihn bestürzt an und höre was von «vorhin Fuß verstaucht», «Reise geht gleich los», «lästig», «brauche Krücken».

Was war passiert? Schon vor einigen Tagen hatte sich Raoul beim Basketballtraining den linken Fuß verstaucht. Beim nächsten Training, er achtete darauf, den verletzten Fuß nicht zu belasten, setzte er zum Sprung an, kam falsch auf – und verstauchte sich auch noch den gesunden Fuß. Eine doppelte Katastrophe.

Und so will er in wenigen Stunden mit seinen Freunden in den Urlaub fliegen? Sofort bricht das mütterliche Element in mir durch und ich sage entschlossen: «Dann bleibst du eben bei uns!» Mein Sohn schaut ebenso entschlossen mit seinem Das-ist-jetzt-nicht-dein-Ernst-Blick zurück.

Da bricht ein noch gewaltigeres mütterliches Element in mir durch: Beherzt versuche ich zu erfassen, dass die Reise auf keinen Fall ausfallen darf, und bemühe mich, nachts Krücken zu organisieren. Mein Sohn windet sich: Ich weiß nicht, ob es wegen seiner Schmerzen oder wegen meiner aussichtslosen Ermittlungen ist. Ich google mir jedenfalls die Finger wund: Gibt's irgendwo ein Sanitätshaus, das vielleicht doch nächtliche Notdienste anbietet? Schließlich erfahre ich: In Löhne, einem Ort im Ravensberger Hügelland, da haben sie eines – aber in der Hauptstadt nicht.

Dann telefoniere ich viel, vor allem mit Anrufbeantwortern. Ab und zu schaue ich in Raouls unglückliches Gesicht, schließlich sage ich: «Jetzt mach dir mal keine Sorgen. Irgendwie klappt es schon. Vertrau mir: Du kommst noch früh genug zu spät.»

Nachts um zwei Uhr gerate ich an mehrere Apothekennotdienste. Überall dieselbe Auskunft, dort gibt es nur Medikamente. Ich telefoniere weiter. Und tatsächlich: In einer Apotheke, in der am Rosenthaler Platz, hilft mir völlig unerwartet eine nette Dame weiter: «Kommse mal vorbei.»

Ich fahre hin, sie geht in den Keller und kommt mit zwei Krücken zurück. «Die haben wir zufällig noch da. Die kann ich Ihnen aber nur borgen.» Als sie mir die beiden Krücken gibt, bemerke ich einen kleinen Heiligenschein über ihrem Kopf. So sieht ein rettender Engel aus!

Um drei Uhr überreiche ich meinem Sohn die Gehhilfen: Leichtmetall, Grau, Topqualität. Er strahlt. Dann reibt er seinen Fuß mit Voltaren forte ein, und ich packe währenddessen seine Sachen aus der Reisetasche in einen Rucksack um – die Hände braucht er ja nun für die Krücken. Zwei Stunden später bringe ich ihn zum Bus; von da an übernehmen seine Freunde. Passt schön auf unseren kleinen Pflegefall auf! Und guten Flug nachher!

Zum Abschied sagt mein Sohn: «Mom, ärger dich nicht, weil du das Ende des Films verpasst hast. Lektion vier: Frag einfach mich. Der Colonel, der eigentlich kein Colonel war, hat die Nonne enttarnt. – Wir haben den Film schon mal gesehen.»

NÄCHTLICHE ABSTÜRZE

+++ Der Speedport ist da +++ Genießen Sie Fernsehen,
Telefonie und Internet +++

Herzlichen Glückwunsch, dass Sie sich für den Speedport W 724V der
Telekom entschieden haben. Der Speedport ist ein Breitband-Router
mit integriertem DSL-Modem. Dabei übernimmt der Speedport den
Verbindungsaufbau für alle angeschlossenen Geräte. Bis zu vier
Geräte können nun untereinander kommunizieren. Außerdem kön-
nen Sie zwei kabelgebundene analoge Endgeräte sowie bis zu fünf
Schnurlostelefone anschließen. Wenn Sie das Entertain-Paket gebucht
haben, können Sie Ihren Mediareceiver am Speedport betreiben und
Fernsehen über das Internet genießen.
Bedienungsanleitung Speedport, Telekom

Ein Mann wird bei einer Alkoholkontrolle von der Polizei
festgenommen. Auf dem Revier bestreitet er heftig, betrunken zu sein. Die ganze Zeit über versucht er, Haltung

zu bewahren. Schließlich bittet er die Polizisten um einen Gefallen: ein Telefonat. Der Mann erklärt: «Ich möchte bitte meine Frau austrinken.»

Ein kleiner Freud'scher Versprecher: Er wollte seine Frau natürlich «anrufen». Ein Lapsus Linguae, bei dem aus Versehen das ausgesprochen wird, was man sonst nur denkt. So etwas bringt die Polizisten zum Schmunzeln und den Mann zur Blutentnahme.

Es ist Mitternacht. Überall Ruhe. Nur der Fernseher strahlt. Doch plötzlich geht nichts mehr. Ich bleibe ganz ruhig, habe das schon ein paarmal erlebt – unser Mediareceiver hat sich mal wieder verabschiedet. Ich muss ihn einfach neu starten.

Dreimal hochfahren und – nichts.

Dann ist es wohl der Router. Einmal rausziehen, Speedport rebooten und – nichts.

Um 0 Uhr 30 rufe ich die Hotline der Telekom an. Meine voraussichtliche Wartezeit beträgt «mehr als dreißig Minuten». Kein Problem: So lange bin ich ohnehin noch wach. Ich weiß ja aus Erfahrung, dass da nachts noch Techniker sind. Allerdings weiß ich auch, dass die Telekom mehr als 37 Millionen Mobilfunkkunden sowie mehr als 24 Millionen Festnetz- und 12 Millionen Breitbandanschlüsse weltweit bedient. Ich warte artig weiter. Indes google ich auf meinem Tablet spaßeshalber die Zufriedenheit der Kunden mit der Telekom: Da lese ich, dass der TÜV Rheinland festgestellt hat, dass die Telekom-Shops von 93,4 Prozent als «sehr zuverlässig» bzw. «zuverlässig» eingestuft wurden, der Technische Service immerhin noch von 80,1 Prozent und die Hotline vom Kundenservice von 73,7 Prozent. Apropos Hotline: Nach einer Stunde komme ich tatsächlich dran. Es stellt sich heraus, dass unser Speedport den ganz großen Absturz hatte. Technische Probleme.

Am nächsten Abend werde ich zurückgerufen. Ein Telekom-Mitarbeiter rät zu einem neuen Gerät und einer Ver tragsumstellung. Zwei Tage später kommt der neue Vertrag an, es ist der falsche, er muss nun storniert werden. Ich spüre, wie mein Frustpegel steigt, und jetzt passiert das Unglaubliche: Der Mitarbeiter entschuldigt sich, gibt mir seinen Namen und ruft nun eine Woche lang Tag für Tag an, um mich über die Vertragsstornierung auf dem Laufenden zu halten und um zu fragen, ob sonst alles in Ordnung ist. Herr A. ist wirklich freundlich und absolut zuverlässig.

Bei unseren täglichen Telefonaten kommen wir ins Gespräch: Herr A. renoviert – wenn er nicht im Kundendienst arbeitet – gerade seine Wohnung. Er musste alle Tapeten ablösen: «Das haben wir ja völlig unterschätzt.» Und das Bad muss er auch noch neu fliesen. «Oh», sage ich, «das hatten wir auch gerade.» Ich warne ihn, dass beim Fliesenabklopfen so ein ganz fieser Feinstaub entsteht: «Der zieht durch alle Ritzen. Kleben Sie bloß die anderen Türen ab!»

Nach einer Woche ist er mit dem Tapezieren fertig.

Mein Mann hört ein Telefonat nebenbei mit an und fragt: «Tapeten? Feinstaub? Fliesen? Ich denke, du redest mit der Telekom?»

Ich antworte: «Ja, aber genau das hab ich doch.»

Am achten Tag ruft mich Herr A. an und sagt, er rede mit mir bald öfter als mit seiner Frau. Ich frage nach seinem Bad. Das sei wunderschön geworden, sagt er stolz. Ach, und übrigens: «Das System hat die Stornierung jetzt akzeptiert.»

«Ja, der neue Speedport ist auch angekommen.»

Fernsehen funktioniert wieder tipptopp. Der Auftrag ist damit erledigt.

Irgendwie schade, finden wir und wünschen uns alles Gute.

Ach, der nächste Absturz kommt bestimmt.

WENN DAS KEIN GLÜCK IST!

+++ Elektrogeräte hielten früher länger +++
Nutzungsdauer wird künstlich verkürzt +++

Die Bauteile in Haushaltsgeräten haben heute oft eine geringe Le-
bensdauer. Hersteller verwenden Bauteile, die einen frühzeitigen
Defekt auslösen. Diese Erscheinungen gibt es auch bei Autos, Dru-
ckern, Kopfhörern, Waschmaschinen oder Elektrozahnbürsten. Die
Leidtragenden sind die Kunden, die in immer kürzeren Abständen
neue Produkte kaufen müssen. Der künstliche Verschleiß kostet sie
mehrere Milliarden Euro im Jahr. Für die Studie haben Gutachter an
die zweitausend Hinweise ausgewertet. In Deutschland fallen jedes
Jahr 700 000 Tonnen Elektroschrott an.
Studie der Bundestagsfraktion Bündnis 90/Die Grünen

Glück ist, wenn man einen freien Tag genießen kann. Glück
ist, vom Beckenrand zu springen, auch wenn es nicht erlaubt ist. Oder beim Falschparken nicht erwischt zu werden.
Oder wenn das Fahrrad morgens noch vorm Haus steht. Für
manche ist es Glück, viel Geld zu haben und wenig Sorgen.
Für andere ist es Glück, nicht neben einem Atommeiler zu
wohnen. Oder neben Frau Krause. Glück ist relativ.

Unser kleines Glück war ein neuer Geschirrspüler. Mit va-
riablem Sonderprogramm, höhenverstellbarem Oberkorb
und gezieltem Dosierassistenten. Mit Sensorlogic, Aqua-
control und Turbospeed. Superenergieeffizient, superspül-
hygienisch, superflüsterleise. Keine Ahnung, wie wir früher
Geschirr sauber bekommen haben. Aber das hier war ein
Traum.

Doch neulich, kurz vor elf Uhr abends, die Katastrophe:
Der Spüler streikte. Er verwehrte uns den schonenden Hoch-
druck, die keimfreie Trocknung und den brillanten Glanz.

Da ist die kleine Hausfrau natürlich sofort aus dem Häuschen. Und der gut erzogene Ehemann heuchelt trotz aller Müdigkeit Verständnis. Er fragt: «Na, weißt du denn noch, wann wir ihn gekauft haben?»

«Irgendwann 2013.»

«Ich glaube, eher 2011.»

«Frühestens 2012. Da muss ja noch Garantie drauf sein. Muss ja.»

Schon sehe ich hohe Reparaturkosten auf uns zukommen. Ich weiß, dass die Hersteller Nachhaltigkeit nicht so ernst nehmen. Ein Monteur erzählte uns mal, dass ein Geschirrspülerkorb eigentlich nur ein paar Euro kostet, doch die Kunden müssen gut hundert Euro für das Ersatzteil berappen. Also, wir müssen jetzt die Garantie finden.

«Na, dann lass sie uns suchen», sagt mein Mann – und meint: Dann such mal.

Ich antworte: «Ich kann die Rechnung nicht suchen. Denn ich weiß genau, dass du den Spüler gekauft hast. Die Rechnung muss in deinen Unterlagen sein. Hundertprozentig!»

Es ist 23 Uhr. Mein Mann erhebt sich, murmelt etwas von «passiver Tyrannei» und kommt von da an im Viertelstundentakt mit immer neuen Ordnern ins Wohnzimmer. Seite für Seite geht er durch:

2013. Nichts.

2012. Nichts.

Etwa doch schon 2011? Auch nichts.

Nach Mitternacht kommen wir auf die Idee, am Gerät das Herstellungsdatum abzulesen: Mai 2012. Mehr will mein Mann nicht wissen. Er vertagt alles Weitere «auf morgen» und behauptet, er sei jetzt müde.

Müde? Ohne dieses Stück Papier könnte ich kein Auge schließen. Doch mein Mann ist ein eindrucksvoll Unbeirrter und zitiert seinen geliebten Schriftsteller Terry Pratchett: «Dinge passieren einfach, und damit hat es sich.» Dann wünscht er mir lässig eine gute Nacht.

Gute Nacht? Das wird sich noch zeigen. Eigentlich lautet

das Motto unserer Familie: Wir machen uns glücklich – auch wenn wir dabei draufgehen! Nun bleibe ich verloren und grübelnd allein zurück. Ich zünde mir eine Zigarette an und hoffe, dass sie mir beim Nachdenken hilft. Soll ja wenigstens kurzfristig die Konzentrationsfähigkeit steigern.

Hm. Wo hat er bloß die Rechnung? Ausgeschlossen, dass ich sie habe. Doch ich möchte in dieser Nacht unbedingt unser kleines Glück wiederherstellen. Also was tun? Ich denke scharf nach. Meinetwegen, ich kann ja mal in meinen Unterlagen schauen, obwohl es völlig sinnlos ist. In einem Akt der Verzweiflung ziehe ich meinen Ordner von 2012 hervor – und zack …

Wenn man es nicht selbst erlebt hat, kann man es nicht nachfühlen. Aber ich schwöre: Glück ist, nachts um zwei Uhr die Rechnung vom Geschirrspüler und die dazugehörige Garantie zu finden.

Egal, wo …

UND WAS IST MIT DEN VORURTEILEN?

+++ Wenn Sympathie verweigert wird +++

So entstehen Vorurteile +++

Die Vorurteilsforschung versteht Vorurteile als negative Einstellungen gegenüber Personen aufgrund ihrer Gruppenzugehörigkeit. Dabei wird Sympathie kategorisch verweigert oder der vermeintliche Unterschied übertrieben – unabhängig davon, inwieweit sich die Person selbst als Mitglied dieser Gruppe ansieht. Ausschlaggebend sind allein die Zuweisung der Person und die damit verbundene Stereotypisierung.
«Die Abwertung der Anderen», Friedrich-Ebert-Stiftung

Vorurteile sind auch nicht mehr das, was sie mal waren.

Gemeinsam mit einem NPD-Mitglied war ich vor einiger Zeit zu Gast in einer TV-Talkshow, es ging um Rechtsextremismus. Nach der Sendung redeten wir beide noch sehr lange. Aber womit könnte mich ein Rechter überraschen?

Plötzlich, es war weit nach Mitternacht, bot er mir an, mich nach Hause zu bringen: Damit mir «nichts passiert». Ja, doch. Mit diesem Angebot konnte mich ein Rechter überraschen.

Auf einmal war es so, wie es sein könnte, wenn es nicht so wäre, wie es ist. Seltsam. Plötzlich war ich diejenige mit den klaren Vorurteilen. Aber: Was war mit seinen?

Im echten Leben begegne ich Nazis nicht so oft. In der virtuellen Welt ist das anders. Zum Beispiel in den «sozialen» Netzwerken, die zuweilen eher «asozial» sind – Ausfälle können dort bekanntermaßen jeden treffen. Daumen hoch, Daumen runter, leichte Lästereien, schwere Beleidigungen – die Anonymität ermöglicht es, dass alle allen alles unterstellen können. Der digitale Raum kennt keine Hemmschwellen und keine Schamgrenzen; egal, ob es um direkte Angriffe oder Stellvertreterkriege geht.

Ach, wäre das schön, wenn es die absolute Wahrheit gäbe. Wenn über den guten Menschen ein Heiligenschein schweben würde und die bösen sofort an den Teufelshörnern zu erkennen wären. Aber so ist es nicht. Das Internet gibt keine Hinweise darauf, ob die User zur Kategorie heilig oder teuflisch gehören. Gesundes Misstrauen kann da nicht schaden. Also blieb ich vorsichtig.

Meine Tochter bedauerte das lange Zeit und richtete mir irgendwann kurzum einen Account in einem jener Netzwerke ein. Ab und zu war ich dort unterwegs. Ich fing an, alte Kontakte aufzufrischen, und lernte neue, sympathische Menschen kennen. Dennoch fühlte ich mich von Anfang an überfordert: Ich bekam «Freundschaftsanfragen» und sollte sie per Button «genehmigen». Für solche Dinge bin ich völlig ungeeignet.

Eines Tages erhielt ich auf meiner Profilseite eine Freundschaftsanfrage von zwei sehr kurzhaarigen, unübersehbar begeisterten Leni-Riefenstahl-Fans. Zuerst dachte ich: Suspekt, suspekt! Zwei kleine Nazis wollen was von mir! Deren

Bewährungshelfer sind vermutlich noch nicht mal geboren! Ich antwortete nicht. Aber sie blieben hartnäckig und luden mich schließlich zu einem Konzert ein: Little Annie trat in der Volksbühne auf. Die Sängerin hatte gerade ein neues Album veröffentlicht, «eine queere Hommage an Saloon-Diven, Cabaret-Sänger und betrunkene Bar-Pianisten». Das klang eigentlich reizend.

Ich sagte meinem Mann, wohin ich ging und dass er was unternehmen solle, wenn ich bis dann und dann nicht nach Hause käme. Er fragte mich, warum ich nicht einfach hierbliebe. Ich antwortete ihm, dass das Leben keine Generalprobe sei. Er wisse schon: Alles oder nichts. Jetzt oder nie. Wenn nicht die, dann andere. Schon traf ich mich mit den beiden.

Mit dem aufgehenden Mond zog ich los – und mit einem unguten Gefühl: Meine Hände waren kalt, mein Herz war starr; gleich würde ich auf die Dämonen treffen und dem Grauen direkt in die Augen schauen. Und da standen sie schon wie verabredet vor dem Eingang des Theaters und warteten auf mich. Sie reichten mir die Eintrittskarte, die sie mir spendiert hatten, und …

Wir erlebten zusammen einen unverhofft großartigen Abend. Nach dem Konzert redeten wir noch lange, amüsierten uns bis morgens um zwei, und ich erlebte eine Offenbarung. Die beiden waren das Gegenteil von rechtsextrem. Einer von ihnen ist heute ein enger Freund von uns, gerade durfte ich seine Trauzeugin sein. Hätte nie gedacht, so gute Freunde im Internet kennenlernen zu können.

Und: Was ist mit meinen Vorurteilen?

Schon gut. Ich möchte selbst nicht nach meinem Äußeren beurteilt werden und werde es nie wieder bei anderen tun.

Und Nazis? Nun, die werde ich nie wieder wegen bloßer Vorurteile ablehnen – aber stets aus voller Überzeugung.

HAPPY END? NICHT FÜR MICH

+++ Fernöstliche Heilkunst +++ Thaimassage fester Bestandteil
der Kultur und Medizin +++

Die klassische Thaimassage ist eine ganzkörperliche Heilmethode –
ein Zusammenspiel von Akupressur, Meditation, Dehnübungen,
Gelenkrotationen, Yogaübungen und auch Kräutern. Sie dient dem
körperlichen und geistigen Wohlbefinden und der Vorbeugung von
Krankheiten. Oft geht der Behandlung ein detailliertes Gespräch zwischen dem Patienten und dem Therapeuten voraus, danach wird ein
Behandlungsablauf entworfen. Die Massage wird meist in leichter Be-
kleidung auf einer Matte praktiziert, da der Therapeut so sein Körper-
gewicht besser einsetzen kann. Für eine vollkommene Entspannung
spielt die Atmung eine große Rolle. Die Massage wirkt positiv gegen
Stress und bei Burn-out-Syndrom, Depressionen, Angstzuständen,
Kopfschmerzen oder Schlafstörungen.
www.gesundheitkompakt.de

Man hört so vieles. Ich gebe nicht viel auf Hörensagen.
Wichtiger als Gerüchte sind mir lange Öffnungszeiten.

Bei uns um die Ecke hat ein Thai-Massage-Salon eröffnet.
Viele denken da gleich an willige Damen, erotisches Ambi-
ente und aufregende Doktorspiele. Das ist ein Reflex. Kaum
einer denkt an kraftvolle Akupressur, die die Gelenke stabi-
lisiert, den Energiefluss anregt oder Muskelverspannungen
löst. Nein, die meisten haben ein Wohlbefinden der anderen
Art vor Augen. Es gibt da hartnäckige Vorurteile, die Thai-
Massage betreffend. Mein Mann und ich haben keine. Wir
geben uns nicht solch schlichten Intoleranzen hin. Wir ver-
einbaren Termine.

Thommi hatte sich für einen Freitagabend angemeldet –
der Salon hat immerhin noch um 22 Uhr geöffnet, das ist
eine gute Gelegenheit, die Woche hinter sich zu lassen.

Nun, ich war schon am Donnerstagabend da. Vielleicht weil ich immer die Erste sein muss. Vielleicht auch wegen der Rückenverspannungen und verhärteten Schultern. Vielleicht um den Laden vorab zu inspizieren. Jedenfalls freute ich mich darauf, dass meine Energielinien bald frei sein würden. Dass ich aufgerichtet und ein neuer Mensch werden würde. Es kam anders.

Die zierliche Thai-Masseurin lächelte mich freundlich an, fragte nach meinen Problemzonen – und verprügelte mich. Anders lässt sich das nicht beschreiben. Ja, ich wusste, dass sie den ganzen Körper, die Daumen, die Ellenbogen, die Knie und Füße, bei der «Behandlung» einsetzen. Aber mit solcher Wucht? Jedenfalls schlich ich als orthopädischer Pflegefall nach Hause. Mein Rücken schmerzte, meine linke Schulter tat weh, die rechte brannte. Nie wieder würde ich diesen Laden betreten!

Mein Mann hingegen hatte Glück. Er war in andere Hände geraten. Er überredete mich, es noch einmal zu versuchen, gab mir den Namen seiner Masseurin, und nach einiger Zeit wagte ich mich wieder hin. Seitdem bin ich begeistert.

Eines Tages traf ich Herrn M. im Fahrstuhl. Er ist Moslem,

offenbar streng gläubig, besonders gegenüber seiner Frau, die gerade das fünfte Kind erwartet und jeden Abend eine lautstarke Moralpredigt von ihrem Gatten entgegennimmt. Also, Herr M. sprach mich jedenfalls an: «Frau Zöllner, ich habe letztens gesehen, wie Ihr Mann in diesen ‹Salon› ging. Das ist nicht gut. Das ist gar nicht gut.»

Ich fragte: «Wieso denn nicht?» Und dachte bei mir: Was soll schlimm daran sein? Warum macht er solche Andeutungen? Gibt es was, das ich nicht weiß?

Dann sagte ich: «Es ist ein ganz normaler Massagesalon. Ich war auch schon da. Sogar mehrmals.»

Mein Nachbar starrte mich entsetzt an. Ich guckte entsetzt zurück. Wo ist das Problem?

Am nächsten Abend erzählte ich unseren Freunden, die gleich um die Ecke wohnen, von dem Gespräch.

«Ihr wisst doch, dieser neue Massageladen.»

«Jaja, den kennen wir.»

«Seid ihr schon mal da gewesen?»

«Nee, um Himmels willen.»

«Wieso denn um Himmels willen?»

«Das ist doch klar, was es dort für Massagen gibt.»

«Aber wenn ihr noch nicht da gewesen seid, woher wollt ihr es dann wissen?»

«Na, wegen unserem Kumpel J. Der geht da immer hin. Zur Totalentspannung.»

«Das glaub ich nicht.»

«Doch, doch. Du musst nur danach verlangen. Thaimassage mit handfester Entspannung gibt es schon ab 65 Euro, das VIP-All-inclusive-Paket mit Shower Soapy und einer anschließenden Body-to-Body-Massage kostet 165 Euro.»

«Ich fass es nicht. Hat er doch gar nicht nötig. Ist doch ein hübscher Kerl.»

«Ja, er ist aber auch ein, sagen wir mal: Genießer.»

Oho. Abends erzähle ich meinem Mann von den «Gerüchten».

«Ja, eben drum», sagt er, «das habe ich auch gehört, deshalb war ich schon länger nicht mehr dort.»

«Bitte? Was hast du denn gehört?»

«Unser Kumpel J., der dort wohl ein Stammkunde ist, hat mir erzählt, dass es dort auf Wunsch alles gibt. Er nennt es Happy End.»

«Hast du es gehört? Oder weißt du es?»

«Ich schwöre, ich hab's nur gehört.»

Na, man hört so vieles.

Nur mir erzählt mal wieder keiner was. Ich bin in den letzten Wochen also wegen meiner Rückenverspannungen nach der Arbeit spätabends vergnügt in ein Erotiketablissement gerannt, ohne es zu bemerken. Na prima. Ja, eine goldene Winkekatze stand auch im Fenster. Aber bitte, wo steht diese Winkekatze nicht? Und waren die grazilen Damen nicht meistens nett zu mir?

Ich wehrte mich gegen Vorurteile. Doch in den folgenden Nächten hatte ich ein sehr eindrucksvolles Kopfkino.

Heute war ich bei meiner Hausärztin. Sie hat mich an eine Spezialistin überwiesen. Gibt es eigentlich Vorurteile gegenüber Physiotherapeuten? Und haben die auch bis Mitternacht geöffnet?

FÜNF JAHRE ZU SPÄT

+++ Spettacolo +++ Sechzig Jahre Musikschule
Friedrichshain-Kreuzberg +++

Die über 3000 Schüler/innen und 180 Lehrkräfte haben für die Gäste ein interessantes Programm vorbereitet. Die Bezirksstadträtin für Kultur, Frau Sigrid Klebba, wird das Programm eröffnen und lädt alle großen und kleinen Besucher herzlich ein, die vielfältigen Jubiläumsveranstaltungen zu besuchen.
Pressemitteilung des Bezirksamtes Friedrichshain-Kreuzberg

Bin mal gespannt, wie viele Kollegen ich treffen werde! Oder eher: wie wenige. Die Bedeutung dieses Termins wird sich wohl nicht jedem eröffnen.

Am 2. Juli, so heißt es im Programm, wird das «Klassentreffen Rock-Pop» stattfinden. Anlass ist ein Jubiläum. Darüber informiert das zuständige Bezirksamt in der Broschüre «Sechzig Jahre Musikschule Friedrichshain-Kreuzberg». Ein interessantes Ereignis, also verabrede ich mich mit einem Fotografen: zwanzig Uhr, Zellestraße 12. Bis dahin.

Ausgerechnet an diesem Abend gibt es noch einen weiteren schönen Termin. Auf der Einladung des anderen Veranstalters steht: «Liebe Freunde, am Mittwoch findet unser diesjähriges Sommerfest statt. Wir freuen uns, mit Ihnen gemeinsam am Badeschiff der Arena zu feiern.» Das klingt nach Cocktails im Sand, entspannten Gesprächen, gutem Essen und nach bester Laune. Aber ich kann ja leider nicht an zwei Orten gleichzeitig sein.

Die Musikschule ist mir wichtiger. Sie ist besonders. Gegründet in einer Zeit, als die Discjockeys noch Schallplattenunterhalter hießen, als es noch ein Komitee für Unterhaltungskunst gab, eine Konzert- und Gastspieldirektion und eine Einstufungskommission. Damals verhandelte der Berliner Magistrat mit dem Ministerium für Kultur lange hin und her, um in Friedrichshain – erst mal probehalber – eine anständige Tanzmusikausbildung anbieten zu können.

Hier gab es dann die erste Tanzmusikklasse der DDR. Kurt Peukert war der Vater jener Idee; sein erster Schüler, im Jahr 1959, hieß Hugo Laartz – der spätere Gründer der Modern Soul Band. Hier lag der Anspruch von der ersten Stunde an weit über dem Durchschnitt. Hier begannen Erfolge. Peukert war so engagiert und die Ausbildung so vielversprechend, dass drei Jahre später an allen Musikschulen in der DDR Tanzmusikklassen eingeführt wurden. Zumindest für die Grundstufenausbildung. Die Oberstufe aber, die konnte man allein in Berlin-Friedrichshain absolvieren. Ein Pilotprojekt war das – die angehenden Rockmusiker bewarben sich in Scharen.

Sie mussten Sonaten von Haydn ebenso beherrschen wie eigene Kompositionen. Sie wurden im Ensemble und Spontanspiel geschult, in Improvisation und Gehörbildung, Musikgeschichte und Ästhetik, Blattsingen und Theorie. Sie wurden nicht geschont. Das Abschlusszeugnis – ein großer Anreiz durchzuhalten – wies sie als Musikprofis aus und berechtigte sie zu öffentlichen Auftritten: Für ein «gut» konnten sie dann zehn Mark pro Stunde verlangen, für ein «sehr gut» 12,50 Mark, für die «Sonderklasse» sogar fünfzehn Mark.

Und so begannen in Berlin-Friedrichshain die Karrieren bedeutender Sänger, Rockbands und Instrumentalisten, etwa von Toni Krahl, Dirk Michaelis, Regine Dobberschütz, Tamara Danz, ja auch Dirk Zöllner, Hansi Biebl, Uschi Brüning und Conny Bauer. Oder von Karat, Pankow, Rockhaus, Puhdys, Engerling und Stern Combo Meißen. Hier war die einzigartige Eleonore Gendries tätig – sie war eine Institution als Gesangslehrerin und unterrichtete beispielsweise Manfred Krug und Nina Hagen. Sie brachte Fähigkeiten ans Tageslicht, von denen die Schüler nicht mal ahnten, dass sie sie hatten. Sie setzte Maßstäbe.

Aber wer von meinen Kollegen aus dem Westen wusste von Eleonore Gendries? Von der Rocktalentförderung in der DDR? Überhaupt von der Bedeutung dieser Schule? Es würden wohl nicht viele Journalistenkollegen diesen Termin wahrnehmen. Vielleicht war ich sogar die Einzige?

Schon im Vorfeld war die Werbung grottenschlecht. Im Prinzip gab es keine. Ich suchte im Netz nach Informationen, doch ich fand nichts. Wenn mich ein Kollege nicht auf den Termin aufmerksam gemacht hätte, wenn uns der Pressesprecher vom Bezirksamt Friedrichshain-Kreuzberg nicht freundlicherweise noch die Informationen zum Jubiläum hätte zukommen lassen, wüssten wir gar nichts von dem Termin. Na, typisch Behörden!

Ich treffe also überpünktlich um 19 Uhr 30 am Mittwoch in der Zellestraße ein, will noch ein bisschen Atmosphäre schnuppern, da ruft meine Freundin Birgit an und sagt: «Abini, ich bin hier beim Sommerfest am Badeschiff. Es ist ganz toll. Wo bist du denn? Alle fragen nach dir.»

Ich weiß. Hab auch eine Einladung. Echt bedauerlich. Muss arbeiten. Ist leider wichtig. Schade, ja.

Ich lege auf und gehe in den Musiksaal. Kinder und Eltern strömen mir entgegen. Die Zwerge sind noch ganz aufgeregt. Und hier soll gleich ein Rocker-Klassentreffen stattfinden? Ich setze mich in den Saal und beobachte die Szenerie, die mir immer seltsamer erscheint. Die Menschen rauschen hinaus, niemand kommt herein, und auf der Bühne schieben sie zu viert das Klavier in eine Ecke.

Ich spreche einen Mann an: «Wann kommen denn die ehemaligen Rock-Pop-Schüler?»

Er sagt: «Bitte was?»

«Na, das Klassentreffen. Hier ist die Einladung vom Bezirksamt.»

«Nee, heute ist hier nichts mehr.»

Ich zeige ihm die Information vom Bezirksamt, da steht:

«Klassentreffen Rock-Pop – ein Konzert mit bekannten und unbekannten Absolventen der Berufsvorbereitung Tanz- und Unterhaltungsmusik und jetzigen Rock-Pop-Schülern. Moderation: Andreas Fürll/(ehemals DT 64). 20.00 Uhr, Musiksaal, Zellestr. 12.» Wir gucken uns verdutzt an.

Dann sagt er: «Die haben sich bestimmt verdruckt, da steht Donnerstag, der 2. Juli, heute ist aber Mittwoch, der 2. Juli! Wahrscheinlich ist morgen was geplant. Allerdings weiß ich nichts davon.»

Eine Frau kommt hinzu, schaut ebenfalls auf das Blatt und schüttelt den Kopf.

Ich sage: «Na, das sechzigjährige Jubiläum wird ja hier nun kein Geheimnis sein.»

«Nö», erwidert die Frau, «war es auch nicht. Aber das Sechzigjährige war vor fünf Jahren! Dieses Jahr ist das fünfundsechzigjährige Jubiläum, aber das feiern wir nicht.»

Sie schaut noch mal auf die Einladung und entdeckt das Kleingedruckte: «Da! 2009!»

Ich bedanke mich artig, eile hinaus, sage dem Fotografen ab, der noch unterwegs ist, kündige meiner Freundin an, dass ich gleich zum Sommerfest komme, setze mich ins Auto und bin fassungslos: Mein Kollege hat sich schlicht vertan und die alte Pressemeldung für eine aktuelle gehalten. Der Pressesprecher des Bezirksamtes hat uns die Broschüre zum sechzigjährigen Jubiläum wohl nur zukommen lassen, weil wir ausdrücklich danach gefragt haben. Ein weiterer Redakteur und ich haben sie gelesen, aber keiner von uns hat auf die Jahreszahl geachtet. Ich hab's vermasselt – und bin ich zum ersten Mal in meinem Leben zu einem Pressetermin fünf Jahre zu spät gekommen!

Hm. Komische Erfahrung. So fühlt sich persönliches Versagen an. Ich bin in die berlintypische Zwickmühle geraten, dass an einem Abend gleich mehrere interessante Termine anstehen. In der Hektik des Alltags habe ich versucht, Prioritäten zu setzen – und dabei das Kleingedruckte überlesen.

Eine halbe Stunde später sitze ich mit einem Cocktail im Sand, bei entspannten Gesprächen, gutem Essen und mit bester Laune. Was für ein schönes Sommerfest! Und alle sind hier! Wir feiern lange.

Hätte nicht gedacht, dass ich heute Nacht noch so viele Kollegen treffen werde.

STILLLEBEN EINES BEIFAHRERS

+++ Schicksalsgemeinschaft im Auto +++ Fahrer und Beifahrer
sind kein optimales Duo +++

Häufig ist das Zusammenspiel von Fahrer und Beifahrer alles andere als optimal. Immerhin jeder fünfte Beifahrer empfinde «nackte
Angst», so das Ergebnis unter mehr als 2500 Verkehrsteilnehmern in
Deutschland. Eine sichere Fahrt müsse jedoch als beiderseitiges Anliegen begriffen werden, sagten die Autoren der Studie. Den Beifahrern
raten sie, nicht ständig zu kritisieren, denn das belaste den Fahrer.
Das Zusammenspiel im Auto erfordere «besonderes Fingerspitzen-
gefühl und diplomatisches Geschick». Dem Fahrer selbst wird vor allem «Gelassenheit und Rücksichtnahme» empfohlen.
Verkehrsuntersuchung des Reifenherstellers Uniroyal

Beifahrer sagen oft törichte Sachen. Sätze wie: Ein Stopp-
schild ist kein Vorschlag! Oder: Wir hätten jetzt links ge-
musst! Oder der Klassiker: Rechts ist frei, kannst fahren!

Jene Begleiter kommen meist aus der Familie, dem Freun-
des- oder Bekanntenkreis. Sie sind also Menschen, die man

normalerweise mag und gern an seiner Seite hat. Aber als Beifahrer?

Nörgeln sie an der Musik herum, die man im Auto hört. Vertragen sie keine Klimaanlage. Wissen sie alles besser. Rollen mit den Augen, gestikulieren mit ausgestrecktem Arm oder krampfen sich am Haltegriff der Seitentür fest. Unerbittlich, unberaten, ungezogen. Manchmal herrscht dann im Auto eine Stimmung wie bei einem Sorgerechtsprozess.

Deshalb gibt es für den Fahrer die drei goldenen Regeln: Erstens, halte dich mit den eigenen Empfindlichkeiten zurück! Zweitens, widersprich nicht, bloß weil Einbahnstraße auf dem Schild steht! Drittens, höre auf, deinen Beifahrer verstehen zu wollen!

Zum Glück ist meine Familie, die beste von allen, da meistens anders. Mein Sohn ist sogar ein toller Beifahrer. Er findet den «Heini vor uns» genauso anstrengend wie ich. Und wenn sich ein Stau bildet, sagt er nur: «Mom, Schleichwege sind unsere Freunde!» Das ist doch eine charmante Art des Mitlenkens – und nicht des Ablenkens.

Egal, ob plötzlich Sackgassen entstehen, Ampeln ausfallen oder die Autobahn nur noch einspurig ist – mein Sohn kennt die Alternativen und navigiert mich vom Chaos weg. Chaos ist eigentlich immer, manchmal träume ich schon vom Verkehrsfunk: «Stadtgebiet, Friedrichstraße zwischen Behrenstraße und Unter den Linden in beiden Richtungen Baustelle, zwei Fahrstreifen gesperrt.» Oder «zwischen Siemensdamm und Spandauer Damm». Oder «zwischen Tunnel-Tiergarten-Spreebogen und Friedrich-List-Ufer». Ich kenne das Dreieck Oranienburg, das Dreieck Nuthetal oder Dreieck Waltersdorf vor allem aus den Verkehrsnachrichten im Radio. Und wenn es keine «geänderte Verkehrsführung mit Fahrbahnverschwenkung» gibt, dann gibt es doch die «Gefahr durch eine ungesicherte Unfallstelle». Stockender Verkehr ist mein Schicksal.

Mein Sohn bemerkte einmal: «Wenn Mama eine Ampel wär, dann ...» Er musste den Satz nicht zu Ende sprechen, die Familie lachte schon. Er spielte darauf an, dass ich nicht wüsste, «was Geduld ist». Kann sein. Aber wenn ich wüsste, was Geduld ist, hätte ich bestimmt keine. Manchmal sehe ich eben rot. Das glückbringende Gemisch aus Selbstkontrolle, Frustrationstoleranz und Ausdauer fehlt in meinen Genen.

Kürzlich waren wir in Israel und mieteten dort ein Auto. Leider gab es kein Navigationsgerät. Und leider kannten wir uns in Tel Aviv und Jerusalem nicht so gut aus. Doch wir kamen überall an: in Yad Vashem, beim Grab von Oskar Schindler, beim jüdisch-orthodoxen Fest, in der Mall, im Kibbuz. Diesmal war meine Tochter mit ihrer Ruhe und Geduld der perfekte Navigator. Mein Sohn bewies sich als beherzter Fahrer, und ich versuchte die ganze Zeit über, ein braver Beifahrer zu sein. Ich meckerte weder über die Klimaanlage noch über die Musik. Und obwohl die roten Warnschilder in hebräischer Schrift mich an «abschleppen», «teuer» und «schmerzhaft» denken ließen – ich machte meinem Sohn keine Vorschriften, wo er parken sollte. Ich übte mich in Gleichmut und Beherrschung. Mein Gott, wir hatten Urlaub.

Und so wurde ich ausgerechnet im israelischen Straßenverkehr locker: spontane Kurzzeitparker, geruhsames Ausladen eines Autos, ein Schwätzchen auf der Straße – das war das Gegenteil von reibungslos. Wir waren nicht immer pünktlich, wir warteten sehr lange und sehr oft, gerade in den Nebenstraßen – aber wer wollte sich schon aufregen? Ich nicht! Andere Länder, andere Sitten: Es kann nicht schaden, sich im Ausland in Geduld zu üben.

Die Geduldigen von heute sind die Gewinner von morgen, heißt es. Denn wer ausdauernd ist, verzichten und Rückschläge einstecken kann, lebe gesünder und sei erfolgreicher. Ja, gesund und erfolgreich wollte ich sein. So wurde ich mit der Zeit geradezu zahm. Ich war gut erholt. Meine innere Ampel stand auf lindgrün.

Den letzten Tag entspannten wir am Wasser. In einem Strandlokal übersah uns die Kellnerin und ging erst mal im Mittelmeer baden. Nun ja, wir warteten. Die Zeit verging. Ich kann mir denken, wie ich in Deutschland reagiert hätte, in Tel Aviv aber war ich relaxt. Irgendwann badeten wir neben der Kellnerin und riefen ihr im Wasser unsere Bestellung zu. Da endlich nahm sie uns wahr und nickte freundlich. Ich fühlte eine Dankbarkeit wie sonst nur bei einer grünen Welle.

In der nächsten Nacht kamen wir völlig entspannt in Berlin an. Doch nach der Landung fehlte mein Koffer. Es war halb zwölf, als wir in der Schlange vor der Gepäckermittlung standen. Ich wollte nur nach Hause. Plötzlich drängelte sich auch noch ein Mann vor mich. Ich schaute ihn streng an, er zuckte mit den Schultern, drehte sich um und blieb vor mir stehen.

Schwupps, und schon sprang meine innere Ampel auf Orange.

Nach Mitternacht verließen wir das Flughafengebäude. Der kleine Vordrängler war schon ärgerlich, vor allem, weil wir seinetwegen noch die Bahn verpassten. Der letzte Airport-Express ab Schönefeld war vor zehn Minuten gefahren.

Also stiegen wir in ein Taxi. Sogleich spürte ich die Zugluft der Klimaanlage und hörte seltsame Musik. Ich bat darum, beides abzustellen. Der Fahrer war sehr nett, ging auf meine Wünsche ein, und wir plauderten die ganze Fahrt über. Gegen ein Uhr – ich hatte ihm noch ein paar Schleichwege empfohlen – kamen wir in unserer Straße an. Machte 44 Euro und ein paar Zerquetschte. Ich sagte zum Fahrer: «49, bitte.»

Der Taxifahrer schaute auf den Fünfzigeuroschein und antwortete: «Das ist nicht Ihr Ernst!»

Ich wusste erst gar nicht, was er von mir wollte – bis er mich aufforderte, nicht so pingelig zu sein und endlich aufzurunden. Ja, das war Berlin, wir waren wieder zu Hause.

Meine Kinder sagten, in jenem Moment hätte ich «wie gemalt» auf dem Sitz gesessen: mit ausgestreckter Hand, großen Augen und einem unberatenen Gesichtsausdruck. «Wie das Stillleben eines törichten Beifahrers.»

Törichter Beifahrer, meinetwegen. Aber Stillleben? Keine neunzig Minuten nach der Landung stand meine innere Ampel schon wieder auf Rot.

KEIN FALL FÜR DIE STATISTIK

+++ Fast tausend Wohnungseinbrüche im Monat +++
Opfer machen es Einbrechern oft leicht +++

Die Straftaten in der «Hauptstadt der Verbrechen» haben insgesamt um 1,6 Prozent (auf 503 165 Fälle) zugenommen. Zwar ist der Wohnraumeinbruchdiebstahl um 5,9 Prozent zurückgegangen, dennoch wurde 2013 in 2595 Häuser und 8971 Wohnungen eingebrochen. Ratsam ist es deshalb, hochwertige Sicherheitsausrüstungen an Türen und Fenstern, ungewöhnliche Verstecke für Wertsachen und einen guten Kontakt zu den Nachbarn zu haben.
Polizeiliche Kriminalstatistik, Berlin

Räuber sind wie Waschbären: Sie streifen auf flinken Sohlen durch ihre Reviere und sind dämmerungs- oder nachtaktiv. Sie verstehen das abstrakte Prinzip von Verschlussmechanismen und haben ein ausgeprägtes haptisches Wahrnehmungsvermögen in den Vorderpfoten. Sie machen sich ein sorgfältiges Bild von ihrer anvisierten Beute und erkennen

Gegenstände, noch bevor sie sie anfassen. Ganz offenbar sind Räuber und Waschbären nicht mal ein Chromosom voneinander entfernt! Wäre es da nicht perfekt, die Waschbärimitatoren trügen – wie die tierischen Originale – immer schwarze Gesichtsmasken, damit man sie auch im Alltag subito erkennen könnte? Das Leben wäre so viel einfacher.

In Wirklichkeit aber geraten sie viel zu selten in Gefangenschaft und werden einfach nicht weniger. Stattdessen kommt mit dem Einbruch der Dunkelheit Abend für Abend, Nacht für Nacht auch irgendwo ein Einbruch in die heimischen vier Wände. Oft haben es die Diebe gar nicht so schwer: Nicht alle Eingangstüren sind wirklich gesichert – und sind die Täter erst mal drin, wissen sie meist, wo sie zu suchen haben: in den Küchendosen oder den Schreibtischablagen. Meist lohnt auch ein Blick in die Wäscheschränke und unter die Matratzen. So schnell wird man zum Opfer.

Im vergangenen Jahr wurde, so die Statistik, in Berlin täglich in mindestens 31 Wohnungen eingebrochen und etwas gestohlen. Macht im Monat fast tausend Einbrüche, im Jahr 11 566.

Jeder kennt jemanden, dem das schon mal passiert ist. Furchtbar muss das sein. Dennoch, ab und zu muss man sein Haus verlassen.

Wenn es klappt, fahren mein Mann und ich übers Wochenende gern in die Brandenburger Umgebung, um uns dann mit unseren Freunden zu treffen. Das ist gar nicht so einfach, weil unsere Freunde selbständig sind, immer verfügbar sein müssen und viel in der Welt unterwegs sind. Freizeit ist für sie eigentlich nur der Augenblick zwischen «Achtung» und «Stillgestanden». Letztens haben wir es endlich geschafft, zum ersten Mal in diesem Jahr. Zwischen Dienstreisen nach Wien, Shanghai, Tokio, New York und Detroit trafen wir uns in einem schönen Wellnesshotel in Neuruppin.

Kaum angekommen, verabredeten wir uns an der Bar und

wollten erst mal entspannen: Lasst uns darauf anstoßen, dass wir es tatsächlich geschafft haben, hier zu sein! Alle! Endlich! Herrlich! Wir erhoben gerade die Gläser, als unser Freund Sascha eine SMS erhielt: «Hier ist die Polizei, bitte melden Sie sich.» Das anschließende Telefonat klärte: Ein Einbrecher hatte ein angekipptes Fenster in Saschas Haus in Berlin als Einladung missverstanden. Glücklicherweise hatte der Nachbar den Räuber auf frischer Tat ertappt. Und noch besser war, dass dieser Nachbar drei Hunde hatte. Die verhinderten den Einstieg. Sascha konnte also alles mit der Polizei am Telefon regeln. Na gut, jetzt stießen wir darauf an, dass er nicht deswegen wieder zurückfahren musste!

Mogba! Skål! Prösterchen!

Und gleich hatten wir neuen Gesprächsstoff:

«Die Einbrüche häufen sich in der Urlaubszeit.»

«Und davor.»

«Und vor allem danach.»

«Längst kommen die Diebe auch am helllichten Tag.»

«Und in der Dämmerung.»

«Und vor allem nachts.»

Wir verständigten uns darauf: Einbruchsaison ist eigentlich immer!

Die Zahlen in Berlin sollen jedoch etwas zurückgegangen sein, seit die Polizei hier intensivere Einbruchsprävention betreibt, also die Anwohner aufklärt. Ich hatte von Zeitschaltuhren und Bewegungsmeldern gehört, von Stahlschließbolzen und Sperrfallen, schweren Beschlägen und hartnäckigen Schließeinrichtungen (mindestens Widerstandsklasse RC2!). Erst dachte ich: Betrifft mich nicht. Aber jetzt, nach dem versuchten Einbruch bei Sascha? Das machte mir so viel Angst, dass ich nach unserer Rückkehr umgehend ein teures, ein sehr teures Sicherheitsschloss für die Studentenunterkunft meiner Tochter kaufte. Besser ist's.

Wenig später fuhr Rubini an die Ostsee. Abends um

23 Uhr, sie war endlich angekommen, klingelte ihr Handy. Sie wundert sich, weil ihre eigene Festnetznummer auf dem Display blinkt, und denkt: Ich ruf mich selber an? Ist ja gruslig!

Dann fällt ihr ein, dass ihr Bruder gerade bei ihr zu Besuch ist, und sie sagt, was sie immer sagt: «Bitte sprich schnell, mein Akku ist gleich alle. Ist es wichtig?»

Die Antwort: «Hier ist die Polizei. Wir sind in Ihrer Wohnung.»

«Okay. Ist mein Bruder da?»

«Nein, hier ist niemand.»

«Was ist denn passiert?

«Kommen Sie mal schnell nach Hause.»

«Ich kann nicht, ich bin nicht in Berlin.» Sie überlegte und stellte dann die Fragen aller Fragen: «Warum sind Sie eigentlich in meiner Wohnung? Und wie sind Sie reingekommen?»

«Ihre Nachbarn haben uns angerufen. Die Tür stand offen.»

«Okay, ich melde mich gleich wieder.»

Als Nächstes ruft Rubini ihren Bruder an, er ist bei Freunden um die Ecke. Dann ruft sie bei sich selbst an.

«Hallo, hier ist die Polizei.»

«Ja, ich bin's noch mal. Mein Bruder kommt gleich. Machen Sie es sich doch so lange bequem.»

«Geht nicht, wir sind im Dienst. Aber nett ist es hier trotzdem. Schöne Fotos an der Wand.»

Die Polizisten sind entspannt, der Bruder, der schon bald eintrifft, auch. Denn auf den ersten Blick fehlte nichts. Auf den zweiten auch nicht.

«Stellt euch mal vor», sagte ich am nächsten Tag, «der Einbrecher hat sich bestimmt ganz viel Mühe gegeben reinzukommen, und dann sucht er in einer Studentenwohnung nach Wertgegenständen und findet einfach nichts. Der Arme.» Ich musste lachen.

Die beiden lächelten etwas gequält zurück.

Ich verstand nicht gleich und sagte aufmunternd: «Besser als drehgehemmte Griffe und hebelsichere Kopfzapfen sind immer noch aufmerksame Nachbarn, nicht wahr?»

«Jaja», antworteten die beiden.

Erst da verstand ich: Dies war gar kein Fall für die Verbrechensstatistik! Hier ging es um Leichtsinn! Wenn man nämlich einfach loslatscht und vergisst, die Wohnungstür zuzuschlagen, können Hinz und Kunz, sozusagen Waschbär und Räuber, ohne Probleme ein und aus gehen!

«Ein teures, ein sehr teures Sicherheitsschloss nutzt nichts – wenn man es überhaupt nicht benutzt. Also, wenn man die Tür offen lässt. Stimmt's? Oder hab ich recht?»

«Mhmh», murmelten beide.

VIER SIND GLEICH FÜNF

+++ Menschen in Trauer +++
Die Abschiedsrituale der Deutschen +++

Mehr als jeder dritte Deutsche trauert oder hat das Trauern aktuell noch nicht abgeschlossen. 57 Prozent der Trauernden wollen ihr Leben möglichst unverändert weiterführen, doch bei 59 Prozent lassen sich im Alltag viele, nahezu sakrale Abschiedsrituale entdecken: Die Trauernden stellen sich beispielsweise vor, was der Verstorbene in einer bestimmten Situation sagen oder tun würde. Die Verstorbenen werden so zu Begleitern im Alltag.
Forsa-Studie im Auftrag von FriedWald

Wir saßen abends im Garten eines spanischen Restaurants. Das Essen war Mittelmaß, der Service hat das sogar noch unterboten. Und wir hatten weder die Fußballeuropameisterschaft noch Public Viewing in unserem Plan. Das waren die besten Voraussetzungen für einen vermasselten 87. Aber nicht mit meiner Mamel.

Vor zwei Jahren feierten wir mit ihr ihren letzten Geburtstag.

Es gab nichts, nicht mal Fußball, was ihr die Laune verderben konnte. Es sei denn, wir hätten ihr ein Blutdruck- oder Zuckermessgerät geschenkt. Aber so was machten wir nicht. Es war ein sommerlicher Abend, Familie und Freunde waren beisammen. Mehr Geschenke brauchte meine Mamel nicht. Ihre Stimmung war so heiter wie das Wetter.

Schon auf dem Weg zum Restaurant war sie voller Elan. Sie hatte so viel Schwung, dass sie mit ihrem Rollator eine andere, viel jüngere ältere Dame überholte. Wir waren so was von stolz. «Rollator-Rennen in Mitte» – die lieben Enkel rechneten sich schon die Clicks auf Youtube aus. Aber nein, so was machten wir auch nicht.

Wir saßen einfach am Tisch und hatten Spaß. Alles Gute zum Geburtstag! Wir konnten – außer über Fußball – über alles mit ihr reden, bis zur Erschöpfung. Das taten wir dann auch.

Wir erzählten uns Anekdoten: Wie meine Mamel eines Abends partout alleine nach Hause gehen wollte – ich sorgte mich, vielleicht war ein böser Mensch in der Dunkelheit unterwegs. Also bat ich sie, uns sofort Bescheid zu sagen, wenn sie angekommen sei. Dann rief sie an und sagte: «Bienchen, ich bin extra ganz langsam gelaufen. Wollt mich keiner haben.»

Dann erzählte die Freundin meiner Mamel: Wie sie zusammen mit einer weiteren Bekannten U-Bahn fuhren. Dort telefonierte ein Mann lautstark ins Handy. Alle fühlten sich belästigt. Mamel winkte ihm zu und sagte: «Junger Mann, kommen Sie doch dichter ran. Dann müssen Sie nicht so schreien.» Mamels Freundinnen hatten Achtung vor so viel Furchtlosigkeit. Der Mann auch.

Wir lachten hemmungslos in die Kommentare der Fußballexperten hinein.

Dann fragte Mamel uns: «Kinder, wie viele Geburtstage hat eigentlich eine 87-jährige Dame, die vor fünfzehn Jahren von Lichtenberg nach Mitte gezogen ist?»

Wir überlegten: $87 - 15 = ?$

Etwas irritierte uns an dem Quiz.

Und die einzige, oft kopierte, doch stets unerreichte Mamel freute sich darüber, wie sie uns mit ihrer Scherzfrage reingelegt hatte. So ein schöner Abend.

Jetzt, zwei Jahre später, ist Fußballweltmeisterschaft. Die Spiele können wir nicht beurteilen – aber die Eröffnungsperformance. Da hat Jennifer Lopez auf beachtliche Weise jegliches Mittelmaß unterboten. Wie einst das spanische Restaurant mit seinem Essen.

Wieder sitzen wir spätabends in einem Restaurant: Rubini, Raouli, Thommi und ich. Es ist wieder der 11. Juni, Mamels Geburtstag. Es ist wieder ein sommerlicher Abend. Wir haben ein Déjà-vu.

Sitzt hier womöglich noch jemand am Tisch? Sind wir wirklich nur zu viert? Es fühlt sich anders an …

Kinder, wie viele Geburtstage hat eine Dame, die 87 Jahre alt geworden ist und vor zwei Jahren von Berlin-Mitte plötzlich weit weit weggezogen ist?

Diesmal überlegten wir nicht lange: 89! Deswegen feiern wir sie ja heute!

Wir lachen, und der Vollmond scheint. Nein, er strahlt. Alles Gute zum Geburtstag, Mamel!

ES GIBT JA DAS BUNDESJAGDGESETZ

+++ Paradoxe Intervention +++
Ein Arzt rät, alles falsch zu machen +++

Ein Arzt aus Dortmund setzt auf die paradoxe Intervention, die sicher eine gesunde Schlafarchitektur stört. Er empfiehlt, sich ruhig einmal mit seinem Partner zu streiten und die Arbeit des nächsten Tages in Sichtweite des Bettes zu platzieren, eine fette Schweinshaxe zu essen und Unmengen von Alkohol zu konsumieren. Eine seiner Regeln lautet: «Schauen Sie unmittelbar vor dem Schlafengehen eine geistlose TV-Sendung an, möglichst unter Beteiligung Ihrer persönlichen Antihelden.» Bei manchen Patienten setze dann ein Aha-Erlebnis ein.
www.aerztezeitung.de

Was für eine ausgezeichnete Empfehlung! Also versuche ich es an drei aufeinanderfolgenden Abenden wieder mal mit der nächtlichen Television.

Erste Nacht: 242 Minuten verbringen die Deutschen im Durchschnitt täglich vor dem Fernseher. Die ersten neunzig Minuten steht mein Mann mir bei: indem er wach bleibt. Also, er ist nicht im selben Zimmer, das kann ich ihm auch nicht zumuten, denn gerade läuft «Germany's Next Topmodel». Das muss ich allein durchstehen.

Da sitze ich nun vor dem Fernseher bei GNTM – was auch gern Germany's Next Topmobbing genannt wird. Die Körperverwertungskette, als Castingshow getarnt, läuft seit fünfzehn Wochen. Es war keine leichte Zeit. Nun ist endlich Finale! Nun will ich auch erfahren, wer gewinnt. Ich bin völlig außer mir. Also nicht mehr ich selbst. Also eine andere. Ich bin 77-100-120.

77-100-120 hat viel gelernt über Ehrgeiz und Egoismus, Askese und Ästhetik, Verrat und Verkauf. Oft heißt es, die Zuschauer würden sich am Zickenkrieg berauschen, während die Models sich gedemütigt und tyrannisiert fühlten. Das ist Blödsinn. Die wahren Dramen spielen sich vor dem Fernseher ab: 77-100-120 jedenfalls hat angefangen, den Knabberchips zu entsagen und nichts Verwerfliches an Appetitzüglern zu finden. Durch die plötzliche Abnehmlust verlor 77-100-120 in den letzten Wochen zwar nur zwei Kilo, dafür aber sehr viel Entspanntheit: «Die Heidi macht mich mit ihrem Dauergrinsen aggressiv.» – «Sie ist eine Zumutung mit ihrer quietschigen Stimme.» – «Eigentlich ist an der Frau doch gar nichts Besonderes.» Und dennoch: Tapfer hält 77-100-120 die ganze Staffel durch.

GNTM, das ist eine Mischung aus Bootcamp und Selbsterfahrungsgruppe. Und zwischen Zuckerbrot und Peitsche fungiert Heidi Klum mal als Bewährungs-, mal als Entwicklungshelferin. Sie holt die Models nach New York und Los Angeles und schwärmt vom «Land der unbegrenzten Möglichkeiten».

W-e-r-b-u-n-g.

Manchmal schaltet sich in jenen Momenten kurz der Verstand ein. Unbegrenzte Möglichkeiten? Sind die USA nicht eher das Land der unbegrenzten Unmöglichkeiten? Von seltsamen Gesetzen war schon zu hören: In Florida soll es Frauen bei Geldstrafe verboten sein, unter einer Trockenhaube einzuschlafen. In Vermont dürfen Frauen ohne schriftliche Erlaubnis ihres Gatten kein künstliches Gebiss tragen. In Michigan darf eine Frau sonntags nicht geküsst werden, in Colorado nicht, wenn sie schläft. In Utah ist es Frauen verboten, im Krankenwagen Sex mit einem Mann zu haben. In Wyoming gilt dasselbe für Kühlhäuser und in Massachusetts für Vordersitze von Taxis. In Siena darf eine Frau nicht als Prostituierte arbeiten, wenn sie mit Vornamen Maria heißt. In Los Angeles ist es verboten, Motten unter einer Straßenlaterne zu jagen. In Wyoming dürfen im Juni keine Hasen fotografiert werden. In Illinois wurde ein Affe zu einer Geldstrafe von fünfundzwanzig Dollar

verurteilt, weil er eine Zigarette geraucht hatte. Ist das dasselbe Land, in dem die Verfassung jedem das Recht gibt, eine Waffe zu besitzen? In dem ein Präsident angefeindet wird, weil er eine Gesundheitsreform für alle, auch die Armen, will? In dem dieses Vorhaben durch die Blockaden der Opposition fast zur Zahlungsunfähigkeit des Staates führt? Nun ja, es ist in jedem Fall das Land, in dem es zum guten Ton gehört, zum Therapeuten zu gehen …

Oh, die Werbepause ist vorbei. Jetzt aber schnell das Gehirn abschalten.

Da staksen sie schon. Viele Models sind echte Grobmotoriker. Elegant laufen kann wirklich keine. Ist nicht wichtig. Topmodel, dieser Begriff ist sowieso nur eine Behauptung – eine, die mit hohem Aufwand in Szene gesetzt wird. Doch trotz Maskenbildnern, Bühnenaufbau und Lichtgewitter: 91-63-91 fehlt die vornehme Zurückhaltung. Und 82-63-87 nölt auf einer nervenden Frequenz. Aber dass 82-63-90 und 85-58-87 ins Finale kommen, ist okay. Die Siegerin am Ende auch: 84-67-93. Breites Lächeln, schmale Hüften, erst siebzehn. Hat schon jetzt einen Blick wie die Evangelista. Und Beine wie die Auermann: 1,14 Meter lang. Dazu ein schönes Gesicht.

Das also ist das gesuchte Gesamtpaket – zu dem jetzt noch ein Auto und ein Modelvertrag hinzukommen. Ist recht. Im Fernsehen regnet es Konfetti. Auch 77-100-120 entspannt sich. Sie muss nicht länger glauben, die USA seien ein Land voller Glamour, und: Sie kann aufhören, die Luft anzuhalten. Sie atmet sich auf 78-130-121 aus. Puh.

Mein Mann freut sich, denn jetzt «bist du wieder mein Rundum-sorglos-Paket», sagt er. Mit der Betonung auf «Rundum». Wir lachen und stoßen mit einem Gläschen Eau de Cologne an.

Endlich ist es vorbei.

Zweite Nacht: Ich bin wieder ich, und das Nachtprogramm ist wieder das Nachtprogramm. Die N24tvs zeigen zum hundertsten Mal die Hitler-Blitzkrieg-Stalingrad-Eichmann-Wannsee-Göring-Riefenstahl-Dokumentationen, und auf den anderen Sendern kommen wie immer die Gesetz-der-Straße-unterwegs-mit-dem-Ordnungsamt-im-härtesten-Knast-Reportagen. Egal, rein ins Vergnügen: Enthemmte Damen, verzweifelte Häuslebauer, empörte Ehemänner – so sieht man heute fern.

Eine 38-jährige Frau, die sich mit Schnapspralinen high gefressen hat, «probiert, mittels Hammer Kontakt zu ihrem

Nachbarn aufzunehmen». Ein angeheiterter Bürger «versucht unerlaubt, auf einer Weide des Nachbarn dessen Rinder einzufangen». Soldaten müssen mit Gasmasken joggen. Prominente lassen sich fünfzehn Tage im Haus einsperren. Ein Kind ruft: «Mama, da steht ein hässlicher Mann vor der Tür.» Die Mutter antwortet: «Sag ihm, wir haben schon einen.»

Das bietet die Nacht. Irgendetwas passiert immer.

In der Nacht sieht man anders fern. Sendungen, die tagsüber an einem vorbeirauschen, wirken in den nächtlichen Wiederholungen intensiver. Es ist ein kleines Phänomen. In der Einsamkeit entsteht ein Bündnis zwischen Zuschauer und Fernseher: Beide halten sich im Stand-by-Modus.

Die Fernbedienung ist dabei unerlässlich. Selbst wenn man sich für eine Reportage über Häuslebauer, Vergnügungsparks oder Autoverkäufer entschieden hat, treiben einen die seltsamen Nachtwerbungen dazu, spontan das Programm zu wechseln: «Reiche Witwen suchen», «Wolllüstige Lippen verwöhnen», «XXL-Fantasien für vernachlässigte Männer». In den Clips heißt es: «Wer will, soll nach Chantal fragen.» Ich will nicht.

In einer Reportage über einen Swingerclub, der von Mutter, Vater und den beiden Söhnen betrieben wird, heißt es: «Die Mutter hält im Laden meist die Stellung.» Was für ein raffiniertes Wortspiel. Chapeau, Redaktion. Sicher nicht einfach, ein zutiefst abgedroschenes Thema mit einem höchst trivialen Spruch zu unterbieten.

Aber den Nachtzuschauer schreckt nichts. Er kennt nur eine Angst: etwas zu verpassen. Also wird weiter gezappt. Lieber eine Sendung über Großküchen, Großmärkte und Größenwahn? Über Kreuzzüge, Klimakatastrophen und Kaiserreiche? Oder über Technik, Taucher und Tiere? Über den Maserati, den man sich nicht leisten kann? Über die Frau, die ihren Mann schlägt? Oder über Michael Moore, der eine Topfpflanze für den amerikanischen Kongress kandidieren lässt?

Auf Phoenix schädigen Rothirsch und Muffelwild den deutschen Wald. Nun, das ist kein unlösbares Problem, sagt der Experte: «Denn es gibt ja das Bundesjagdgesetz.» Indes werden auf BBC Affen mit Stoffen geimpft, die einmal gegen Aids helfen sollen. Domian hört im WDR gerade einer Frau zu, die von ihrem Bruder vergewaltigt und schwanger wurde. Sie erzählt, dass sie das Kind «nach der Geburt zur Adoption» freigegeben hat. Der Moderator, ein Betroffenheitsexperte, will jetzt wissen, «warum».

RTL widmet sich der Rechtspflege. In den Wiederholungen der Gerichtsshows klagt Herr Reiter: «Die Dagmar gehört in mein Bett!» Ein anderer Mann hat seiner Frau Hausarrest erteilt, aber sie hat «nein» gesagt. In «Das Familiengericht», «Das Jugendgericht» und «Das Strafgericht» versuchen aufgebrachte Laiendarsteller, sich zu artikulieren: «Wo ich so viel für ihr getan habe.» Eine Frau ruft entrüstet: «Jetzt willst du wohl den Stiefel umdrehen?» Ein Experte für schlecht geheucheltes Frauenverstehen bringt mit halbgaren Entschuldigungen seinen Verteidiger um den Verstand. Ein anderer Mann erklärt, dass er die von seiner Frau zubereiteten Mahlzeiten sehr schnell isst, damit er «das Zeug nicht schmecken muss». Schwer zu sagen, wer von allen den schlechtesten Therapeuten hat.

In den Werbepausen geht es um sanfte «Hilfe bei Durchfall» und danach um den Brotbelag «Bärchenstreich».

Schreckt den Nachtzuschauer denn wirklich nichts?

Oh, sieh an. Es öffnet die Welt des Homeshoppings. Dort, wo Ruhekissen mit patentierten Federzellen, die elegante Henkeltasche mit verstärkten Bodenstutzen und Zahnaufheller für ein strahlendes Lächeln angeboten werden. Dort, wo alles «Unglauuublich!», «Tooolll!» und «Suuuper!» ist. Dort, wo es nicht viel über die Produkte zu sagen gibt, aber das in endlosen Wiederholungen.

Es reicht für heute. Morgen werde ich mich der dunklen Seite der Menschen hingeben.

Dritte Nacht: «Im Übrigen habe ich 'ne 45er. Und 'ne Schaufel!» Showdown im heimischen Wohnzimmer. Schon knallt ein Schuss durch die Stille, und es gibt ein Opfer, einen Täter und bald auch einen Ermittler. Ein perfekter Fernsehabend. Ich liege auf dem Sofa und freue mich auf die «schönen schlechten Serien», über die ich mich aufregen kann. Mein Mann verlässt das Zimmer mit der Bitte: «Ruf mich, wenn es vorbei ist.»

Aber es ist nie vorbei. Da ist Larry Bell, der nicht ahnt, «dass er beobachtet wird». Der Nachtzuschauer weiß, dass forensische Beweise und Kriminalpsychologen ihn binnen fünfundvierzig Minuten überführen werden. Auf Kanal X spürt ein Medium dem Verbrechen nach und danach auf Kanal Y ein Körpersprachenpsychologe. Wenn kein Medium und kein Körpersprachenpsychologe zur Verfügung stehen, übernehmen die hochmotivierten Gerichtsmediziner. Bis in die tiefe Nacht rekonstruieren sie Tathergänge – und agieren auch noch als ambitionierte Chemiker, als Molekularbiologen, als Psychologen, Profiler, Ermittler und Beinahe-Staatsanwälte. Das ist beeindruckend.

Und grotesk. In einer dieser CSI-CSI:Miami-CSI:New-York-Crossing-Jordan-Bones-Lie-to-me-Navy-CIS-Folgen beugt sich der Schauspieler über den Toten und stellt fest: «Es riecht nach Hase!» Die Sache ist klar, der Fall gelöst: «Der Täter trug Angorawolle!»

Bitte, was? Mir geht es da wohl wie dem Drehbuchschreiber – ich komme aus dem Lachen nicht mehr raus.

«Und ist es schon vorbei?», fragt mein Mann und lugt durch die Tür. «Nein, es ist nur Pause», antworte ich, drehe mich etwas auf der Couch und gucke weiter. «Schatz, gleich geht es um autoerotische Strangulation …»

Dieser Tod war ein Irrtum, aber die Fernsehserien leben von Irrtümern – auch von ihren eigenen. Das habe ich mal erfahren, als ich für eine Reportage einen echten Rechtsmediziner begleiten durfte. Die häufigsten Missverständnisse:

Ein Rechtsmediziner klingelt nicht nachts bei den Leuten an der Tür, um Fragen zu stellen. Er bestimmt am Tatort auch nicht den Todeszeitpunkt auf die Minute genau. Er isst nicht im Sektionssaal, weder Burger noch irgendwas anderes. Die Leiche liegt auch nicht fünf Tage bei ihm rum. Er hat keine 3D-Rekonstruktionen zur Verfügung. Vor allem, und das entzaubert so manchen Grusel, untersucht ein Rechtsmediziner auch lebende Personen. Dies alles führt zwar ebenfalls zu Erkenntnissen, aber ist offenbar nicht TV-serienkompatibel.

Und das ist das Problem: Wir Menschen kommen im Alltag nicht fernsehtauglich um. Die meisten von uns sterben einen schnellen und vor allem natürlichen Tod: Herzinfarkt. Das ist nicht besonders kreativ. Es heißt, Gott denke schon darüber nach, den Tod zu entlassen, weil er so destruktiv sei ...

Wohl deshalb mussten Fernsehserien erfunden und originelle Drehbuchschreiber engagiert werden. Sie fassen unartikulierte Ängste in Wort und Bild. Ein seriöser Autor lässt vielleicht «holzähnliche Fasern unter den Fingernägeln» finden. Ein entfesselter Autor dagegen wird – gern auch schon zur Abendbrotzeit – «menschliches Hirn im Mageninhalt des Opfers» entdecken lassen.

Im wahren Leben, so die Rechtsmediziner, wird überhaupt «nur jede vierte Tötung erkannt»! Das heißt: Drei Tötungsdelikte bleiben unbemerkt. Das ist die Quote, hier in Deutschland. Beunruhigenderweise erweist sich die Wirklichkeit als viel spannender. Das belegen seriöse Dokumentationen, diverse Fachbücher und Interviews mit Spezialisten.

In Sendungen wie «Autopsie – Mysteriöse Todesfälle», «Akte Mord», «F. B. I. – Dem Verbrechen auf der Spur» und «Ungeklärte Morde – Dem Täter auf der Spur» wird dem Zuschauer erklärt, dass es den perfekten Mord nicht gibt. Nicht alle Spuren lassen sich verwischen. Das ist auch bei

«Medical Detectives» zu sehen. Hier werden «Geheimnisse der Gerichtsmedizin» präsentiert, die dann natürlich keine Geheimnisse mehr sind. Wer da aufmerksam ist, der erfährt zumindest, wie man Mord und Totschlag vorteilhaft vertuschen kann.

«Schatz, ich lass es wie einen Unfall aussehen», rufe ich meinem Mann hinterher, als er ins Bett gehen will.

Er ist unbeeindruckt: «Und bei wem willst du dich dann über die grottenschlechten Fernsehserien aufregen?»

Hm. Stimmt auch wieder.

In Nächten wie diesen wird die Gefühlsskala ordentlich bedient. Entsetzen und Fassungslosigkeit, Erstaunen und Aufregung, Langeweile und, endlich, Ermüdung. Es gab: 640 Jahre Knast, 42 Kilo Haschisch, 23 Angebote gegen den sexuellen Notstand, 18 Tote (ohne Nachrichten), eine Liebesgeschichte, viele Unwahrheiten und unzählige Beleidigungen. Am Ende behauptet ein Wissenschaftler: Jeder fünfte Deutsche sei «irgendwie krank im Kopf». Na dann: Gute Nacht!

Der beste Ehemann von allen schläft schon, als ich seine Fingernägel auf Rückstände untersuche. Alles okay. Ich küsse seine Hand, lege mich dazu und falle in einen reizvollen Traum: Er fängt mit einem hübschen Bolzenschneider an – Fump, Patz, Jippijajey – und endet im texanischen Strafvollzug. Dort trage ich dann einen orangefarbenen Sträflingsoverall, und das macht mich wirklich glücklich: in Größe XS.

IMMER OFFEN FÜR FREUNDE

+++ Das Geheimnis der Freundschaft +++
Wissenschaftler vermessen Freundeskreise +++

Freundschaften haben eine große Bedeutung und werden heute immer wichtiger. Manchmal sind sie die Einzigen, die uns über einen langen Zeitraum begleiten – die wissen, wer wir wirklich sind. Sie sind nicht nur die Gefährten unserer Kindheits- und Jugendabenteuer, sondern zunehmend auch die Säulen, die uns als Erwachsene im Leben stützen. Freundschaften sind eine der zentralen Relaisstationen des sozialen Zusammenhalts. Wissenschaftler wollen das Geheimnis dieser besonderen Beziehung ergründen. Sie vermessen unsere Freundeskreise und testen mit Experimenten, wen wir hineinlassen. Mediziner finden Belege dafür, dass soziale Beziehungen uns vor Krankheiten schützen und unser Leben verlängern können. *www.zeit.de/wissen*

Freunde sind immer für einen da. Sie haben offene Herzen, offene Ohren, offene Worte, offene Gefühle füreinander.

Freunde sind etwas Besonderes: Sie verschütten Rotwein und sind nicht böse, dass man einen weißen Teppich hat. Sie gönnen einem aufrichtig Glück und lästern ebenso ehrlich über dieselben Feinde. Freunde malen Bilder, die einem tatsächlich gefallen, und empfehlen Kunstfilme, die man wirklich nicht versteht. Freunde feiern ihre Silberhochzeit oder ihr Singledasein und sind glücklich mit ihren Entscheidungen – oder nicht. Dann wird geredet.

Echte Freunde rücken einem den Kopf gerade, ohne den anderen vor den Kopf zu stoßen. Sie machen einem keine Vorwürfe, wenn man sich lange nicht gemeldet hat. Und schließlich erkennt man Freunde daran, dass das Gespräch beim nächsten Wiedersehen nahtlos dort anknüpft, wo es letztens aufgehört hat. Egal, wie viel Zeit dazwischen ge-

legen haben mag. Danke, Anke, Birgit, Bettina, Cathrin, Christine.

Oder Stefan und Ev. Nach langer, langer Zeit kamen sie eines Abends endlich wieder zu uns zu Besuch. Sie fuhren im Fahrstuhl mit einem freundlichen Mädchen. Als sie ausstiegen, ging das Mädchen schnurstracks auf die Wohnung zu und schloss auf. Sie hielten es für eine Freundin von Rubini. «Ja, das ist aber ein Service», sagten unsere Freunde entzückt. Das Mädchen lächelte verschämt. Dann ging es in die Wohnung. Unsere Freunde hinterher. Das Mädchen schob ein wenig die Tür ran. «Na, Mausebacke, willst du uns denn nicht reinlassen?», fragten unsere Freunde. «Wir haben so einen schönen Blumenstrauß.» Da ging die Tür wieder auf.

«Die haben ja alles umgebaut! Neue Farben, neue Möbel, sogar neue Wände sind gezogen», stellte meine Freundin Ev in der Wohnung fest. «Haben sie gar nicht erzählt!»

Plötzlich, kurz vorm Wohnzimmer, stellte sich ihnen eine wildfremde Frau in den Weg und fragte erschrocken: «Wer sind Sie? Und was wollen Sie von uns?»

Schnell klärte sich: Es waren nicht die richtigen Leute, es

war nicht die Freundin von Rubini, es war nicht einmal die richtige Wohnung!

Ev hatte zwar klar und deutlich meine Stimme gehört – jedoch rief ich von einer anderen Etage. So etwas passiert, wenn man sich lange nicht besucht hat. Ihr Lieben, es war ein lange, lustige Nacht, wir freuen uns schon auf die nächste. Aber bitte, erschreckt nicht mehr unsere Nachbarn. Die sind alle nett. Denkt dran: Wir sind die offene Tür, ihr könnt uns jederzeit einrennen! Passt nur beim nächsten Mal auf, dass ihr in der richtigen Etage aussteigt!

EIN HAUS IN DER MITTE VON BERLIN

+++ Nachbarn in Deutschland +++
Hilfsbereitschaft und Toleranz nehmen zu +++

Weltweit waren die Deutschen noch nie so angesehen wie jetzt. Aus der jüngsten Umfrage zum Charakter und den Lebenseinstellungen geht hervor: Tatsächlich haben sich die Deutschen verändert, sie sind inzwischen liebenswürdiger als ihr Ruf. Klarer Trend: Die Deutschen sind toleranter als noch vor Jahren. Und: Sie haben vom typisch deutschen Jammern und Beschweren die Nase voll. Die große Mehrheit der Deutschen investiert viel Toleranz und Geduld in ein gutes Verhältnis zu den Nachbarn. Kleinkrieg, Beschwerden, An-die-Decke-klopfen-mit-dem-Besenstiel sind sehr viel seltener geworden. Stattdessen ist Nachbarschaftshilfe angesagt: Nachbarschaftsstreitigkeiten machen inzwischen nur noch 0,7 Prozent der Verfahren an deutschen Amtsgerichten aus.
Emnid-Studie im Auftrag des Magazins «chrismon»

Wir wohnen in einem außergewöhnlichen Haus. Die Architektur selbst ist absoluter Standard, aber die Nachbarschaft ist sehr besonders. Sie kommt aus aller Welt und arbeitet in aller Welt. Unter uns der Irak, über uns die Schweiz, darüber Österreich und in der vierten Etage Russland, nicht weit entfernt von der Ukraine. Es mag politische Konflikte geben, hier aber leben Menschen. Wenn wir uns sehen, wünschen wir uns einen schönen Tag – und reden miteinander.

Eine Nachbarin war gerade Wahlbeobachterin in einem osteuropäischen Land («Erstaunlich, wie da Freiheit definiert wird»), ein Nachbar war früher mal Pilot und ist nun Maler – für eine Ausstellung hat er fast jeden aus unserem Haus porträtiert («Meine größten Erfolge aber habe ich kurioserweise in New York»). Der eine ist Entwicklungshelfer

und oft in Afrika («Da kann man noch was bewegen, da sind die Wege zu den Schalthebeln kürzer»), der andere ist im diplomatischen Dienst und hat gerade erfahren, dass es demnächst nach Dubai geht. («Ich rotiere alle drei Jahre. Ich kann mich zwar um ein Land bewerben, aber man kann mich auch aus irgendwelchen Gründen ablehnen.») Einer saß für die DDR in der UNO-Vollversammlung («Persönlich weiß ich bis heute nicht, wie die Mauer wirklich fiel»), ein anderer hat in Budapest einst die DDR-Flüchtlinge beraten, («die fälschlicherweise dachten, sie betreten bundesdeutsches Gebiet»). Unser irakischer Nachbar, der immer seine Frau angebrüllt hat, ist zum Glück ausgezogen; sein Nachfolger aber ist richtig freundlich. Er kommt auch aus dem Irak, ist ein Germanist, der seine Magisterarbeit über Georg Büchner schrieb. Seine Kinder sprechen fließend Deutsch, und sein ältester Sohn («Ich habe 2004 in Bagdad meinen besten Freund durch eine Autobombe verloren») studiert jetzt Politikwissenschaften. Jede Biographie ein Abenteuer.

Wir müssten, wir sollten, wir haben schon alle gemeinsam Neujahr in einer Wohnung gefeiert. Die Schweizer riefen das Motto «Doppelt bunt gemischt» aus, die Nachbarn kamen und brachten Spezialitäten aus ihrer Heimat mit. Die oft beschworene Vielfalt – wir leben sie. Uns war es egal, ob die Schweizer in der EU sind – im Mittelpunkt unseres Hauses waren sie in jedem Fall. Es hatte sich sogar ein Pärchen aus dem Nachbarhaus eingeschlichen, um die doppelt bunt gemischten Bewohner und die Gastfreundschaft zu genießen. Was waren die trüben Wintertage gegen solche Abende.

Als wir so redeten, waren wir uns einig, dass die Berliner etwas ruppig sind. Aber dass die Stadt auch ihre Reize habe. Immerhin sind es wahre Weltengänger, die hier bescheinigten, dass sich Berlin mit anderen Städten gut messen kann. In solchen Momenten glaube ich es – sozusagen als skeptische Urberlinerin – sogar selbst. Und wie ist Deutschland? Ach, das Land gefällt. Es gibt mehr nette als unfreundliche Menschen. Die Deutschen interessieren sich nicht nur für sich selbst, sondern auch fürs Internationale. Und sie schätzen Kultur. Das deutsche Bildungs-, Gesundheits- und Rentensystem ist beachtlich. Aber manchmal sind die Familienbande nicht so eng. Und das Ticketsystem der Berliner Verkehrsbetriebe ist beim besten Willen nicht zu verstehen.

Wir sind trotz unserer Mischung – oder gerade deswegen – ein ganz normales Haus in Berlin-Mitte. Wir helfen uns mit Butter aus und warten mit dem Fahrstuhl auf den Nachbarn. Das Schönste aber ist: Wir nehmen immer die Pakete vom anderen entgegen. Unser Postbote sagt, das sei nicht überall so.

Es ist ein Glücksgefühl, Pakete zu bekommen. Mein Mann kann das nicht nachvollziehen. Ich aber freue mich wie ein Kind auf den Inhalt und über meine Cleverness, mir alles ins Haus liefern zu lassen und Wege zu sparen. Dabei vergesse ich gern, dass manche Sendung auch wieder retour zur Post gebracht werden muss. Aber das Gefühl, sich seine Westpakete heute selber bestellen zu können – das ist fabelhaft.

So fand ich nach Feierabend im Briefkasten wieder mal eine Paketbenachrichtigung. Die Sendung wurde bei Familie S. abgegeben. Ich ging erst mal in unsere Wohnung, legte meine Sachen ab, begrüßte meinen Mann und rief: «Bin gleich wieder da.» Dann fiel die Tür ins Schloss, und ich stapfte zwei Etagen höher, um das Paket abzuholen. Ich klingelte bei Familie S.

«Abini! Na, wie geht's? Komm doch erst mal rein.»

«Das wollt ihr nicht wirklich wissen», antwortete ich. Doch meine Nachbarn interessierten sich für die ganze Wahrheit, schleunigst wurde ich von ihnen ins Wohnzimmer geführt.

Herr S. hatte gerade eine Flasche Wein geöffnet. «Nimm doch Platz. Trinkst du einen Schluck mit?», fragte er.

«Ja, gerne. Lieben Dank.»

Gegen ein Gläschen war nichts einzuwenden (es war schließlich ein anstrengender Tag!), gegen ein zweites auch nicht (das ist einfach nur höflich!) und gegen ein drittes am Ende auch nicht (Prost auf diesen unverhofft schönen Abend!). Wir haben dann viel gelacht.

Ich hatte keine Ahnung, dass man sich zwei Etagen tiefer um mich sorgte. Ich hatte auch völlig vergessen, dass wir Besuch erwarteten: Meine Tochter und ein Freund der Familie gingen irgendwann unsere Straße auf und ab, suchten mich in der Dunkelheit und fragten Passanten, ob sie mich gesehen hätten. Währenddessen telefonierte mein Mann einschlägig bekannte Freundinnen-Rufnummern ab. Kurz nach Mitternacht kam ich leicht erheitert bei ihnen an – und blickte in sechs fassungslose Augen.

«Wo warst du? Und vor allem: Wo warst du ohne Mantel?»

«Na, oben, bei Familie S. Ich hab unser Paket abgeholt. Du bestellst ja immer nix. Dabei ist es so schön, Pakete abzuholen. Liebe Grüße an euch.»

«Wir dachten schon, dir sei was passiert!»

«Mir? Ja, klar! Freundliche Nachbarn sind mir passiert!»

Sie haben uns für den nächsten Freitagabend zum Essen eingeladen.

Man müsste, man könnte, man sollte – endlich mal ein Neujahrsfest in unserer Wohnung planen.

AUF DIE LIEBE!

+++ Abini fragt +++ Thommi antwortet +++

«Ich danke dir, dass du mich geheiratet hast! Was hast du dir dabei gedacht?»
«Es ist eine unerklärliche Laune des Schicksals – aber ich liebe dich!»

Neulich sitzen wir bis in die tiefe Nacht mit unserem Freund Nici am Esstisch. Wir haben Sushi verspeist, ein paar Gläser Wein geleert und albern rum. Da stellt Nici völlig unvermittelt die Frage aller Fragen: Sagt mal, was ist eigentlich Liebe?

Darauf sind wir nicht vorbereitet. Schwer zu beantworten. Thommi und ich schenken uns noch ein Gläschen Wein nach. Hm. Liebe kann man nicht so einfach erklären. Es gab schon viele Versuche: verwirrende, einleuchtende, problematische, gut klingende – aber finale Definitionen? Das sind alles nur Interpretationen.

Ich erkläre Nici: «Ich liebe Thommi, weil er mich liebt, so wie ich bin, und niemals versucht hat, jemand anderen aus mir zu machen. Ich bin kein einfaches Wesen, ziemlich lebhaft sogar. Aber er ist so unerschrocken, wollte mich nie ändern. Und ich glaube, ich bin auf die Welt gekommen, um ihn zu lieben.»

Thommi meint, Liebe ist, sich gemeinsam Boxkämpfe anzuschauen oder erbärmliche Soap-Serien zu tolerieren, die Kohlsuppendiät des einen als Genuss zu empfinden und die Bodypflege der anderen nicht als «Mumifizierung» zu verunglimpfen. Es ist der Versuch, den anderen zu verstehen.

Die Zwillinge-Frau ist lebhaft und offen, der Skorpion-Mann kühl und zurückhaltend. Sie ist empfindsam, er direkt. Sie ist unberechenbar, er ist zielgenau. Sie mag schmeichelnde Komplimente, er die schonungslose Aufrichtigkeit. Sie kann nicht verlieren, er muss gewinnen. Wir sind sehr unterschiedliche Charaktere. Aber wir glauben an die Gegensätze, die sich anziehen. Thommi und ich, wir sind wie Tag und Nacht. Wir kennen uns seit fünfundzwanzig Jahren, haben aber erst vor achtzehn Jahren zusammengefunden. Das war der Urknall unserer Liebe, plötzlich war er da. Niemand wäre auf uns beide gekommen. Nicht mal wir selbst. Er, der Überlegte, der Pragmatiker, der Kompromisslose, der Ruhige. Ich die andere.

Seitdem leben wir glücklich. Als wir heirateten, beide nicht zum ersten Mal, fragten einige Freunde, die wievielte Hochzeit dies wohl sei. Thommi antwortete trocken: «Die letzte!» Einen tristen Alltag kennen wir bis heute nicht. Wenn er Rotwein trinkt, bekomme ich die Kopfschmerzen. Und wenn ich rede, dann … Manchmal räumen wir uns gegenseitig einen kleinen Diktatorenrabatt ein. Doch wir lieben die Schwächen des anderen und halten gegenseitig unsere Stärken hoch. Wir haben unsere Meinungsverschiedenheiten, wir schmollen auch mal. Aber wir vertrauen dem anderen aufrichtig. Und es gelingt uns immer wieder, sich aufs Neue ineinander zu verlieben. Wir lieben unsere Liebe.

Ich frage meinen Mann: «Hab ich dir heute schon gesagt, dass ich dich liebe?»

«Nein.»

«Mal sehen, vielleicht sag ich's dir ja noch.»

So ist das, lieber Nici. Liebe ist ein Mysterium. Und das musst du schon selbst erfahren. Liebe ist das größte Abenteuer, das größte Geheimnis, die größte Offenbarung und die größte Herausforderung. Der größte Gefallen, den wir uns tun können: Irren wir uns nicht!

Wenn du also ausgerechnet uns fragst, was Liebe ist, dann solltest du das Unerwartete mit dem Unwahrscheinlichen kombinieren.

EPILOG

«Guten Tag», sagte der kleine Prinz.

«Guten Tag», sagte der Händler.

Er handelte mit absolut wirksamen, durststillenden Pillen. Man schluckt jede Woche eine und spürt überhaupt kein Bedürfnis mehr zu trinken.

«Warum verkaufst du das?», sagte der kleine Prinz.

«Das ist eine große Zeitersparnis. Man spart dreiundfünfzig Minuten in der Woche.»

«Und was macht man mit diesen dreiundfünfzig Minuten?»

«Man macht damit, was man will.»

«Wenn ich dreiundfünfzig Minuten übrig hätte», sagte der kleine Prinz, «würde ich ganz gemächlich zu einem Brunnen laufen ...»

«Der kleine Prinz», Antoine de Saint-Exupéry

Es gibt Zeitmanagement, Zeitsynchronisation, ja sogar Zeitkompetenz. Klingt wunderbar organisiert. Dabei geht es um das systematische und disziplinierte Planen der eigenen Zeit. Darum, mehr Freiraum für Erholung, für Hobbys, Abenteuer oder andere Pläne zu haben. Oder einfach auch nur darum, neue Energie zu tanken, ausgeglichener und glücklicher zu werden. Der Zweck des Zeitmanagements ist es, mehr Zeit für die wichtigen Dinge zu haben. Doch ich kämpfe jeden Tag gegen die Zeit – und verliere. 24 Stunden sind zu wenig!

Gerade sage ich noch zu meinem schlafenden Mann: «Schnarch was Schönes», gebe ihm ein Küsschen auf die Stirn und lege mich dazu – und gefühlte fünf Minuten später stehe ich schon wieder auf. Es ist wie jeden Morgen: ungläubiger Blick zur Uhr, Rolle seitwärts, Gang zum Fenster. Und das Rotkehlchen beschimpfen, weil es einen geweckt hat.

Irgendwie sind meine Tage zu kurz. Die Nächte auch. Ist Zeitmanagement nur eine Illusion? Bin ich so anders als der Durchschnitt der Deutschen? Was sagt die Statistik?

Also, im Bad investieren die Deutschen mindestens fünfzehn Minuten, sagt Infratest – das passt schon. Außerdem fünfzehn Minuten in Leibesertüchtigung (soll die Lebenserwartung um bis zu drei Jahre erhöhen) – das klappt selten. Dazu fünf Minuten fürs Sixpack am Bauch – das klappt nie.

Dann noch zehn Minuten fürs Frühstück. Im besten Fall: Möhren putzen, Joghurt in den Mixer geben, Prise Koriander drüber, fertig ist der gesunde Shake. Meistens jedoch: ist es ein Kaffee und 'ne Zigarette. Dann kurz fieberhaft verfolgen, wer beim Frühstücksfernsehen die Tassen gewinnt. Zeitung lesen; ah, ein Artikel über Stressmanagement: «Nehmen Sie sich gleich jetzt zehn Minuten und machen Sie etwas, das Ihnen guttut. Dann sind Sie entspannter.» Ich folge dem Rat. Und? Na toll, jetzt bin ich spät dran. Schnell fertig anziehen: zwei Minuten.

Mein Mann schaut mich an und fragt: «Bist du sicher, dass du so loswillst?» Ich verfalle in Ratlosigkeit, entscheide mich um und werfe mir neue Klamotten über: Weitere zehn Minuten vergehen. Nun aber los.

Lippenstift im Fahrstuhl geht wie geschmiert, ab ins Auto. An der Schranke der Tiefgarage erst mal die Pferdekutschen, Segways, Trabi-Safaris und Fahrradtouren vorbeilassen, an der nächsten Kreuzung dann gemeinsam mit vielen anderen Kraftfahrern eine neue Baustelle entdecken. Den Stau sinnvoll nutzen, Gehirnjogging ausprobieren (fünf bis zehn Minuten reichen für mehr Leistung, sagen Intelligenzforscher). Plötzlich abgelenkt werden. Vergessen, wo man stehengeblieben war. Im Büro ankommen. Gerade noch zur Sitzung rein. Tagsüber dreißig Minuten Pause in sechs Fünf-Minuten-Pausen stückeln, das sei effektiver, sagen britische Forscher. Klappt aber leider nicht. Artikel schreiben, großes Donnerwetter als schnödes Klippenlüftchen entlarven und

auf hohe Klickzahlen hoffen. Noch etwas länger mit Lesern telefonieren. Dafür gibt es keine Pressekonferenz, die heute zu verpassen wäre.

Nach der Arbeit: Einkauf, Haushalt (dreißig Minuten, sagt die Statistik). Wie schaffen das die anderen? Päckchen beim Nachbarn abholen, freuen, aufmachen, enttäuscht sein, zurücksenden. Eine halbe Stunde an der Sonne soll Wunder wirken, empfehlen Psychotherapeuten. Ja, aber wann denn? Vielleicht auf dem Weg zur Post? Oder gar zum Fitnessclub? Jetzt noch? Auf keinen Fall! Müsste zwar abnehmen, habe aber mal gehört: Über Gewicht spricht man nicht, Übergewicht hat man. Also noch schnell Essen zubereiten (Tagesdurchschnitt bei frischen Zutaten: achtzig Minuten). Na ja.

Nachrichten im Radio verfolgen, Gedenkminute einlegen (Staatsverschuldung 26 340 Euro mehr pro Minute). Kontoauszug überprüfen, Unterschied zwischen Soll und Sollen feststellen. Geld vulgär finden, besonders in kleinen Mengen. Post lesen, Fensterbriefe zuletzt.

Dann mit einer Tüte Chips auf die Couch fallen lassen und von dort aus versuchen, den deutschen TV-Tageskonsum nachzuvollziehen (242 Minuten). Schon nach zwei Minuten den Fernseher leise stellen, mit Thommi über den Tag reden (Paare, die schon mehrere Jahre zusammen sind, nehmen sich laut Statistik zehn Minuten täglich Zeit, um miteinander zu reden). Statistik ignorieren, die anderen Paare bedauern und einfach weiter reden – bis der Ehemann um «eine Auszeit» bittet.

Rubini anrufen und ihr noch mal eindringlich von Aufputschmitteln abraten. Feststellen, dass gleich Mitternacht ist. Schnell noch zum Zigarettenhändler meines Vertrauens. Danach zu Hause online ein neues Navigationsgerät mit männlicher Stimme bestellen, Computer runterfahren, abstürzen, Neustart und dann runterfahren.

Die Nacht begrüßen. Dankbar sein, dass heute keine Nachhilfe und keine Krücke organisiert werden muss, kein Amokläufer herumballert, keine Prügelei unterm Fenster ist, kein fremder Mann im Auto sitzt, kein Einbruch stattfindet, kein ungebetenes Tier mit Fell herumhuscht. Dass der Hund beim Herrchen bleibt und der laute Nachbar über uns ausgezogen ist. Dass die Kinder anständige Partygänger sind und ich gerade keinen Geburtstagsmarathon nüchtern durchstehen muss, kein gelangweilter Autofahrer Telefonnummern austauschen und kein hitziger Autofahrer gleich meine ganze Familie schikanieren will. Dass kein Vulkan ausbricht und kein Waschbär einbricht, dass ich in keiner Gepäckermittlungsschlange am Flughafen warten muss und kein knickeriger Taxifahrer mich beleidigt anguckt. Keine Polizei klingelt, kein Notarzt gerufen werden muss, kein Muskelkater oder fieser Virus mich außer Gefecht setzt. Was für eine Nacht, so ohne Blaulicht und Rotlicht. Der Geschirrspüler surrt behaglich, und der Receiver funktioniert auch. Schnell noch die Schuhe nachzählen, zufrieden feststellen, dass alle noch da sind. Herrlich!

Die Nacht bleibt meine Freundin. Vor lauter Dankbarkeit zum Kühlschrank gehen. Zum Glück vorher noch bei

Kaiser's gewesen. Streifenhörnchen ist auch bestens versorgt.

Mamel vermissen. Kerze anzünden. Lange den Mond betrachten. Zwar keine Sternschnuppen, aber Flugzeuge durch die Nacht fliegen sehen. Hoffen, bald in einem zu sitzen. Zufrieden feststellen, dass es keine Deutsche-Bahn-Reisen mehr nach Amsterdam gibt, denn Raoul wohnt jetzt in London. Versuchen, seine neuen Projekte annähernd zu verstehen. Ihm noch eine Whatsapp-Nachricht schreiben, dass ich eigentlich ein verkappter Schornsteinfeger bin, und dazu noch ein schwarzes Foto senden. Glücklich sein, Abini zu heißen und Abini zu sein. Mamel für alles danken.

Ab ins Bett.

Kurz schlafen – also das Powernapping von der Mittagspause nachholen (etwa zwanzig bis dreißig Minuten werden empfohlen). Von Statistiken und Zahlen träumen – 5, 4, 3, 2, 1 – wach werden.

Rotkehlchen ausschimpfen ...

BILDNACHWEIS

Ich danke Rubini, Raoul und Thommi,
Birgit, Hanna und Gunnar.

Ich danke der Nacht,
die es oft gut mit mir meint.
Und natürlich Mamel
für ihren himmlischen Beistand …